Patricia Wrightson

Wirrun zwischen Eis und Feuer

Von Patricia Wrightson sind außerdem in den Ravensburger Taschenbüchern erschienen:

RTB 1695 Mir gehört die Rennbahn
RTB 1796 Das Haus am Fluß

Patricia Wrightson

Wirrun zwischen Eis und Feuer

Ins Deutsche übertragen
von Wolf Harranth

Otto Maier Ravensburg

Wirrun zwischen Eis und Feuer

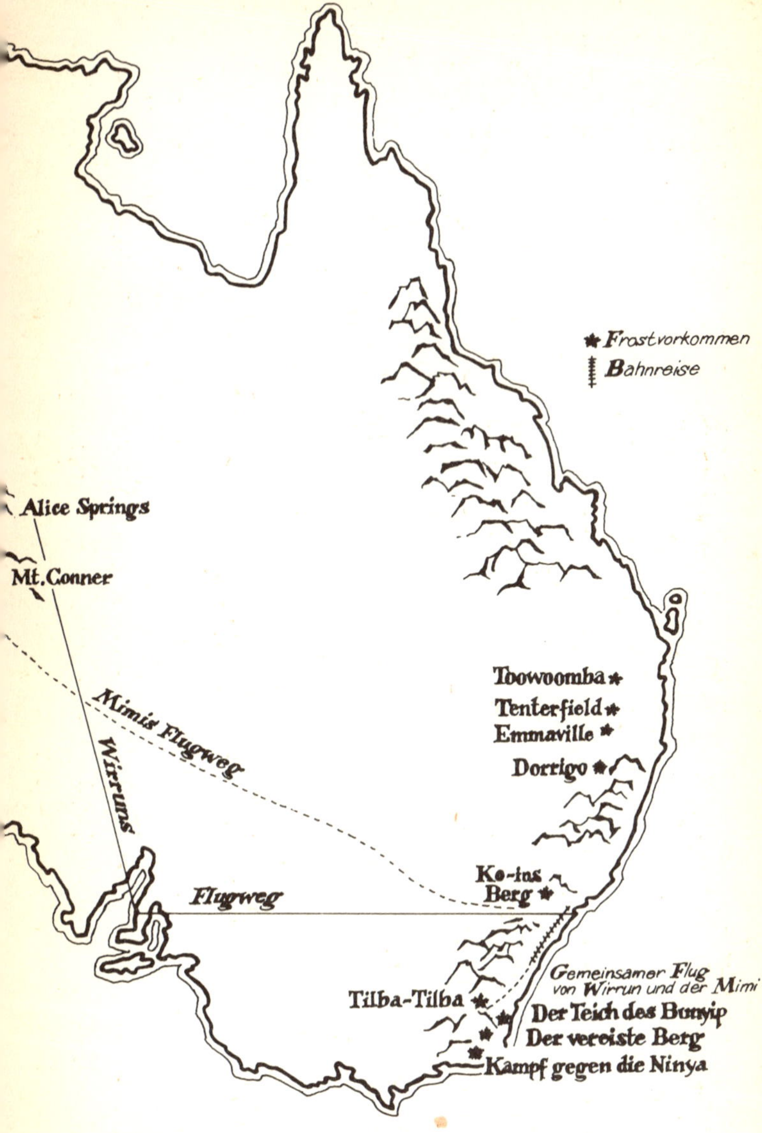

Frostvorkommen
Bahnreise
Alice Springs
Mt. Conner
Mimis Flugweg
Wirruns
Toowoomba
Tenterfield
Emmaville
Dorrigo
Ko-ins Berg
Flugweg
Gemeinsamer Flug von Wirrun und der Mimi
Tilba-Tilba
Der Teich des Bunyip
Der vereiste Berg
Kampf gegen die Ninya

Vorwort

Diese Erzählung spielt im Australien von heute. Ich habe sie mir selbst ausgedacht und die handelnden Personen frei erfunden, nicht aber die Geisterwesen, die darin vorkommen. Sie sind der Überlieferung der australischen Ureinwohner nachempfunden, der »Aborigines« - oder »Abos«, wie auch manche Weiße in meinem Buch sie nennen, während sie selbst sich als »das Volk« bezeichnen.

Ich hätte auch eine Erzählung über bekanntere Fabelwesen schreiben können, über die Elfen und Feen und Drachen und Monster der europäischen Märchen. So wunderbar und geheimnisvoll sie auch sein mögen, gibt es aber doch andere, die nicht weniger wunderbar und geheimnisvoll sind: sie kommen aus Australien, dem Land, in dem ich lebe, das ich als einziges wirklich gut kenne und über das ich daher schreiben möchte.

Jedes Geisterwesen, das in diesem Buch auftaucht, ist also eigentlich eine Erfindung unserer Ureinwohner. Manche dieser Geschöpfe geistern angeblich noch heute herum; an andere können sich nur noch unsere Großeltern erinnern; und einige wenige haben selbst jene Menschen überlebt, die einst an sie glaubten. Sie, die ältesten und vielleicht »echtesten« Geister aus dem Lebenskreis der Aborigines, beanspruchen einen festen Platz in den Überlieferungen - und ich nehme das Recht des Autors in Anspruch, sie auf meine Weise in meinen Erzählungen wieder auferstehen zu lassen.

Ein junger Mann aus dem Volk

1. Kapitel

Das alte Land liegt im Süden der Erde wie eine quer über den Globus gelegte, sanft gewölbte offene Hand. Hoch über dem Land tanzt der Wind, und rings an seinen Rändern tanzt die See – in flachen Wellenbändern schwappt sie an lange weiße Strände; mit mächtigen Wasserhämmern schlägt sie gegen felsige Klippen. Und mitten in diesem Tanz von Wasser und Wind liegt die Hand, ruhig und still, und ist sich ihrer Kraft und Stärke nicht bewußt.

An den grünen Küsten, da und dort in Städten zusammengeschart, leben die Glücksjäger, das Gesicht zum Meer. Dem Glück gilt ihr Leben; glücklich zu sein ist ihr Beruf und ihre Pflicht. Sie erforschen die Wege des Glücks und unterweisen ihre Kinder darin; sie zerreden es und stopfen es in strenge Gesetze; die erkämpfen es und führen es aus und ein. Vor allem aber kaufen und verkaufen sie das Glück. Da bleibt ihnen freilich keine Zeit, einen Blick über die Schulter auf das alte Land zu werfen, das hinter ihrem Rücken liegt. Nur manchmal wagen sie sich auf der Suche nach dem Glück mit ihren Fotoapparaten auf kostspielige kleine Streifzüge ins Landesinnere.

Die Glücksjäger sind davon überzeugt, die wahren Herren des Landes zu sein, und glauben, daß alles ihnen gehört. Und doch leben zwischen den Städten und jenseits der steilen, kahlen Berge auch Menschen ganz anderer Art. Ihre Zahl ist gering, und sie sind weit übers Land verstreut: die Inländer und jene, die sich einfach »das Volk« nennen. Die vom Volk sind dunkelhäutig; sie haben buschige Brauen und wachsame Augen, und sie sind innig mit dem Land verbunden: sie spüren es unter ihren

bloßen Füßen; es strömt in sie ein. Gewiß, auch ihre Vorväter haben das Land einmal einem anderen Volk weggenommen, aber das ist so lange her, daß sie das getrost vergessen können und behaupten dürfen, einen Anspruch auf dieses Land zu haben – sofern nicht vielmehr das Land einen Anspruch auf diese Menschen erhebt.
Die Inländer sind vom gleichen Schlag wie die Glücksjäger; und beide behaupten nach wie vor, gleicher Abstammung zu sein. Aber das große, alte, schweigsame Land beansprucht nicht nur die Leute vom Volk für sich, es nahm sich im Laufe der Zeit auch die Inländer vor, so daß die mittlerweile fast eine Rasse für sich geworden sind. Die Inländer ahnen das, nicht ohne Bitterkeit; die Glücksjäger winken bloß lachend ab, spricht man sie darauf an. Die Verbitterung zwischen den Inländern und denen vom Volk ist hingegen ganz anderer Art: Voll Eifersucht neiden sie einander, die wahren Kinder des Landes zu sein.
Und während die Glücksjäger, die Inländer und das Volk versuchen, sich näherzukommen, und dabei immer weiter auseinandergeraten, lebt die älteste Rasse von allen ganz im geheimen mitten unter ihnen. Das sind jene Geschöpfe, die das Land selbst gebar: aus roten Felsen und versonnenen Tümpeln, aus Staubwirbeln und abgelegener Einsamkeit, aus grünem Dschungel und kobaltblauen Salzsträuchern. Sie sind schlaue und mißtrauische Wesen. Die Leute vom Volk kennen sie seit langem und erwähnen sie kaum. Und die anderen, die Glücksjäger und die Inländer? Sollte wirklich jemals einer von ihnen auf einen Erdgeist stoßen, verschlägt ihm das gleich die Sprache, und deshalb ist uns keine derartige Begegnung überliefert.
Zu den Ältesten der Uralten gehören die Narguns. Sie sind Wesen aus den Schmelzöfen des Feuers, das im Herzen des Landes glüht; und sie hausen nächst dem Südostzipfel des Landes tief im Inneren der Welt, verborgen in Erdlöchern oder im Dunkel der Höhlen. Lange vor der Ankunft der Weißen lernte das Volk jene Höhlen zu meiden, in denen ein plötzlicher, alles zerschmetternder Tod auf sie lauerte.

Sind schon die Narguns an sich alt, ist das Älteste Nargun überhaupt so alt wie das Land selbst; und weil es das Älteste ist und dem Herzen des Landes am nächsten steht, weckt sein Ruf die Feuer der Urzeit.

Tausend und abertausend Jahre lag das Älteste Nargun im Dunkel der Erde. Dann, als seine Zeit gekommen war, erhob es sich, das Erstgeborene, das größte und mächtigste von allen. Es witterte ins Licht der Sterne und in den Wind, es focht ungeheure Schlachten aus, und als sie siegreich geschlagen waren, suchte sich das Nargun eine neue Höhle und kehrte ins Dunkel zurück. Dann, viel später, erwachte es erneut, um seitdem seine Kräfte in schrecklichen Kämpfen mit der See zu messen, der es sich dort entgegenstemmt, wo sie am gefräßigsten an den Rändern des Landes nagt.

Das Nargun mußte jedoch bald erkennen, daß es gegen diesen Feind mit der Kraft des Feuers nichts auszurichten vermochte. Es stand gegen die See nicht anders da als die anderen Felsen. Wenn die Flut kam, rollte das Wasser in grasgrünen Wellen heran, zerspellte in berstenden Geschossen oder fächerte plötzlich zu Schaumgebinden auf. Bei Ebbe blieben stille Tümpel zurück, in denen sich Tangfäden wiegten, Anemonen erblühten und Treibgut gemächlich von einem Rand zum anderen driftete. Aber selbst dann noch griff die See mit gekräuselten, tastenden Wasserfingern in schmale Rinnsale und ließ verspielte, kindische Wellen an den Felsen lecken. Manchmal lag das Nargun fast bloß, kaum von Wasser überspült; und wenn das alte steinerne Monster aufschaute, blickte es in eine verzitterte Sonne oder in verwaschene blinzelnde Sterne. Dann wieder, wenn ihm der Sog der schweren grünen Brecher mit dem endlosen Wirbeln und Zerren zu lästig wurde, verlagerte sich das Älteste ein wenig und beklagte sich mißlaunig mit seinem uralten Schrei: »Nga-a-a!«, ehe es wieder stillhielt, reglos hingekauert, der See trotzend.

Ganz oben im Norden leben die Mimi, und keiner weiß, wie alt sie sind. Obwohl nicht einmal die Leute aus dem Volk sie sehen

können, wissen sie doch seit eh und je, daß es die Mimi gibt; denn das haben ihnen die Höhlenzeichnungen verraten.
Die rauhen Wände der Höhlen in der Nordregion sind nämlich übersät mit den Zeichnungen des Volkes: aus der jüngeren Zeit, aus längst vergangenen Zeiten und aus dem Zeitalter der Träume. Das gesamte Wissen und alle Überlieferung des Volkes sind auf diesen Höhlenwänden festgehalten; und das Volk betrachtet sie und weiß Bescheid und vermag sich zu erinnern. Zwischen den Bildern finden sich aber auch so manche, die nicht vom Volk stammen; und da sie auch nicht Teil der Überlieferung sind, müssen sie wohl von den Mimi herrühren. So also hat das Volk aus jenen Zeichnungen viel über die Mimi erfahren.
Die Mimi sind scheue Geister, die in Felsen leben. Sobald sie gegen den Stein blasen, öffnet er sich und läßt sie hinein oder heraus. Die Mimi haben sehr scharfe Augen und Ohren; schon beim allerersten Anzeichen eines Fremden huschen sie in ihre Felsen zurück. Das erklärt, warum keiner aus dem Volk sie je zu Gesicht bekommt.
Aus ihren Zeichnungen geht hervor, daß die Mimi auf herkömmliche Weise mit Speeren und Wurfspießen jagen, mit Grabstöcken graben und über offenem Feuer kochen. Mimi sind groß, hager und zerbrechlich – ein einziger Windstoß kann sie in Stücke blasen. Deshalb gehen sie auch nie an stürmischen Tagen, sondern nur bei Flaute auf Nahrungssuche.
Ein einziges Mal wurde jedoch eine Mimi vom Wind erfaßt und weit, weit davongewirbelt. Aber, wer weiß, vielleicht hatte das Land selbst, dieses alte, mit allen Wassern gewaschene Land, jenen heimtückischen Wind heraufbeschworen.
Das war im späten Frühjahr, zur Zeit also, in der die Passate nach Süden ziehen und im Norden bloß ein paar streunende Überbleibsel zurücklassen, die dann noch eine Weile spielerisch durch die Gegend wirbeln, einmal sanft, dann wieder ein wenig rauher – bis der Monsun kommt und dem Spuk ein Ende bereitet. Solche unberechenbaren Windrestchen hatten die besagte

Mimi in ihren Felsen verbannt, bis ihr allmählich die Nahrung ausging. Also wagte sie sich bei der ersten Gelegenheit mit ihrem Grabstock und dem Borkenkorb nach draußen, um gleich neben ihrer Behausung nach Wurzeln und fetten Ameisen zu stochern.

Natürlich war ihr das warnende Zischeln der Blätter im Wind nicht entgangen; aber dummerweise hatte sich gerade der Grabstock unter einer Wurzel verfangen. Es dauerte nur eine Sekunde, ihn freizubekommen, und schon packte die Mimi ihr Körbchen und huschte spinnengewandt zurück zum Felsen. Kaum hauchte sie ihn aber an, damit er sich öffne, blies ihr der tückische Frühlingswind den Atem vom Mund, und gleich darauf riß er ihr die Beine unter dem Leib weg. Die Mimi ächzte unter der Last des Korbes und des Stocks und ließ beide rasch fallen, um nicht vom Wind in Stücke gebrochen zu werden. Da war sie aber augenblicklich leicht wie ein Strohhalm, und der Sog erfaßte sie und trug sie höher und höher.

»Wa!« protestierte die Mimi mit dünnem Stimmchen, während sie so herumgeweht und herumgewirbelt wurde. Sie schlang die Beine um die Arme, damit sie nicht losgerissen werden konnten, und der Wind entführte sie immer weiter nach oben und in großem Bogen nach Süden.

Wie ein Spielball taumelnd, erhaschte die Mimi hin und wieder einen Blick auf das Land, das tief unter ihr vorbeizog: auf steile Felsen und schattige Klüfte, auf brettebene grüne Sümpfe . . . Das Land, das ihr so vertraut war, das Land, das sie so liebte, jetzt schaukelte und gaukelte es dahin, unwiederbringlich, tanzte nach Norden, auf und davon.

Fremde Winde kamen, schüttelten die Mimi, ließen sie fallen und fingen sie auf, reichten sie weiter von Bö zu Bö, wirbelten sie in ungeahnte Höhen – und immer noch war die Mimi heil geblieben. Mittlerweile hatte sie gelernt, ihre dünnen Arme und Beine an den Leib zu pressen und auf dem Wind zu reiten – bis es plötzlich steil nach unten ging. Ein schwarzer Fleck wuchs sich zu einem grauen Baumwipfel aus, den sie hastig faßte, ehe eine neue Bö sie weiterpuffen konnte. Schon kroch eine dunkle Woge über das Land: die Nacht. Sterne schwappten heran und glitten davon, und angststarr fragte sich die Mimi, wie sie wieder in ihre Heimat zurückfinden sollte, nun, da sie der Wind bis in das schöne, aber schreckliche Herz des alten Landes getragen hatte. Wie hätte sie denn ahnen sollen, daß sie hier bereits erwartet wurde?

Das schöne, aber schreckliche Herz des alten Landes ist ein Ort der Erwartung; ein Ort des Wartens und der Zeit. In der großen Handgrube des Landes liegen die Zeitläufte und Mühen der ganzen Welt verborgen; nur die dummen Glücksjäger tun diese Weiten als Wüsten ab. Hier ist der Boden so flach, daß kein Wasser fließen kann. Die gewundenen Schürfränder längst ausgetrockneter Rinnsale münden bloß in seichte Lehmpfannen mit salzverkrusteten Rändern. Wie ein riesiges Tamtam dröhnt die Sonne auf rote, im Wind wellende Dünen. Was man zunächst für flachrückige, von rotem Sand bestäubte Berge halten mag, entpuppt sich als eine Reihe vereinzelter, trotzig ausharrender Felsblöcke, vor urdenklichen Zeiten geformt von der Gewalt rauher Stürme und längst versiegter Meere. Die wenigen Tiere, die hier leben, verkriechen sich tagsüber im Stachelkopfgras, in den Salzbüschen oder der zähen, dichten Mulga, die sich über den Boden erstreckt.

Und jenseits der verwitterten Wachttürme eines Bergrückens liegt ein kleiner ausgetrockneter Salzsee. Nur ein unscheinbarer Felsbuckel am Ufer verrät, daß es hier zu den Höhlen der Ninya hinuntergeht.

Ja, dort hausen sie, unter dem brennendheißen Sand, Wesen aus Eis in Höhlen aus Eis. Von der Decke löst sich kein einziger Tropfen, denn in diesen Gewölben schmilzt nichts mehr. Dort gibt es nur das Weiß des ewig unberührten Frostes; dazu ein glänzendes Eisparkett; dazu Säulen und Bögen aus Eis, wie sie die Ninya aus purem Vergnügen errichtet haben; dazu einen frierenden, unablässig heulenden Wind.

Die Ninya sind menschengleiche Wesen, sieht man davon ab,

daß sie ihre Höhlen stets blank und glitzerweiß halten. Ihre Brauen und Bärte sind Nadeln aus Eis, und wenn sie sich bewegen, stäubt es frostig aus ihren Körpern. Wohin immer sie sich wenden auf ihrem unterirdischen Gang, werden sie von Frost und Eis und vom schneidend kalten Wind begleitet. Die Ninya sind die Eismacher der Welt, und ihr Blut ist weiß.

Ihre Augen sind von schönem Grün; sie hausen wie Brüder Seite an Seite, obwohl ihnen jede Brüderlichkeit fremd ist, denn die Kälte reicht tief ins Innerste. Ihre Stimmen krächzen und klirren, und oft heulen sie vor Wut. Jeder Ninya will nicht weniger als alles – und dies alles für sich allein. Gewaltig ist ihr Wollen, gewaltig das Eis, und diese zweifache Gewalt liegt gefangen, lauert unter dem sonnengepeinigten Sand.

An jenem Tag, an dem der Frühlingswind die Mimi entführte, hatten die Ninya plötzlich genug vom Lauern und Warten und begannen zu zanken und zu klagen: Die kalten, weißen Gewölbe seien zwar prachtvoll, aber in ihnen herrsche ewiges Halbdunkel; nur hin und wieder blitze es da oder dort frostig auf. Die Ninya lechzten nach Licht. Beengt jammerte der Wind; wie gern hätte er sich zu einem stürmischen Brausen ausgeweitet; nun heulte er um einen Himmel. Das Eis fieberte danach, in grünem und blauem Feuer zu erstrahlen; es sehnte sich nach Sonne. Alle diese Wünsche weckten das Verlangen der Ninya, und voll Bitterkeit fuhren sie einander an:

»Verkrieche dich meinetwegen wie eine schwarze Katze in der Höhle. Ich jedenfalls, ich gehe hinaus und nehme mir das Land.«

»So geh doch – und schmilz dahin! Ich kann warten, bis das Nargun gefunden ist.«

»Du kommst schon noch gekrochen, sobald das Eis sich ausbreitet und der Frost aus dem Boden sickert.«

»Und wie sollte das geschehen – ohne mich? Nur wenige von uns haben die Zeit des Nargun unbeschadet überstanden, und jeder wird gebraucht. Was kann einer allein schon bewirken? Ein paar kalte Tage, ein paar kalte Zehen, nicht mehr; gleich schmilzt er dahin.«

Diese verächtliche Warnung brachte die anderen noch mehr in Wut. »Hört euch das an!« heulten sie. »Der Große Gletscher will uns tatsächlich weismachen, ohne ihn seien wir verloren!« – »Das Volk ist fort, und wir sind frei; aber dieser Feigling will in der Höhle weiterschmachten, während draußen die Sonne ungehindert das Land verbrennt.«
Immerhin rückten einige Ninya murrend von den anderen ab, tuschelten miteinander und krächzten schließlich: »Wir warten doch lieber ab, bis das Nargun gefunden ist.«
»Das Nargun! Was ist schon ein Nargun? Ein Monster aus Stein«, widersprach ihnen ein Eiferer. »Und was machen wir mit Steinen? Wir frieren sie ein! So!« Und er hieb mit der Faust gegen die Wand der Höhle, daß der Frost erschrocken in den Wind spritzte.
»Einfrieren? Friere gefälligst deine eigenen Ohren ein und rede nicht so dumm daher! Wir sprechen von keinem beliebigen Nargun, sondern von *dem einen,* vom Ältesten, von dem, das die Kraft des Feuers besitzt.« – »Ja, von dem, das unsere Knochen aufgeweicht hat, bis sie zu Flüssen dahinschmolzen. Von dem, das uns unter die Erde verbannte. Von *dem* Nargun sprechen wir.« – »Aber das kennen sie ja nicht mehr. Das haben sie längst vergessen. Ihnen sind die Ohren abgefallen.«
Diese Beleidigung brachte die kalte Wut noch mehr ins Wallen, und schon langten froststarrende Hände nach froststarrenden Steinen. Da übertönte eine mächtigere Stimme als die der anderen das Toben des Windes:
»Schweigt, ihr Narren! Keiner tanzt aus der Reihe! Wir sind ohnedies nur eine kleine Schar und haben eine gewaltige Aufgabe vor uns. Ihr heult um Freiheit, aber wenn es an die Arbeit gehen soll, verschwendet ihr eure Kraft an dummes Gezänk.«
Der Lärm erstarb zu leisem Gemurmel. Die Ninya ließen die Steine fallen. An die Arbeit sollten sie gehen? Wie denn? Und wann? Der mit der lauten Stimme beeilte sich mit der Antwort, ehe der Streit von neuem begann:
»Einige von uns sagen: ›Wir dürfen nicht länger warten!‹ Die

anderen sagen: ›Zuerst müssen wir das Älteste Nargun suchen!‹ Ich aber sage beides: Wir dürfen nicht länger warten, das Älteste Nargun zu suchen!«
Sie hörten ihm zu. Also fuhr er fort:
»Und wie finden wir das Nargun? Indem wir uns in einer Höhle verstecken? Es lebt in seinem eigenen Reich, weit von hier, an der Küste. Dort liegt es, und dort müssen wir hin, auch wenn der Weg durch die gewundenen Pfade der Berge lang und beschwerlich ist. Wir müssen das Älteste finden, es überrumpeln und mit unseren eisigen Fäusten bezwingen. Dann erst werden wir frei sein.«
Das erregte krächzenden Widerspruch, aber die Stimme setzte sich unverzüglich darüber hinweg und begann zu singen:

»Wir bauen Gebirge aus Eis statt aus Stein,
wir schließen den Regenbogen mit ein.
Die Erde wird glänzen, ein frostiger See,
der Himmel wird stäuben mit Federn aus Schnee.«

»Schnee!« stöhnten sie sehnsüchtig wie aus einer Kehle, denn sie hatten schon seit Ewigkeiten keinen Schnee mehr gesehen.

»Wir sprengen die Berge, wir werden sie spalten,
wir bringen die strömenden Wasser zum Halten.
Wir zwingen die Tiere im Wald zum Verharren
und lassen die Vögel im Fluge erstarren.«

Jetzt heulten und sangen die Ninya im Chor. Aus ihren wiegenden Körpern rieselte Frost; gefrorene Tropfen lösten sich aus ihren Bärten. Der Vorsänger lauschte mit eiskaltem Lächeln, um zuletzt mit einer neuen Strophe einzufallen:

»Das Nargun ruht in der felsigen Kammer,
wir fangen es ein in der eisigen Klammer . . .«

Aber da brach der Gesang im Widerstreit vereinzelter Rufe zusammen: »Errichten wir unser Reich gleich hier und jetzt, solange das Volk uns nicht beachtet!« – »Wozu erst auf die Reise gehen? Lassen wir das Älteste Nargun doch an seiner fernen Küste liegen, bis wir unsere Allmacht wiedererrungen haben!« – »Ja, bis wir wieder so mächtig sind wie einst, ehe das Nargun

unsere Knochen weichschmolz!« – »Nein! Sucht das Nargun! Sucht das Nargun!« – »Wie denn? Wo denn? Vertraut lieber auf das Eis! Das Eis wird das Nargun schon finden!«
Wieder waren die Meinungen geteilt, und statt zu singen, verstrickten beide Seiten sich in bittere Wortgefechte. Der Wind brauste durch die Höhle und drang durch ihre gewundenen Gänge immer tiefer in das Innere der Erde, während hoch droben die Sonne auf den Salzsee brannte und der Felsen, der ins Reich der Ninya führte, in der Glut röstete.
Dann sank die Sonne. Das Land gab die Hitze an den hellen, erst allmählich verbleichenden Himmel zurück. Mit immer schärferen Konturen wuchs im Westen der flachrückige Mount Conner auf wie eine Burg. Die zarten Dunstschleier des zentralen Berglands färbten sich golden und violett. In leisen Wellen zitterte das Licht im letzten Hauch des ersterbenden Windes über Akazienblüten hin, und die vertrockneten, verwelkten Blumenköpfe tuschelten im Emu-Strauch. Und unter einem Wildpflaumenbaum am Rand des verkrusteten Sees rollte ein junger Mann, einer aus dem Volk, seinen Schlafsack aus.
Obwohl der junge Mann zum Volk gehörte, war er hier ein Fremder. Seine Heimat lag weit im Osten, bei den Glücksjägern, und dort, am Meer, lebte er auch. Bis vor kurzem noch hatte er die Schule der Glücksjäger besucht und danach Arbeit bei einer ihrer Tankstellen gefunden. Deshalb kannte er die Glücksjäger recht gut, und es bereitete ihm Spaß, sie zu beobachten und sich über sie seine Gedanken zu machen – denn er war noch sehr jung, und das Denken fiel ihm leichter als das Reden. Zum Reden hatte er schließlich seine Freunde. Das waren Leute aus dem Volk, die wie er im Osten lebten; andere wieder lernte er auf seinen ausgedehnten Wanderungen kennen. Sie, jene Freunde, mit denen er vor allem über das Land und das Volk zu sprechen liebte, nannten ihn Wirrun, obwohl die Weißen für ihn einen anderen Namen gefunden hatten.
Wirrun wußte nicht, daß das Land durch seine Fußsohlen in ihn einströmte. Er wußte nur, daß es ihn an den Wochenenden oder

in den Ferien in einsame Gegenden lockte; und er hatte von den Glücksjägern den Trick gelernt, Geld zu sparen und sich damit eine bequeme Fahrt über weite Strecken zu erkaufen. Einer seiner Freunde im Osten stammte aus dem stillen Herzen des Landes. Er erzählte oft von daheim, und dann hatte Wirrun ihm zugehört und insgeheim gehofft, selbst einmal über den roten Sand gehen zu können. So hatte er schließlich viel, viel Geld zusammenkommen lassen, bis es für eine Flugkarte reichte und den kurzen Urlaub verlängern half. Und nachdem er über das weite Land geflogen war, so weit ihn das Ticket trug, sprach er am Ziel die Leute aus dem Volk an, stellte ihnen eine Menge Fragen, kaufte später eine Buskarte und ging zuletzt zu Fuß weiter. So war er hierhergekommen. Nun rollte er am Ufer des Salzsees, im Schatten der Berge, seinen Schlafsack aus, hängte den leinenen Wasserbeutel an einen Ast des Pflaumenbaums und hatte damit sein Nachtlager aufgeschlagen.

Sanft rollte die Dunkelheit heran und gab den flimmernden Sternen neuen Glanz. Wie ein vom Wind verwehter Spinnwebfaden trieb die Mimi zwischen den Sternen und dem Stachelkopfgras dahin. Sie glitt über den salzigen Schorf des Sees, sah die Klippe aufragen, steuerte darauf zu, blies gegen den Felsen der Ninya und schlüpfte hinein.

Im Laufe der Nacht wurde es allmählich kühl. Wirrun schlief behaglich unter dem Baum. Eine rundäugige Mulgara schnüffelte an seinem Schlafsack, huschte dann aber doch lieber dem Schatten einer Maus nach. Das goldene Netz einer Kugelspinne ruckte und zuckte unter dem verzweifelten Flügelzappeln einer großen Motte.

Vom See her klang es plötzlich nach wirrem Kampf: Ein Ninya war halb aus dem Felsen gedrungen. Das Licht der Sterne spiegelte sich in den weißen Eisarmen der anderen, die ihn zornig packten und an seinen Beinen zerrten. Schon war der Mann wieder verschwunden, schon hatte sich der Felsen wieder über ihm geschlossen. Nur die Mimi blieb zurück, ausgespuckt, herausgeschleudert auf die Salzkruste, starr vor Kälte und Angst.

Da lagen sie nun in der Nacht, ganz so, wie das alte Land es sich ausgedacht hatte: Der junge Mann aus dem Osten schlief unter dem Pflaumenbaum; der Felsgeist aus dem Norden fror auf der Salzdecke des Sees; in den Höhlen darunter stritten und kämpften die Ninya um die Eroberung des Landes - und tief unten im Süden duckte sich das Älteste Nargun in sein felsiges Bett, und die See spülte darüber hinweg.

2. Kapitel

Am Ufer des kleinen Salzsees war die Nacht plötzlich nicht mehr kühl, sondern regelrecht kalt, denn mit dem Ninya war ein frostiger Hauch aus dem Berg gequollen. Der junge Mann verkroch sich tiefer in den Schlafsack; die Motte gab den Kampf im Spinnennetz auf. Die Mimi blieb noch lange still und steif liegen, bis sie zwischen das Stachelkopfgras krabbelte und sich bibbernd dort einrollte.

Sie war weit, weit fort von daheim, in einer ihr unbekannten Gegend, wo jedes herumstreunende Nachtgetier sie aufstöbern und zornig verscheuchen konnte. Noch nie hatte sie unter dem prickelnden Flimmern der Sterne gelegen, und sie sehnte sich nach dem Schwarzdunkel der Felsen. Und doch: der eine, in dem sie sich zuvor verborgen hatte, war eine Falle gewesen. Jetzt war sie am Ende ihrer bescheidenen Weisheit. Was sie da drinnen mitansehen und mitanhören mußte, hatte sie vor Kälte und Angst erstarren lassen. Das reichte weit zurück in die Vergangenheit, tief zurück in eine Bedrohung, an die sie sich nicht mehr erinnerte, ohne sie jedoch ganz vergessen zu haben.

Die ganze Nacht lag sie so da, ein dürrer Kringel im Gras, die Augen, rund und dunkel wie die einer Beutelratte, angstvoll aufgerissen, die großen Ohren gespitzt. Sie sah und hörte, wie die Mulgara die Maus verschlang, wie die Motte im Spinnennetz hing, wie der junge Mann aus dem Volk friedlich schlief. Sie sah, wie vom Osten her in sanften Wellen allmählich die Morgendämmerung kam. Doch als es richtig hell wurde, preßte sie erschrocken die Hände vor die Augen und begann leise zu wimmern. Nicht auch das noch! – Sie konnte nicht auch das noch ertragen ...

Wirrun erwachte, setzte sich auf und schaute sich um. Wie die Mimi mußte er die Augen gleich wieder schließen. Dann öffnete er sie zaghaft, richtete den Blick erst starr auf den Boden, hob zuletzt nur langsam den Kopf und schaute sich abermals um. Doch. Das Land hing verkehrt herum mitten in der Luft!
Der Salzsee und der Emu-Strauch, die Mulgara und der rote Sand, der Burgfelsen des Mount Conner in der Ferne: alles schwebte umgekippt im Raum. Die Bäume und Büsche langten mit grauen Blättern nach unten, als wollten sie endlich zurück. Und an den Rändern schimmerte es wie Cellophan. Wenn jetzt der Nachtwind wiederkam und den ganzen Spuk davonblies . . ?
Stille erfüllte ihn und gebot ihm, nicht länger hinzusehen, denn dies war nicht sein Land. Gewiß würde es sich gleich wieder zurechtrücken und dem Fremden so zeigen, wie es sich gehörte. Weil Wirrun zur Schule gegangen war und von allerlei Wundern gelernt hatte, wußte er, daß dies hier eines sein mußte – dabei wollte er es gar nicht sehen.
Er wandte sich ab, um zu warten, und langte nach dem Wassersack, der über ihm vom Ast baumelte. Der Sack knisterte unter seiner Hand, und eine dünne, glasige Schicht löste sich und rieselte ihm auf die Schulter. Er schüttelte sie ruckartig ab; der Schock der Kälte ließ ihn erschrecken.
Als Wirrun das nächstemal aufschaute, schwebte das Land nicht mehr kopfunter in der Luft, sondern war wieder an seinem gewohnten Platz. Die Sonne dröhnte wie ein großer goldener Gong auf die Salzbüsche. Es war Ende Oktober, beinahe Sommer – und doch hatte sich auf dem Wassersack eine Eiskruste gebildet.
Wirrun bedachte, daß er hier fremd war. »Das Wetter spinnt eben immer und überall!« sagte er gutmütig und rieb sich die Bartstoppeln unter dem Kinn.
Dann aß er sein Frühstück, rollte gewissenhaft den Schlafsack zusammen, schwang ihn über die Schulter, nahm den Wassersack vom Baum und verließ den kleinen Salzsee unter dem

Mount Conner. Er ahnte nicht, daß ihn die Mimi im Stachelkopfgras dabei beobachtete; er dachte bloß daran, daß er rechtzeitig die Straße erreichen mußte, um nicht den Bus zu versäumen. Immer wieder schaute er beim Gehen in die Runde. Er konnte sich keine Kamera leisten, schon das Flugticket war teuer genug gewesen; also verließ er sich vertrauensvoll auf seine Augen und sein Gedächtnis.

Er sah grüne Papageien flüchten. Er sah den Sand, der rot zwischen den Salzbüschen glühte. Er sah zum ersten Mal eine kleine, herrlich blaue Blume. Bei nächster Gelegenheit würde er jemanden fragen, wie sie hieß. Er sah die scharfen, klaren Konturen der Sanddünen und der Berge vor dem Himmel – aber das, wußte er, war eine Täuschung, denn er hatte vom Flugzeug aus die Wahrheit entdeckt: In diesem Land gab es keinen Horizont. Von oben konnte man sehen, daß es sich weiter und immer weiter hinstreckte, bis es im purpurfarbenen Dunst verschwamm und verschwand. Land und Himmel stießen nicht wirklich aneinander; den Horizont gab es nicht.

Ein Land ohne Horizont ... Konnte es sich loslösen und im Himmel treiben? Eis im Oktober ... Was würden ihm die Leute aus dem Volk, die hier lebten, verraten? Ob sie ihm überhaupt etwas verrieten?

Er kam zur Straße und hörte den Bus herannahen: erst nur ein leises Klingeln in den Ohren, dann ein Flüstern, dann ein leises Summen, zuletzt das gequälte Dröhnen des Motors. Wirrun gab ein Zeichen; der Bus hielt an.

Ganz hinten war noch ein Platz frei. Wirrun betrachtete die Glücksjäger, die von ihren Streifzügen heimkehrten, die Kameras prall von eingefangener Beute. Die Leute woben kleine Netze der Freundschaft, nicht dazu bestimmt, den Tag zu überdauern. Die Stunden vergingen mit Rütteln und Schwanken. Hin und wieder beobachtete Wirrun seine Mitfahrer, aber meist schaute er aus dem klimatisierten Blechkasten hinaus ins Land, das flirrend im Glast döste. Eis auf dem Wassersack ...

Bei Sonnenuntergang rollte der Bus durch den Torbogen einer

verfallenen Mauer und fuhr in Alice Springs ein. Die Glücksjäger rafften ihre Gepäckstücke zusammen und verschwanden in den Motels. Wirrun fand einen Laden, der noch geöffnet hatte, und deckte sich mit allem ein, was er brauchte. Dann verließ er die Stadt und schlenderte über verdorrte Wiesen zu den ausgewaschenen Kuhlen am Ufer. Der Fluß führte kein Wasser; sein Bett lag nackt und bloß. Wirrun wußte, wo das Volk anzutreffen war. Eine kleine Gruppe lungerte auf der Landzunge: zwei Männer mit ihren Frauen, vier, fünf herumtollende Kinder; und ein ganz Alter mit stolzen schwarzen Augen. Die jungen Männer hatten ihre Bierdosen, und der Alte hatte seine Pfeife. Die Frauen hockten einfach da, unförmige Schatten, sahen den Kindern zu und warteten darauf, daß es kühler wurde.
Wirrun wählte eine Kuhle, die weder zu dicht anschloß noch zu sehr abseits lag, und verstaute dort seine Habseligkeiten. Er nickte den Männern zu und warf den Kindern Orangen hin. Die Kinder kicherten, fingen sie auf und balgten sich darum.
Nach einer Weile trat Wirrun näher und sprach die Erwachsenen an.
»Stört es, wenn ich hier übernachte?« fragte er.
»Platz genug«, sagte der Alte zuvorkommend, und die beiden jüngeren Männer lachten.
»Stimmt, mein Junge«, sagte der eine, und es klang wie Spott. »Hier ist Platz für alle.« Wirrun kannte diesen spöttischen Unterton und wußte, daß er nicht ihm galt.
Trotzdem waren sie unsicher. Was sollten sie von diesem ernsten, hageren Fremden halten? Also sagte Wirrun ihnen, wer er war und woher er kam; und er erwähnte seinen Freund im Osten, der aus dieser Gegend stammte; und er erzählte ihnen, wo er eben herkam, und was er erlebt hatte; und ihre Augen wurden freundlich und warm.
Er fragte nach dem Mount Conner, und der Alte sagte, von dort komme er her. Wirrun freute sich über diese glückliche Fügung und berichtete nun ausführlicher: daß dort, wo er die letzte Nacht verbracht hatte, der Wind von oben zu kommen schien

und am Abend erstarb; daß er eine herrlich blaue Blume und ein goldenes Spinnennetz entdeckt hatte; daß dort die Sonne hinter den Bergen unterging ... Und der alte Mann lächelte dazu und nickte. Zuletzt schilderte Wirrun, wie das Land kopfunter umgekippt war, und er sprach vom Eis auf dem Wassersack.

Der Alte kicherte in sich hinein und paffte an seiner Pfeife. »Ja, ja, die Ninya«, brummte er. »Schlimm, schlimm, diese Ninya.« Er blinzelte Wirrun vielsagend zu, aber Wirrun schwieg bloß und wartete.

»Durch und durch aus Eis.« Der Alte schaute dem Pfeifenrauch nach. »Eis im Bart. Weiß und steif von oben bis unten. Sie leben im Eis. In Höhlen, unter der Erde. Wo der Wind durchheult. In der Nacht, bei Flaute, kriechen sie raus, die Ninya. Da bröckelt das Eis von ihnen. Kommst du am Morgen und steigst drauf, kriegst du kalte Zehen. Bäume, verkehrt herum? Dann weißt du's: die Ninya waren draußen.« Wieder ein schlauer Blick von der Seite. »Wenn keiner mehr da ist, der sie zurücksingt, bleiben auch die Bäume auf dem Kopf stehen.«

Wirrun schwieg. Er versuchte, sich die Eismänner in ihren windigen, kalten Höhlen vorzustellen. Die Geschichte klang gut und überzeugend; sie erklärte, was Wirrun heute morgen erlebt hatte – aber doch nicht ganz. »Ist es nicht schon ein wenig spät für sie?« gab er zu bedenken. »Es ist beinah Sommer. Viel zu warm für Frost und Eis.«

Der Alte kicherte und kullerte vergnügt, als hätte Wirrun einen handfesten Scherz gemacht. »Warum mußt du aber auch ausgerechnet dort schlafen!« prustete er schließlich. »Genau unter diesem See sind sie nämlich daheim. Genau durch diesen Felsen gehen sie nämlich ein und aus.«

Jetzt lachten alle. Auch Wirrun verdrehte die Augen, um zu zeigen, daß er kein Spielverderber war. Und doch war ihm unbehaglich zumute, und als sie ausgelacht hatten, versuchte er, gegen das bohrende Nagen anzureden: »Es ist also niemand mehr da, der sie zurückhalten kann. Sind die Ninya denn nicht gefährlich?«

Der Alte rauchte behaglich. »Die tun keinem was«, sagte er. »Es ist lang her, daß einer von uns ihretwegen gefroren hat und sich kalte Zehen holte . . . Im Hochsommer, wenn's richtig heiß war, haben die Weiber früher die Ninya manchmal rausgesungen, damit es ein bißchen frischen Wind gibt. Hoppla, schon war er da. Aber die Kerle verdrücken sich gleich wieder, sobald es ihnen zu warm wird.«

Wirrun nickte, und sie sprachen von anderen Dingen. Der Wind, der in der Nacht zuvor eingeschlafen war, blieb heute wach und blies heftig in die Kuhlen. Die Männer bauten einen Windschutz um die kleine Feuerstelle, und die Kinder rollten sich dahinter ein und schliefen wie junge Hunde. Bald wünschte auch Wirrun eine gute Nacht und zog sich zu seinem Lager zurück.

Was der alte Mann ihm erzählt hatte, war nicht restlos überzeugend gewesen. Irgendwo tief in seinem Inneren, vielleicht in den Fußsohlen, ahnte Wirrun, daß man ein Land, das man wirklich schön fand und liebte, in seinem Kampf gegen die Zeit und die Dürre, gegen Hitze und Eis, nicht ganz sich selbst überlassen durfte. Es war nicht gut, daß es der Wind einfach hochheben und umkippen konnte. Aber, wer weiß, vielleicht stimmte das gar nicht. Wahrscheinlich hatte ihm der alte Mann nur einen Bruchteil der Geschichte verraten.

»Was geht das alles mich an?« sagte Wirrun sich schließlich, als er unter dem hellen Sternenhimmel im Schlafsack lag. »Jedenfalls habe ich den Alten gewarnt.«

Der Wind strich über die Kuhlen am Flußufer hinweg und trug die zappelnde Mimi mit sich.

Den ganzen Tag hatte sie sich mit den Samen begnügen müssen, die aus dem Gras gefallen waren, und hin und wieder mit einer mühsam ausgegrabenen Wurzel. Sie war traurig, durstig und völlig verwirrt gewesen; da konnte sie nicht auch noch zugleich auf der Hut sein. Als einmal eine kleine Eidechse von Schatten zu Schatten huschte, war ihr die Mimi daher, ohne weiter nachzudenken, aus dem schützenden Stachelkopfgras nachgesprun-

gen. Hinterher saß sie dann in einer offenen Sandgrube und verspeiste die Eidechse. So war sie von dem plötzlichen Windstoß überrascht worden, der sie einfach aufpickte und mitnahm.
Wieder wurde sie von Bö zu Bö weitergeblasen und in schwindelnde Höhen getragen, aus denen sie nur zwischendurch in weiten Kreisen wieder zurückfand. Von neuem mußte sie lernen, auf den Wellen des Windes zu reiten, ohne Rumpf und Glieder zu gefährden. Doch gegen Sonnenuntergang, als sich ein einziger großer Schatten über das Land stahl, hatte die Mimi ihre Sicherheit wiedergewonnen.
Einen Augenblick lang sah sie es: Das Land ohne Horizont, ausgebreitet in Rot und Grau und Schieferblau. Leere Flußbette, die sich den ausgetrockneten Becken der Salzseen entgegenwanden; Bergrücken, die vom Gang der Zeit flachgeschliffen waren; Klippen, die wie bloßgelegte, schadhafte Zähne aufragten; Dünen, die der Wind in endlose Falten gelegt hatte – und dies alles weit hingestreckt, bis es sich im Purpurdunst auflöste. So lag das Herz des Landes unter ihr da, wie es sonst nur der Wind zu sehen bekam, in all seiner beängstigenden Aufrichtigkeit: eine Wahrheit, so offenkundig, daß man sie kaum glauben konnte. Dann aber kam der Schatten, und den vermochten nicht einmal die Luchsaugen der Mimi zu durchdringen.
Es war gut, daß sie sich ganz darauf konzentrieren mußte, auf dem Wind zu reiten; das beschäftigte sie vollauf und ließ ihre Ängste in den Hintergrund treten. Und doch waren sie unentwegt da und kreisten sie ein. Sie ahnte in der Dunkelheit die dräuende Gegenwart von Geisterwesen, die hier daheim waren, wo sie, die Mimi, kein Gastrecht genoß. Sie erkannte, daß sie selbst sich von ihrem Zuhause abermals weiter und weiter entfernte; und ihr Herzschlag stockte, wenn sie sich die bange Frage stellte, wie sie jemals wieder zurückkehren sollte. Noch furchtbarer aber war, was sie nicht begreifen konnte und wonach sie gar nicht erst zu fragen wagte: die Angst vor dem Eis. Alle anderen Ängste trugen einen Keim von Hoffnung in sich:

daß die Geister dieser Gegend einem hilflosen Fremdling, der vor ihrer Nase unter den Sternen herumtaumelte, nichts anhaben würden; daß eines Tages ein anderer Wind kommen konnte, um sie nach Hause zu tragen ... Aber das Eis? Nein, daran durfte sie einfach nicht denken.
Der Tag brach an und hüllte die Mimi in seine Morgennebel. Wenn der Dunst faserig aufriß, erkannte sie tief, tief unten die schleifenden Fußspuren der Staubwirbel.
Den ganzen Tag verbrachte die Mimi in sanfter, weißer Geborgenheit, in schwerelosen Wolken, die ihr die Sicht und den Atem nahmen. Erst in der Nacht kam sie aus den Wolken heraus und fand sich, verwirrt, plötzlich *zwischen* den Sternen: den weißen über ihr und einem gelben Netzwerk aus Lichtern am Boden.
Der Morgen brachte eine neue Überraschung: Die Mimi trieb jetzt über einer grünen Landschaft dahin, die ganz und gar in strenge Rechtecke geteilt war. Dazwischen glänzten Flüsse auf, die tatsächlich Wasser führten; und tiefgrüne Wälder trugen zarte Wolkenhauben. Hier und da gab es dort unten auch kahle, tote Stellen – wie Flechten, die über den Boden kriechen –, aber auch sie waren durch kerzengerade dunkle Striche geteilt. Auf diesen Strichen schwärmten und ruckten seltsame Käfer dahin und schimmerten in allen Farben. War das eine seltsame Gegend! Leider blieb der Mimi kaum Zeit, sie genau zu betrachten, denn der Wind wurde wieder launisch und unberechenbar und riß sie, wie am Beginn ihrer Reise, erneut hin und her, nach oben, nach unten. Benommen, erschöpft und entmutigt kämpfte sie mit letzter Kraft darum, ihre Arme und Beine nicht zu verlieren.
Am späten Nachmittag wuchs querlandein am Horizont ein einladend gewellter Gebirgszug auf. Der Wind mußte an seinen Flanken emporklettern, und jetzt erst erkannte die Mimi, daß diese Berge keineswegs einladend waren; im Gegenteil: sie waren mit zackigen Klippen gesäumt, mit schattendunklen Schluchten und steilen, engen Tälern durchfurcht. Der Wind

rollte und grollte ziellos darüber hin; die Mimi verlor die Herrschaft über ihn, kollerte auf den Rücken, taumelte rücklings nach unten . . . – sie war aus dem Wind gefallen.

Wie ein langer, dürrer Zweig segelte sie über einen Steilhang aus Felsen und Gestrüpp. Ein wärmender Hauch fing sie knapp über dem Boden auf, trug sie noch einmal – sie streckte den Arm einem Steinblock entgegen, bekam seine Kante zu fassen und blieb, benommen und kraftlos, daran hängen. Sosehr sie sich auch vor unbekannten Felsen ängstigte – wußte sie denn, was in ihnen verborgen lag? –, fürchtete sie sich noch mehr davor, erneut vom Wind losgerissen zu werden. Also blieb ihr nur eines zu tun: sie blies gegen den Stein, und gleich öffnete er ihr sein dunkles Herz.

Die Mimi ließ sich hineinfallen und hauchte ihn hinter sich zu.

Zwei Tage und zwei Nächte lag sie in der undurchdringlichen Stille und wartete darauf, daß ihr etwas Schreckliches widerfahren würde. Aber nichts geschah. Der Felsen hielt sie sicher und geborgen; er war schwarz und stumm, nicht warm und nicht kalt.

Am dritten Tage lernte sie vorsichtig, wieder ihre Arme und Beine zu bewegen – und dann wagte sie sich nach draußen. Sie fand Wurzeln und Wasser, fing eine Buschratte, aß und trank und glitt so rasch wie möglich wieder in den Felsen zurück.

Sie fühlte sich grenzenlos einsam, in der Verbannung – aber wohin verbannt? –, und nachts weinte sie leise beim Gedanken an die ferne, geliebte Heimat. Und doch: Selbst dieser Felsen bot ihr ein sicheres Zuhause.

Ein klein wenig weiter im Süden war auch Wirrun daheim. Er saß in dem Zimmer, das er gemietet hatte, auf dem Bett, die ausgebreitete Zeitung über den Knien. Das gelbe Licht einer nackten Glühbirne fiel auf die Seiten, und Wirrun las die eine kleine Notiz immer und immer wieder. Sein dunkelhäutiges Gesicht war ernst und von Überraschung gezeichnet.

Er hatte auch allen Grund, überrascht zu sein. Im Zimmer war es stickig und warm – die Zeitung wußte zu melden, dies sei der heißeste Frühling seit zwanzig Jahren –, trotzdem stand hier auch zu lesen, als Lückenfüller eingeklemmt zwischen Wirtschaftsmeldungen und Börsenkurse, in Queensland habe es plötzlich Frost gegeben.

3. Kapitel

Einem jungen Menschen, noch dazu einem aus dem Volk, kann ein gemietetes Zimmer in der Stadt der Glücksjäger kaum die wahre Heimat sein; aber den Platz, den Ort im ganzen Land, den Wirrun mit Fug und Recht hätte Heimat nennen können, den hatte er ohnedies noch nicht gefunden – das war eines der Dinge, die ihm das Leben bisher vorenthalten hatte. Und vielleicht war das auch der Grund, warum Wirrun bei weitem grüblerischer veranlagt war als die meisten seiner Altersgenossen.

Wie auch immer, er war jedenfalls wieder in der Stadt; und er war bequemer gereist als die Mimi: mit dem Flugzeug; und sein Vorsprung betrug jetzt gut einen Tag. Nun hing das Flugticket als Souvenir an der Wand, der Rucksack war verstaut, das lange Sparen begann wieder.

An der Tankstelle hatte man ihn mit den offenbar unvermeidlichen Hänseleien empfangen:

»Hast du dich aber schnell ans süße Leben gewöhnt!«

»Du kommst dir wohl besonders gut vor, was? Na, das treiben wir dir schon noch aus.«

Wirrun hatte dazu bloß sein breites, gewinnendes Lächeln gezeigt, den Boden saubergespritzt, Benzin in die Tanks gefüllt und das Wechselgeld herausgegeben. Am Abend ging er gleich nach Hause, um nicht Geld auszugeben, das er ebensogut sparen konnte, verpflegte sich in seinem Zimmer selbst und las die Zeitung. Da saß er nun unter dem gelblichen Licht der nackten Glühbirne und kam von der einen ungewöhnlichen Meldung nicht los.

Es war nur eine kurze Notiz, mit der Überschrift:

INLÄNDER VOR EINEM RÄTSEL

und darunter stand:

Mr. George Jennings steht vor einem Rätsel. Die Temperaturen steigen, der Sommer verspricht einer der heißesten seit Jahren zu werden, und doch hat es in einem Winkel seiner Farm bei Toowoomba in den Darling Downs Frost gegeben. Wie ist das zu erklären? Mr. Jennings behauptet, dieses Phänomen entdeckt zu haben, als er am Dienstagmorgen die Kühe zum Melken in den Stall brachte. Hinterher sei er gleich mit der Kamera zurückgeeilt, doch sei da der Reif bereits abgetaut gewesen, so daß der Farmer zu seinem Bedauern den Beweis für seine Behauptung schuldig bleiben mußte. »Es war in einer kleinen Senkung, die von Felsen eingesäumt wird«, erklärt Mr. Jennings. »Dort hält sich der Frost immer besonders hartnäckig, aber so lang ist er in den fünfzig Jahren, die ich hier bin, noch nie geblieben.«

»Behauptet, dieses Phänomen entdeckt zu haben . . . den Beweis für seine Behauptung schuldig bleiben mußte.« Wirrun hatte den Eindruck, daß die Zeitung dem Ganzen nicht so recht traute. Als eifriger Zeitungsleser schloß er daraus, daß die Redakteure, um eine Textlücke zu füllen, eben auf die verrückte Meldung eines Provinzblattes zurückgegriffen hatten. Ja, so ließ sich die Sache am ehesten erklären: Es hatte gar keinen Frost gegeben. Und doch mochte Wirrun nicht so recht glauben, daß ein Inländer ausgerechnet eine solche Geschichte erfunden haben sollte. Ein Kohlkopf mit einem Meter Durchmesser, das wohl. Ein verirrter Haifisch in einem Wasserloch, ein ausgebrochener Löwe im Busch, eine Fliegende Untertasse, die im Sumpf gelandet war . . . Es mochte einen eingefleischten Inländer schon locken, mit Märchen dieser Art die dummgläubigen Glücksjäger zu narren. Aber ein Frostausbruch mitten im heißen Oktober? Das war eine andere Sache, damit war nicht zu spaßen.

Er versuchte sich das Gesicht eines Inländers vorzustellen. Es verriet ruhige Zuversicht, die darin begründet war, nichts Vertrautes in Frage zu stellen. Es war ein fröhliches Gesicht, das sich freilich beim geringsten Anlaß verhärten konnte, jedenfalls – wenn auch bloß um eine Spur –, sobald einer die Glücksjäger erwähnte; denn es schmerzte jedesmal, daran denken zu müssen, daß für diese Menschen ein Inländer nichts galt, daß sie ihm jeden beliebigen Protzer vorzogen, der über das Meer kommt. Meist jedoch verdüsterten die harten Tatsachen des Lebens sein Gesicht: das Land, das Wetter, die Schulden bei der Bank. Zwischen den Inländern und dem Volk gab es nichts als tiefe Verbitterung, aber immerhin wußten die einen über die wahren Lebensbedingungen der anderen Bescheid. Wenn dieser George Jennings behauptete, auf seiner Farm hätte es gefroren, mußte man ihm also glauben. Wirrun konnte bloß die Schultern zucken und wiederholen, was er schon einmal festgestellt hatte:

»Das Wetter spinnt eben immer und überall.«

Er sagte das, ohne lange nachzudenken, ließ aber dann doch die Zeitung auf den Boden gleiten und begann zu überlegen. Bis zu den Darling Downs, gerade so weit nach Norden, war Wirrun auf seinen Streifzügen gekommen. Toowoomba, das lag am Rande des großen Gebirgszugs ... Im Winter mochte es da schon recht kalt werden ... vielleicht auch in einem schlechten Sommer ... aber im heißesten Frühjahr seit zwanzig Jahren? *Das Wetter spinnt eben immer und überall.* Und das weite, schweigende Land, das auf einmal verkehrt herum in der Luft geschwommen war? Und das Eis auf dem Wassersack?

Wirrun ging zu Bett. Er dachte an das Gespräch mit dem Alten, an die Nacht am Flußufer. Schon kam ihm alles seltsam fremd vor, denn in der Stadt gab es diese Ruhe, diese Stille nicht. Die Glücksjäger waren sogar noch hektischer als sonst, denn in wenigen Wochen war Weihnachten, und gleich darauf begann der Sommerschlußverkauf. In den Straßen herrschte Gedränge, und überall lockten grellbunte Angebote:

SCHENK IHR EINEN HAUCH VON GLÜCK!

mahnten sie und boten es auch gleich an, als verführerischen Duft, abgefüllt in bunte Plastikfläschchen.

UNITED – DIE BANK MIT DER GLÜCKLICHEN HAND. BIS ZU 10 % ZINSEN AUF IHRE SPAREINLAGEN

Das brachte Glanz in die Augen.

AUCH SIE KÖNNEN SICH EINEN PELZMANTEL LEISTEN!

verkündeten die Plakate, während der Straßenbelag in der Hitze schon ganz weich wurde. Und was die Glücksjäger sonst noch trieben, wenn sie nicht gerade etwas zu kaufen oder zu verkaufen hatten, das konnte Wirrun Abend für Abend in der Zeitung verfolgen.

Es lohnte sich wirklich, diese Leute zu beobachten. Da zwangen sie sich in glühender Hitze bis zur Erschöpfung dazu, um die Wette zu laufen, nur damit einer sagen konnte, er sei der Sieger. Da ertrank einer in seinem Swimming-pool, aber er konnte von Glück reden: immerhin hatte er einen besessen. Sie betrogen einander, um glücklich reich zu werden; sie belogen einander, um mit etwas Glück an Einfluß und Bedeutung zu gewinnen; sie kämpften erbittert miteinander, um das Glücksgefühl zu genießen, am Ende recht zu behalten. Junge Leute vergriffen sich ungeniert an fremdem Gut, nur, weil sie von frühester Kindheit an gelernt hatten, sich nach Herzenslust zu bedienen, und wenn ihnen das Zeug nach ein paar Stunden nicht mehr gefiel, warfen sie es einfach fort. Für das Glück, fünfzig Dollar zu erbeuten, konnte einer zum Mörder werden.

Von alldem las Wirrun voll Staunen. Er wußte, daß sein eigenes, strenges Volk eine derart primitive und zerstörerische Glückshascherei nie zugelassen hätte. Und weil er die Zeitung so gewissenhaft studierte, entging ihm auch die kleine Notiz nicht, die drei, vier Tage später Aufnahme im Blatt gefunden hatte:

WETTER IN NEW ENGLAND
TROTZT DER JAHRESZEIT

Er las die wenigen Zeilen, und seine Finger und Zehen prickelten. In Tenterfield hatte man ein »Frostloch« entdeckt. Der Bericht ähnelte jenem aus Toowoomba, nur war in Tenterfield nicht bloß Reif gefallen; vielmehr hatte sich in einem Hühnerhof auf den Wassertrögen eine dünne Eisschicht gebildet. Die Zeitung wies nicht auf ihre frühere Meldung hin. War Wirrun der einzige, dem das neuerliche Auftreten der seltsamen Erscheinung auffiel? Zweimal Frost im späten Frühjahr, und in ein und derselben Gegend . . .
Er legte die Zeitung weg und kramte in seinen Landkarten. Wenn er sich nicht irrte, lagen die Orte keine hundert Meilen voneinander entfernt im Tafelland, wo es in manchen Jahren selbst vor Weihnachten noch recht frostig werden konnte. Wirrun griff wieder nach der Zeitung und suchte den Wetterbericht. »Sonnig und warm«, stand da eindeutig für beide Regionen zu lesen.
Erneut wandte er sich den Landkarten zu, breitete sie aus, faltete sie wieder zusammen. Seine Hände zitterten, die Finger und Zehen juckten noch immer. »Das Wetter spinnt eben.« Ja, aber es spann zu sehr. Und zu häufig. Und an Orten, die zu dicht beieinander lagen.
»Was geht das alles mich an?« versuchte er sich einzureden, aber das half nichts – denn auch das hatte er schon einmal gesagt, vor ein paar Tagen, am Flußufer.
Zuletzt stand er auf und reckte und streckte sich unwillig. »Ich kapsle mich zu sehr ab. Ich hätte schon längst Ularra besuchen sollen. Er wird wissen wollen, wie es mir unterwegs ergangen ist.«
Ularra war der Freund, der aus dem roten Herzland stammte und dessen Erzählungen Wirrun dort hingelockt hatten. Wir-

run stöberte ihn in einer kleinen Milchbar auf, wo Ularra ihn herzlich begrüßte. Seine Haut war noch dunkler als die von Wirrun. Er war groß und schlaksig; einer, der noch nicht gelernt hatte, mit seiner vollen Länge fertig zu werden. Auch sprach er zu laut und lachte zu oft, denn er hatte ebensowenig gelernt, mit seinen Gefühlen fertig zu werden.

In einem Winkel der Milchbar war ein Tisch frei. Dorthin setzten sie sich und schwatzten drauflos. Wirrun erzählte von seiner Reise, und Ularras Augen begannen zu glänzen. Er lachte so laut, daß Wirrun förmlich empfand, wie sehr ihn das Heimweh schmerzte. Als Wirrun aber die Karten auf dem Tisch ausbreitete, um die Route besser erläutern zu können, und die Erlebnisse der vergangenen Tage noch einmal in allen Einzelheiten auskostete, verstummte Ularra. Dafür glänzten jetzt auch Wirruns Augen.

»Kennst du den Mount Conner?« fragte Wirrun, denn der Westen ist unendlich weit und groß. Und ob er ihn kenne! beteuerte Ularra; oft und oft sei er dort gewesen; bis zu den vielen kleinen Salzseen am Fuße des Berges sei er gekommen. Aber Wirrun wußte, daß die Gegend nicht Ularras eigentliche Heimat war, und bald stellte sich auch heraus, daß der Freund noch nie etwas von den Ninya gehört hatte. Also erzählte Wirrun ihm von seinem Nachtlager am Rande des Salzsees und von seinem Gespräch mit dem alten Mann in Alice Springs.

Ularra lauschte, nickte heftig, sagte aber nichts. Die ganze Sache ging ihn ebensowenig etwas an wie Wirrun.

»Jetzt kommt's aber erst!« sagte Wirrun und berichtete von den beiden Zeitungsberichten über den Frost in Toowoomba und Tenterfield.

Ularra lachte herzhaft. »Heimtückische Teufel!« feixte er. »Zum Glück sind sie harmlos. Ein bißchen Frost tut keinem weh.« Ohne den Blick von Wirrun zu wenden, schüttelte er den Kopf. »Ein ziemlich langer Trip, mein Lieber, vom Mount Conner bis nach Toowoomba! Nicht, daß ich wüßte, daß je einer den ganzen Weg geschafft hätte. Jedenfalls nicht schnurstracks

querdurch drauflos. Wie lang braucht man zu Fuß für die Strecke? Ein paar Monate?«
»Schnurstracks drauflos, das wäre gar nicht möglich«, bestätigte Wirrun. Und dann sprachen sie von vielerlei, bis die Milchbar geschlossen wurde und sie gehen mußten.
Sie standen auf der Straße. Ularra legte Wirrun den Arm um die Schultern; das rote Land im Westen hatte sie zu Brüdern gemacht, zumindest für diesen Abend. Wirruns Zweifel schienen fürs erste besänftigt; als sie aber doch wieder zu nagen und zu bohren begannen, zögerte Wirrun nicht und fragte, ohne Rücksicht darauf, daß Ularra ihn vielleicht auslachen würde:
»Du kennst doch viele Leute in der Gegend. Kannst du mir den Namen und die Adresse von jemandem verschaffen, der beim Mount Conner lebt?«
Ularra lachte aber gar nicht. »Schon möglich«, sagte er. »Jedenfalls kenne ich da einen in Alice Springs, der weiß todsicher Bescheid. Soll ich die Adresse rauskramen?«
»Tu das!« bat Wirrun. »Dann kann ich ihm notfalls schreiben.«
Er ging nach Hause in dem Bewußtsein, alles Erforderliche getan zu haben, und schlief tief und fest in jener Nacht.
Und am folgenden Abend fand er neuerlich eine ungewöhnliche Randnotiz in der Zeitung:

EINE LAUNE DER WITTERUNG
FROSTAUSBRUCH IN EMMAVILLE

Wirrun wußte, wo Emmaville und seine Zinngruben lagen: südlich von Tenterfield, am Westrand des Tafellands. Die beiden Orte lagen so nahe beieinander, daß die Zeitung zwischen ihnen gar nicht erst unterschied. Aber Wirrun hatte nicht vergessen: Tenterfield, das war einen Tag zuvor gewesen. Nur ein Tag und ein paar Meilen zwischen zwei Frostausbrüchen? Was heckten sie da aus?
Was heckte *wer* aus? Plötzlich war er verärgert, über sich oder

über das verrückte Wetter. Ularra hatte recht: ein bißchen Frost, eine dünne Eisschicht, die taten in diesen heißen Tagen keinem weh. Die Frauen vom Mount Conner sangen sich derlei sogar herbei.
Aber es gab jetzt keine Frauen mehr, die die Ninya aus dem Berg gelockt hätten. Und es gab keine Männer mehr, die die Ninya in den Berg zurückgesungen hätten. Und wer außer ihnen, diesen wenigen Männern und Frauen, kannte noch die alten Gesänge?
Trotzdem. Was sollten die Ninya schon ausrichten können?
Wirrun warf die Zeitungen nie gleich weg. Er fand die drei früheren Meldungen, schnitt sie aus, klebte sie auf ein Blatt, das er aus seinem Notizblock gerissen hatte, und verstaute es mit den Karten. Das alles tat er im Zorn, als hätte ihn jemand dazu gezwungen; und dann kam ihm ein Gedanke, der ihm ein – immer noch zorniges – »Ha!« entlockte:
In keinem der drei Berichte war davon die Rede, daß die Landschaft verkehrt herum in der Luft geschwebt war! Kein Sterbenswörtchen über ein Wunder! Das war der Beweis: Die Ninya hockten nach wie vor in ihrem Berg, und das Wetter im Norden spann eben ein wenig.
Höchst zufrieden ging Wirrun zu Bett. Aber knapp vor dem Einschlafen meldete sich eine innere Stimme – vielleicht sogar seine eigene – und sagte: »Wären die Leute nur etwas früher aufgestanden, hätten sie das umgekippte Land sehen können.«
Am nächsten Tag enthielt die Zeitung nichts Besorgniserregendes. Sie war bloß randvoll mit Nachrichten über die Narreteien der Glücksjäger und mit guten Ratschlägen, wie man zu Weihnachten sein Geld loswerden konnte. In der Tankstelle war der enge Verschlag, in dem sonst der Boß hockte, mit einem riesigen Weihnachtsmann aus Plastik und mit einem flitterbehängten Bäumchen verstellt; sobald es die Zeit erlaubte, würde man die Dekoration anbringen. Auch Wirrun überlegte, welchen seiner Freunde er zum Fest eine Grußkarte oder ein kleines Geschenk senden sollte.

Erst vier Tage später wurde er wieder von der Zeitung belästigt. Diesmal war der Bericht kaum zu übersehen; er stand weiter vorn im Blatt und hatte auch eine größere Überschrift als seine Vorgänger:

SOMMERFROST IM HOCHLAND

Wieder spürte Wirrun das seltsame Prickeln auf der Haut, als er las:

Die ungewöhnlichen Frostausbrüche in Toowoomba in den Darling Downs in Queensland sowie in Emmaville und Tenterfield im nördlichen Hochland von Neu-Südwales – wir berichteten darüber wiederholt in den vergangenen Tagen – geben der Öffentlichkeit allmählich ein Rätsel auf. Gestern erreichte uns eine neue Meldung, diesmal aus dem ebenfalls im Tafelland gelegenen Glen Innes. Auch dort herrschen die sonst im allgemeinen unüblichen tiefen Temperaturen, die heute verzeichnet werden, und das Wetteramt kann keine schlüssige Erklärung für die mysteriösen Vorfälle geben. »Die Berichte konnten bislang nicht belegt werden«, erklärte ein Sprecher der Behörde. »Angesichts der vorherrschenden Wetterlage ist das Auftreten von Frost in höchstem Maße unwahrscheinlich. Man sollte die Meldungen daher nicht ernster nehmen als angebliche Beobachtungen von Fliegenden Untertassen.« Nichtsdestoweniger behauptet Mr. Warren Jones, er habe auf seiner Farm in der Nähe von Glen Innes . . .

Wirrun las weiter. Frost auf einem Berghang. Eine dünne Eisschicht auf einem Damm . . . Er schnitt auch diesen Bericht aus und klebte ihn zu den anderen. Dann hielt er einen Augenblick inne und verfolgte den Weg auf der Karte.
Es ging also nach Süden! Die Route folgte der Grenze zwischen dem Gebirge und dem Tafelland. Welche Höhlensysteme zogen sich unter diesen Bergen hin, und wie weit reichten sie? Die Ninya würden das schon wissen.

Wirrun breitete mehrere Karten aus und kramte den Schulatlas hervor, den er noch immer besaß. Wenn er es recht bedachte, erstreckten sich die Bergzüge tatsächlich ohne Unterbrechung vom Mount Conner zuerst nach Norden, dann ostwärts nach Queensland und schließlich in weitem Bogen bis zu den Downs, den Niederungen nahe der Küste. Aber niemand hatte auf dieser Strecke von mehr als tausend Meilen das Auftreten von Frost gemeldet, ein Wunder erlebt, eine in der Luft schwimmende Landschaft beobachtet. Das Wetteramt hatte recht: Es war wie seinerzeit bei den Fliegenden Untertassen, und er war bereit, wie jeder andere auf diesen Schwindel hereinzufallen.
Aber der Blick auf die Karte bewies, daß er nur nach Ausflüchten suchte, daß er ganz in der Art der Glücksjäger seine Augen vor der Wahrheit verschließen wollte. Zwar war das Gebiet allgemein bekannt, aber wer lebte schon entlang dieser Route, in der Simpson-Wüste, im Großen Artesischen Becken? Bei Nacht blieb dort alles stockdunkel; ein Lichtpünktchen hier, das nächste vielleicht erst hundert Meilen weiter. Kein Wunder, wenn da keinem ein kleiner Frostfleck auffiel, der bereits nach einer Stunde wieder verschwunden war. Und selbst gesetzt den Fall, was würde der betroffene Inländer schon unternehmen? Es über Funk seinen Nachbarn erzählen, das vielleicht. Jedenfalls würde er es nicht an die Zeitungen weitergeben, und wenn, würden sie die Meldung nicht abdrucken. Was abseits ihrer Städte geschah, konnten die Glücksjäger ohnedies nicht in seiner wahren Bedeutung begreifen. Nur ein Inländer begriff das, der allerdings, jeder einzelne.
Wirrun legte die Karten und die Zeitungsausschnitte wieder an ihren Platz und lächelte grimmig bei dem Gedanken an vier sprechfaule Inländer, die bestimmt ebenfalls die Zeitung gelesen hatten. »Fliegende Untertassen!« würden sie abschätzig brummen. »Das ist wieder typisch, was?« Und schlagartig wurde ihm bewußt: Sollte er je in einer solchen Sache die Hilfe eines Weißen in Anspruch nehmen müssen, dann wandte er sich wohl besser an einen Inländer.
Nur: er brauchte ja keine Hilfe. Er war nach wie vor der An-

sicht, daß ein wenig Frost kaum schaden konnte und daß ihn das Ganze nichts anging. Allenfalls konnte er eine Nachricht zum Mount Conner senden. Aber welche?

Er lag im Bett und rätselte herum, an wie vielen Orten es tatsächlich Frost gegeben hatte - und wo; wie weit sie voneinander entfernt lagen; und innerhalb welchen Zeitraums sie entstanden waren. Wie weit würden sie nach Süden vordringen - und wann? Was hatten die Ninya da ausgeheckt?

Er erwachte, weil er sich selbst sagen hörte: »Aber ich kenne doch die Lieder gar nicht!«

Das hatte nichts zu bedeuten. Er wußte, daß es Zeit war aufzubrechen. Schon möglich, daß er den Schaden überschätzte; aber daß der Frost Schaden anrichtete, stand immerhin fest. Schon möglich, daß er die Lieder nicht kannte, mit denen sich die Ninya in den Berg zurücksingen ließen; aber immerhin war er hier an der Ostküste der einzige, der überhaupt wußte, daß es die Ninya gab. Schon möglich, daß er mit dem allen bloß seine Zeit vergeudete; aber der Versuch lohnte immerhin. Wer nichts tut, erfährt nichts.

Gleich nach dem Frühstück machte sich Wirrun an die Arbeit. Er holte seine Ersparnisse aus dem Versteck hinter der Kommode. Erst vierzig Dollar; nun, sie mußten eben reichen. Er leerte den schäbigen Kühlschrank und schaltete den tuckernden Motor aus, packte ein paar Eßsachen und seine ältesten Hemden und Shorts ein und rollte den Schlafsack zusammen. Als er reisefertig war, schloß er das Zimmer ab, hängte den Schlüssel an den Nagel über der Tür und ging zur Tankstelle, um mit dem Boß zu sprechen.

Er ahnte, daß ihm Schlimmes bevorstand. Die Glücksjäger mochten sich zwar bei jeder Gelegenheit über die ständige Schufterei beklagen, aber sie wußten, daß nur die Arbeit ihre kleine Welt zusammenhielt. Wenn man einen Job hatte, mußte man sich eben in die Riemen legen, sonst ging das auf Kosten anderer; man durfte ihn nicht ohne weiteres aufgeben. Wirrun fühlte sich durchaus schuldbewußt, als er den Boß ansprach.

Der war überrascht und unwirsch. »Unmöglich! Du bist doch gerade erst zurückgekommen, und David hat sich die nächste Woche frei genommen. Du kannst deine Arbeit nicht einfach hinschmeißen, wenn sie dir gerade nicht paßt, und dich auf die Socken machen.«
»Das stimmt«, räumte Wirrun leise ein. »Tut mir ja auch leid. Nur: ich muß eben wirklich fort. Dringende Geschäfte.« Er hoffte, daß dieses Zauberwort seine Wirkung nicht verfehlen würde, aber der Boß schnaubte bloß:
»Dringende Geschäfte habe auch ich, denn der Laden läuft nicht von selbst. In Wirklichkeit hast du nur zuviel Geld in der Tasche. Entweder ziehst du jetzt sofort deinen Overall an und machst dich an die Arbeit, oder du kannst dich ein für allemal zum Teufel scheren.«
»Tut mir leid, Boß«, sagte Wirrun. Es tat ihm tatsächlich leid, sehr leid sogar. »Ich mag den Job hier. Aber ich muß trotzdem gehen.«
Wirrun nahm seinen restlichen Lohn entgegen, den der Boß zornig aus der Ladenkasse geholt hatte, und verließ die Tankstelle. Er machte sich Sorgen um seine Zukunft - aber dafür blieb immer noch Zeit, sobald er wieder zurückkam. Jetzt wollte er fürs erste zu Ularra.
Ularra arbeitete in einer Fabrik und würde erst in der Mittagspause zu ihm herauskommen können. Wirrun mußte warten und kaufte unterdessen weitere Vorräte ein. Er war rechtzeitig zur Stelle, als Ularra aus der Fabrik gelatscht kam, den Freund erkannte und mit einem Grinsen begrüßte.
Wirrun setzte ihm in aller Eile das Notwendigste auseinander. Ularra lauschte aufmerksam und nickte. »Aber was soll an dem allen so bedrohlich sein?« fragte er, ein wenig ratlos.
»Ich weiß nicht, worin die Bedrohung besteht. Trotzdem muß einer von uns die Sache im Auge behalten, oder? Das ist doch klar. Hast du die Adresse?«
Ularra hatte die Anschrift seines Bekannten in Alice Springs tatsächlich gefunden und meinte, er könne den Männern am

Mount Conner auf raschestem Weg Nachricht geben, sollte Wirrun eine Botschaft für sie haben. Er versprach auch, auf eine solche Botschaft zu warten und dann sofort für Hilfe zu sorgen. Ernst nahmen sie voneinander Abschied.

Wirrun ging zum Bahnhof. Sein Plan bestand zunächst bloß darin, sich für sein ganzes Geld ein Ticket zu kaufen, so weit wie möglich nach Norden zu fahren und die restliche Wegstrecke zum Tafelland zu Fuß zurückzulegen. Unterwegs würde er in den Zeitungen nach neuen Meldungen über Frostausbrüche suchen oder, dachte er, früher oder später selbst darauf stoßen. Hatte er die Spur einmal gefunden, konnte er sie weiterverfolgen. Alles weitere würde sich von selbst ergeben.

Als er zum Bahnhof kam, war eben die Nachmittagsausgabe erschienen, und Wirrun kaufte sie sich sofort. Der Bericht stand auf der zweiten Seite, und die Schlagzeile war die bisher größte:

DRINGT DER FROST NACH SÜDEN VOR?

Bereits während er las, änderte er seine Pläne. Die Meldung kam aus dem Hochland bei Dorrigo . . . Dorrigo! Das lag nicht nur weiter im Süden sondern auch weiter im Osten! Aber bereits viel näher! Es wäre ein Fehler gewesen, jetzt noch zum Tafelland zu fahren oder sich strikt nach Norden zu halten. Womöglich geriet er dabei über sein Ziel hinaus . . . Etwas Eis und schweren Reif (»er sah eher nach Schnee aus«) hatte der Farmer beobachtet. Und er hatte eine Formulierung gebraucht, die Wirrun zu denken gab: »Das Zeug hat ganz komisch geschimmert.«

Das Zeug hat ganz komisch geschimmert: wie der Cellophanschimmer, den Wirrun bemerkt hatte, als das Land ringsum auf den Kopf gekippt war?

Er warf die Zeitung in einen Abfallkorb und blieb eine Zeitlang gedankenversunken stehen. Der Frost näherte sich der Küste, kam vielleicht geradewegs auf die Gegend zu, aus der Wirrun stammte ... Er überlegte: Wo reichte das Bergland bis ans Meer? Port Macquarie lag wahrscheinlich zu weit oben ... Eher sollte er einen Ort am Hunter wählen ... einen guten Standplatz im Busch, von dem aus man gleich gut nach Norden, Westen oder Süden kam ... Und ein Postamt mußte in der Nähe sein, damit er Ularra rasch Nachricht geben konnte ... Schließlich kaufte er die Fahrkarte.

Wenig später führte ihn der Zug, sanft schwingend und in ewig gleicher Weise den Rhythmus der Schienenstöße aussingend, auf die kurze Reise nach Norden. Bald würde er ihn verlassen und ins Landesinnere wandern: ein junger Mann aus dem Volk auf der Suche nach einem Berg.

4. Kapitel

Viel weiter noch im Norden stöhnte ein anderer Berg. Er war erfüllt von längst vergessen geglaubter Beschwernis und Kälte. Tief durch sein Inneres heulte ein eisiger Wind und ließ auf seinem Weg den Berg bis ins Herz erschaudern. Der unterirdische Wasserlauf, den noch kein Menschenauge je erblickt hatte und der doch seit urdenklicher Zeit silbrig durch das Dunkel raunte, war plötzlich verstummt, zu Eis erstarrt. Der See, der sich ein Jahrtausend lang still und kühl unter den Gesteinsmassen in einer Grotte verborgen hatte, war bis auf den Grund gefroren; ein solider, matt ins Zwielicht schimmernder Block. Und weiter, immer weiter heulte der Wind, und die Ninya gingen durch den Berg.

Sie gleißten im puren Glanz der Kälte; wie Diamanten fielen die Schneekristalle aus ihren Bärten; und sie hatten kein gutes Wort füreinander.

»Wir suchen vergeblich und lassen uns führen von einem Narren, der seine Ohren vor jedem Rat verschließt.«

»Ein Narr bin ich in der Tat, aber nur, weil ich mich dazu hergebe, Kleingläubige zu führen, die sich anstellen, als seien sie Kinder aus dem Volk. Führt euch doch selbst – geradewegs hinein in das Feuer!«

»Wohin also? Wir tappen blind dahin, als wären wir Ameisen in einer finsteren Ritze. Wer sagt uns, wo das Älteste Nargun haust?«

»Ich sage es euch, und ich führe euch hin: Das Älteste haust an der Küste, im Süden, in seinem ureigensten Land.«

Wie im Chor ertönte daraufhin krächzendes Gelächter.

»An der Küste! Im Süden! In seinem ureigensten Land! Jetzt hat er uns alles gesagt!«
»Die Küste ist aber lang, du hoher Anführer der Ninya! Und der Süden ist weit! Und das Ureigene ist längst dahin!«
»Wer wirklich sucht, geht nicht einfach drauflos. Ich sehe einen Felsblock: ist das das Nargun? Ich sehe eine Höhle: steckt es da drinnen? Verrate uns das, du Neunmalkluger!«
»Warum schaut ihr nicht selbst nach – was hält euch zurück? Ich führe euch an; ich kann denken, ihr braucht nicht lange zu schauen.«
»Dann sag uns doch, was du denkst, du Erleuchteter!«
»Muß ich es euch denn immer wieder sagen, wie kleinen Kindern, die nicht hören können? Wäre das Älteste wirklich hier, hätte es dann nicht längst das erste Erblühen des Frostes entdeckt? Und würde es sich dann noch in seiner Höhle verstecken und dort jämmerlich frieren? Ich sage euch: Es würde sich uns in den Weg stellen, hier und jetzt, und diese kalten Felsen würden feuerrot glühen.« Die Ninya stießen ein trotziges Grunzen aus.
»Hört weiter, ihr, die ihr nicht zu denken vermögt! Hielte sich das Nargun tatsächlich entlang unseres bisherigen Weges auf, oder auch nur irgendwo in der Nähe, dann stünde es jetzt hier, und euer weißes Blut begänne in den Adern zu schmelzen. Starrt also nicht in jede Höhle, als wolltet ihr nach Fledermäusen jagen, sondern achtet auf das Eis. Fühlt in die Luft und in das Wehen des Windes. Erst wenn sich der erste Wassertropfen auf einem Eiszapfen zeigt, erst wenn der Wind einen Herzschlag lang stockt, ist für uns die Zeit des Handelns gekommen.«
Krächzendes Geflüster und scharfe Blicke umgaben ihn. Der Anführer nickte.
»So kommt denn. Es geht nach Süden, die Küste entlang. Wir stellen nicht den Fledermäusen nach, sondern dem Nargun. Um es in Frost und Kälte zu hüllen. Um ein plötzliches Wunderwerk aus Eis zu vollbringen. Um den Schnee herbeizurufen und

die uralten Gebeine des Nargun zu brechen. Um das Land wieder weiß in der Sonne liegen zu sehen, in der strahlenden Herrlichkeit sonnenbeschienener Gletscher. Kein eintöniger Frost in dämmrigen Grotten, sondern das zarte Dahinschmelzen und Wiedergefrieren im weißen Atem der Luft.«

Da brachen alle Ninya in wilde Gesänge aus, und der Wind heulte mit ihnen, und ihr Anführer fühlte in den Wind. Und tief im Süden, unweit der Küste, in seinem ureigensten Land, fühlte das Älteste Nargun in die See.

Die See umspülte und überströmte es, zerrte und sog an ihm. Das Nargun streckte sich ein wenig und drückte sich dichter an die Felsen. Alle seine Sinne waren angespannt und hellwach, waren völlig auf ein anderes Fließen und Bewegen ausgerichtet: da zappelte etwas im Wasser, ganz in der Nähe, da lebte etwas – und das Nargun war hungrig.

Seit seiner letzten Mahlzeit waren zwar erst fünf Jahre vergangen; früher einmal waren es wohl auch zwanzig oder fünfzig gewesen; aber das alte Geschöpf war mit der Zeit gefräßiger geworden, und die See konnte seinen Hunger kaum stillen. Was im Wasser lebte, war listenreicher, kälter und flinker als die Geschöpfe an Land. Oder war das Nargun selbst bloß noch listenreich und kalt – aber zu langsam geworden? Das uralte Monster hatte zu lieben verlernt; es kannte nichts mehr als sehnsüchtige Gier. Also hungerte es häufig und haschte nach allem, was die See ihm bot.

Das Etwas schwänzelte daher und knabberte an den Algen am Rande des Felsens. Das Nargun duckte sich und verharrte – mit der ungerührten, grenzenlosen Geduld eines Steins. Wieder knabberte der Fisch an den Algen, zuckte zurück, um einem Gekräusel aus Schaumbläschen auszuweichen, ruckelte von neuem heran. Das Nargun duckte sich und machte sich schwer, um dem Sog der See entgegenzuwirken. Was hatte es nicht alles vom Wind und vom Meer gelernt!

Eine Welle schwappte heran und kippte hintüber. Die Algen schwangen mit ihr. Und auch das Nargun hatte seine Lage ein

wenig verändert: ganz im geheimen, schwerelos im Schwall. Jetzt war es bereit. Der Fisch stand reglos in der Dünung.
Ein Wellenkringel blitzte in der Sonne auf: Und mit ihm, in seinem Licht, schnellte das Nargun ruckartig vor. Das Wasser barst im Anprall, verebbte sogleich, war plötzlich trübe von Blut und hellem Fleisch. Nichts war zurückgeblieben. Nichts rukkelte mehr und knabberte an den Algen.
»Nga-a!« röhrte das Nargun und ließ sich von der nächsten Welle zu seinem Lager zurückschwemmen. Es versank darin und spreizte sich schwer gegen die Ränder des felsigen Bettes. Es ruhte. Unter einem Schleier aus grüngoldenem Schimmer. Unter der leise und behutsam wärmenden Sonne.
Das steinalte Nargun lag ganz still und träumte vom Feuer.

In den Bergen

1. Kapitel

Wirrun stieß auf eine staubige Straße, folgte ihr ins Landesinnere und hoffte, die richtige Wahl getroffen zu haben. Lag sein Ausgangspunkt zu weit oben oder zu weit unten an der Küste? War es überhaupt richtig, in Küstennähe zu bleiben? Vielleicht zog sich der Frost aus den höheren Lagen zurück und tauchte bald in den Städten auf. Vielleicht machte er einen großen Sprung und war schon morgen hundert Meilen weiter im Süden. Vielleicht legte er eine Pause ein und blieb für einen Monat, für ein Jahr, wo er jetzt war. Wirrun wußte keine Antwort auf diese Fragen, aber er sagte sich beim Weitergehen, daß es eben auf vieles keine Antwort gab für einen jungen Mann, der allein unterwegs war, unterwegs auf der Suche nach einem Berg.

Und Berge gab es hier zur Genüge. Sie überragten den Hügelkamm, auf dem das Dorf stand, und ihre Hänge waren mit dichtem Wald überzogen, die vulkanischen Gipfelzacken mit rauhem Gestrüpp verziert. Einen Augenblick lang zögerte Wirrun; er wußte nicht, für welchen Berg er sich entscheiden sollte. Aber dann ging er einfach drauflos, statt stundenlang grübelnd herumzusitzen und einen Vorwand für seine Wahl zu suchen.

Der Hang wurde rasch steiler. Wirrun stolperte über Steine, die im Gras und unter dem Rankenwerk versteckt lagen. Er bahnte sich zwischen grauem Buchsbaum und Eukalyptus den Weg. Weiter oben, schien es ihm zunächst, war der Boden nur noch felsig, und doch fand das Gestrüpp immer noch Mulden, in dem es auf faulendem Laub oder im Lehm gedeihen konnte. Wirrun erreichte einen Felsvorsprung. Von dessen Rand aus konnte er

auf das Dorf hinunterschauen. Er folgte dem Grat, der sich an der Bergflanke entlangzog, bis ans Ende, verstaute dann unter dem Überhang sein Gepäck und errichtete eine kleine Feuerstelle. Man würde sie vom Dorf aus nicht sehen können.
Die Sonne stand bereits tief. Es blieb ihm nicht viel Zeit, die Gegend um sein Lager zu erkunden, aber vor allem mußte er eine Wasserstelle finden. Er hielt nach einer Rinne in den Felsen Ausschau und entdeckte sie auch, wenngleich in beträchtlicher Entfernung. Eigentlich hätte er sein Lager näher dorthin verlegen sollen, aber der Platz, an dem er jetzt war, gefiel ihm, und da Wirrun ohnedies die nächsten Tage kreuz und quer auf diesem Berg herumstreifen würde, konnte er bestimmt unterwegs immer wieder seinen Wassersack füllen.
Die Rinne war steil und voll Geröll, zwischen dem sich der dünne Wasserfaden durchschlängelte. Hier gab es auch etwas Gehölz, Nadelbäume und Bergahorn, zwischen hohem Farnkraut und Moos. Ja, steil und eng war diese Rinne; sie lag jetzt im Schatten - aber wenn man die richtige Stelle kannte, konnte man mühelos hinunterklettern. Wirrun trug das Wasser zum Lager und zündete ein Feuer an.
Er schlief in jener Nacht tief und fest, müde vom Wandern, bis die Morgensonne unter den Überhang kroch und ihm ins Gesicht schien. Da war es schon zu spät, nach einer frostigen Stelle Ausschau zu halten. Wirrun verbrachte den ersten Tag damit, auf den Gipfel zu steigen und den Berg an seiner Flanke zu umrunden. So lernte er ihn kennen und konnte sich die tägliche Route überlegen. Wie alle aus dem Volk achtete er darauf, stets in Deckung zu bleiben, im Schatten, hinter den Felsen und im Unterholz. Wenn die Inländer ihn nämlich entdeckten, würden sie die Augen zu schmalen Schlitzen verengen, seinen Weg wachsam verfolgen und aufgrund ihrer harten Erfahrungen aus seinem Verhalten die seltsamsten Schlüsse ziehen.
Zunächst betrachtete er die Landschaft ganz bewußt nach Art der Buschmänner: Er verfolgte die Linie der Grate, die die Gipfel miteinander verband; er hielt Ausschau nach tückischen,

schlüpfrigen Felsplatten und Hängen, an denen Steinschlag drohte; er entdeckte an vielen Stellen abgelegene schattige Mulden; er kletterte über rauhe Klippen und in enge Ritzen. Doch schon bald nahm er das alles nicht mehr bewußt wahr; wahrscheinlich hatte er bereits mit den Füßen zu denken begonnen.
Am Nachmittag stieg er ab, zog zwischen den Bäumen einen großen Bogen und erreichte so das Dorf aus der Gegenrichtung. Er kaufte die Zeitung und setzte sich unter einen Baum, um sie zu lesen. Es gab keine Meldung über neue Frosterscheinungen, aber die Glücksjäger machten sich über die Inländer lustig:

INVASION AUS DEM WELTRAUM?
Oder beschert uns der Weihnachtsmann einen neuen Nordpol?

In dieser Tonart ging es weiter. Die Witzbolde hatten auch nicht versäumt, die Ansicht eines namhaften Gelehrten einzuholen. Wirrun ließ die Zeitung in eine Mülltonne fallen und kehrte auf dem bereits vertrauten Umweg auf den Berg zurück.
Am zweiten Tag machte er bereits im fahlen, schattenlosen Morgengrauen die Runde. Es war kalt, aber nicht zu kalt für Anfang November. Wirrun suchte alle die versteckten Plätze auf, fühlte und sah sich darin um. Er entdeckte kein gefrorenes Fleckchen – aber als die Sonne aufging, entdeckte er den Berg: Felsen und Nadelgehölz, feuchtdampfende Moosbänke, schwankend schwebende Veilchen, kunstvoll ineinander verschlungene Waldrebenranken ...
Ich bin das Land. Ich war zuerst da. Du mußt mir dienen, sagte der Berg.
»Nur deshalb bin ich gekommen«, antwortete Wirrun. Er sah das Gold in den Akazien und das Silber auf den Unterseiten der Blätter, sah die Schatten und den Wind, sah die Sonne auf die Felsen brennen. Er hörte die Spinnen trippeln und die Eulen schlafen; er spürte, wie die Eidechsen unter die Borken huschten und die Schlangen hinter die Steine glitten.

Bis in den späten Nachmittag wanderte er über den Berg und hielt zwischen den Farnen Rast. Er sah zu, wie der Widerschein der Sonne die leichten Dunstschleier in loderndes Feuer tauchte; und später rückte er eng an sein eigenes, bescheidenes Feuer und lauschte der Stimme des Berges.

Frost wächst in der Nacht und schmilzt am Tag, sagte der Berg.

»Dann schlafe ich morgen untertags und breche in der Nacht auf«, erwiderte Wirrun gehorsam.

Die Mimi lugte über den Rand der Klippe und hörte, was Wirrun sagte. Sie hatte ihn schon viel früher entdeckt und als den Schläfer am fernen Salzsee wiedererkannt. Das hatte ihre Neugierde um so größer werden lassen, und so war sie ihm den ganzen Tag gefolgt, vorsichtig, immer die sicheren Felsen im Rükken. Denn so einer wie Wirrun war vielleicht bald in der Lage, diesen oder jenen Erdgeist schauen zu können – vielleicht sogar eine Mimi.

Der Frieden, den sie in ihrem Felsversteck gefunden hatte, war nicht von Dauer gewesen. Also war sie herausgeschlüpft und hatte den Grat entlang einen Stein um den anderen ausprobiert, ohne es aber irgendwo länger auszuhalten. So war sie gezwungen, die meiste Zeit im Freien zu verbringen, sich ängstlich gegen jeden plötzlichen Windhauch vorzusehen, immer auf der Hut zu bleiben, und war beim geringsten Anlaß in den nächstgelegenen Felsen geflüchtet, um ihn dann doch wieder so rasch wie möglich zu verlassen.

Sobald sich nämlich die dunkle, schutzbringende Stille des Gesteins um sie schloß, schien sie der Mimi unvollkommen zu sein: Immer tönte da etwas, ganz weit weg, ganz leise – zu leise sogar für ihre empfindlichen Ohren. Sie vernahm und erkannte das heimliche Plinkern eines unterirdischen Wasserlaufs in den tiefsten Tiefen des Berges, das flinke Tappen von Spinnenbeinen, das Rieseln der Sandkörner; das alles war ihr vertraut. Doch wenn diese Geräusche aussetzten, was war es, das dann immer noch blieb? Ein fast unmerkliches Vibrieren des Felsens, als ob irgendwo im Berg irgend etwas unheimlich knarrte? Woher kam dieses trockene, kalte, beinahe lautlose Scharren: *rrr-sch!* – wie Mausepfoten auf Sand? Und warum zitterte die Luft und flüsterte unhörbare Worte? Es war nicht gut, wenn die dunklen Kavernen zu atmen begannen. Ganz steif hatte die Mimi dagelegen und hatte ihre Ohren zum Zerreißen angespannt. Fand sie endlich Schlaf, träumte sie unruhig vom Wind, von knisterndem Frost und von klirrendem Eis.

Schließlich begann sie nach einem Unterschlupf im Freien Ausschau zu halten, nach einem vermoderten Stamm oder einem hohlen Baumstumpf. Dann hatte sie Wirrun erblickt und war ihm bis zu seinem Schlafplatz gefolgt, ehe sie sich weiter auf die Suche machte. Es war schwer, eine Zuflucht zu finden und zugleich etwas Eßbares aufzutreiben, wenn man sich aus Angst vor dem Wind keine zwei Schritte vom nächsten Felsen fortwagen durfte.

Am frühen Morgen zog Wirrun seine Runden über den Berg, fand aber nur die Kälte der Dämmerung vor, die ihn ohne Hinterhalt empfing. Am Nachmittag stahl er sich ins Dorf, dann aß er und ging schlafen. Er schlief bis tief in die Nacht, bis das weiße Sternbild, das Kreuz des Südens, über ihn hinweggezogen war, bis die gelben Lichter im Dorf erloschen. Dann legte er Feuerholz nach, bedeckte es mit einem Mantel aus Asche und machte sich auf seinen nächtlichen Streifzug.

Die Nacht ist nie still. Sie pulste unter dem Zirpen der Grillen. Weiter unten am Hang rief ein Koala. Beutelratten quiekten und keiften oder schnauften schwer in sich hinein, wie asthmatische Greise. Der dumpfe Schlag der Hinterläufe gegen den Boden: ein Wallaby-Känguruh sprang durch das Dunkel. Eine Buschratte raschelte. Eine Motte schwirrte gegen den Wind an. Alle heimlichen Geräusche der Nacht verwoben sich zu einem dichten Gespinst, das den Berg wie einen Schleier umgab; aber Wirrun lauschte nur auf die Stimme des Berges.

Das Eis kommt, sagte der Berg.

»Ich kann es nicht finden«, sagte Wirrun. Er glitt durch die Büsche, durch das Gehölz, legte die Hand auf die Felsen, griff in

die Schatten – da war kein drohendes Zeichen, keine schwarze Kälte, nur die ahnungsvolle Nacht: ihr Atmen, ihre Erwartung.
Da spähte etwas in die Nacht; etwas, das größer und leiser war als die Grillen oder das Känguruh. Wurde das Dunkel dünner und dichter zugleich, begann es wie Wolken zu wirbeln? Wer, was schlich auf einmal hinter Wirrun her?
Schau immer geradeaus, sagte der Berg. *Denn hier kommt das Eis.*
Und Wirrun ging weiter, ganz darauf konzentriert, den Rückweg wiederzufinden. Was er dabei empfand, war aber nicht das Eis, sondern ein leises Kribbeln in den Fingerspitzen, in den Zehen und auf der Stirn: er spürte, daß ihm jemand auf Schritt und Tritt folgte. Er tastete sich im Dunkeln an Felswänden und Geröllhalden entlang, erreichte den Einstieg in die enge Rinne, kletterte am anderen Ende wieder heraus – und immer, wenn er über die Schulter schaute, schien sich die Schwärze aufzulösen und zugleich zu vertiefen.
Endlich hatte Wirrun sein Lager erreicht, und er hielt kurz an, um Holz nachzulegen und die glühenden Reste darüberzuhäufen. Das Feuer gab Wärme und Geborgenheit; er wäre gern geblieben. Aber der Berg rief. Wirrun mußte sich erneut auf den Weg machen.
Er ging los, und die Dunkelheit vor ihm wurde dicht und schwer, und er mußte sich überwinden, in sie einzudringen, Schritt um Schritt, Schritt um Schritt; und immer deutlicher mahnte das Kribbeln in den Fingern und in den Zehen und auf der Stirn. Kälte wehte ihn an, und er dachte: Das muß das Eis sein! Aber es war nur ein Geräusch, das im Gewebe der nächtlichen Stimmen fremd und falsch klang: ein scharfes Trillern, ein Zungenrollen, das geradewegs aus der dichtesten Schwärze der Finsternis kam. Dorthin wandte er sich – und erstarrte: Das Dunkle trat auf ihn zu.
Es glich einem Mann aus dem Volk, aber seine Augen waren blutunterlaufen, und es grinste. In den Händen trug es eine riesige Nullanulla mit drohender Spitze. Die Keule war viel zu groß, als daß ein Sterblicher sie hätte schwingen können.
Das Wesen streckte Wirrun die Nullanulla hin und sagte: »Wir

kämpfen. Du beginnst.« Und dann senkte es den Kopf, um den ersten Hieb zu empfangen.
Wirrun wußte, daß er die Nullanulla nicht anfassen durfte. Er wußte, daß nur die Flucht ihn retten konnte, und doch blieb er wie angewurzelt stehen und zitterte am ganzen Körper, während die dunkle Gestalt immer höher und schwärzer über ihn hinauszuwachsen schien.
Endlich riß Wirrun sich los, machte auf der Stelle kehrt und rannte zu seinem Lager zurück. Dabei konnte er förmlich spüren, wie die schwarze Gestalt immer noch hinter ihm her war, ihn grinsend verfolgte, und er hörte sie drohend mit der Zunge rollen. In höchster Verzweiflung wandte er sich um und brüllte dem Wesen zu: »Das Eis kommt!«
Da löste es sich auf, und Wirrun erreichte mit einem letzten Satz die Feuerstelle. Er fiel auf die Knie und türmte mit zitternden Händen neues Holz auf, um die glühende Asche zu schüren. Dabei zwang er sich, zwischendurch in die Nacht zu spähen, aber sie gab ihm nichts zu erkennen.
Bald loderten die Feuerzungen auf, und das Dunkle wich ein wenig zurück und verharrte dort. Sobald die Flammen niederbrannten, rückte es mit leisem Atem näher und verzog sich erst wieder, wenn das Feuer neue Nahrung gefunden hatte. Wirrun ließ es nicht erlöschen, bis die Nacht wäßriggrau wurde und allmählich dem Morgen Platz machte. Dann erst deckte er es zu und schlüpfte in den Schlafsack. Die Umgebung nahm Gestalt an, und es waren bloß Bäume.
»Du bist ein bißchen zu weich in den Knochen!« schalt er sich ermattet. »Eine schöne Bescherung! Da kommst du, um nach – nach etwas Ausschau zu halten, und wenn es dir über den Weg läuft, rennst du wie ein Karnickel davon.« Aber er hatte eben wahrscheinlich nicht wirklich damit gerechnet, auf seine Widersacher zu stoßen. Und er fragte sich, wie es den anderen Brüdern aus dem Volk ergangen sein mochte, die der dunklen Gestalt begegnet waren, die angebotene Keule genommen und mit ihr zum Schlag ausgeholt hatten. Ihn schauderte.

Auch die Dunklen sind meine Geschöpfe, sagte der Berg.
»Du alter Schelm!« brummte Wirrun. Was der Berg eben gesagt hatte, gefiel ihm nicht, aber er würde es zu berücksichtigen haben. Wirrun blieb liegen, bis die Sonne aufgegangen war und das Land wärmte, und er dachte darüber nach, wie viele dunkle Erdgeister der Berg im Laufe der Zeiten wohl ausgebrütet hatte, vom Anbeginn bis zu seinem allmählichen Erkalten und Erstarken. Als Wirrun schließlich aus dem Schlafsack kroch und sich das Frühstück zubereitete, war ihm jedenfalls eins klargeworden: wie viele Spukwesen es auch gab und wie schrecklich sie auch sein mochten, er mußte ihre Existenz hinnehmen. Man konnte sich nicht bloß die Felsen und Farne, das Moos und die grünen Schatten ausmalen und darüber verleugnen, daß es andererseits auch von rauhen Klippen und Giftschlangen wimmelte. Es gefiel ihm nicht, daß das Eis kam, aber so war es eben. Daher würde er heute nacht wieder über den Berg gehen, solange ihn nichts daran hinderte, und er würde davonlaufen, wenn es das Klügste war, davonzulaufen.
Immerhin, fiel ihm ein, war es dem alten Kerl auch nicht recht, daß das Eis kommt. Was den Dunklen wohl mehr störte – daß die Ninya aus dem Westen anrückten und in seinen Herrschaftsbereich eindrangen, oder das Eis selbst?
Wirrun ging früher als sonst in das Dorf, um die Zeitung zu kaufen; zu früh, wie sich herausstellte. Der Lastwagen, der die Fracht vom ersten Zug holte, war noch nicht zurückgekommen. Während Wirrun unter einem Baum saß und die Zeit verstreichen ließ, überlegte er, daß er die Zeitung eigentlich gar nicht mehr brauchte. Das Eis kam. Das hatte ihm der Berg, das hatte ihm vielleicht das Land selbst verraten; das hatten sie ihn durch ein Kribbeln in den Fingern, in den Zehen und auf der Stirn wissen lassen. Das war ihm bekannt; das war erledigt. Auch, daß die Ninya das Eis mitbrachten, und zwar hierher, und nicht bloß ein kleines Frostfleckchen, das innerhalb einer Stunde wieder dahinschmolz. Nein, das Eis in seiner ganzen Macht war im Anmarsch. Wirrun fragte sich, ob es nicht an der Zeit war, mit

Ularras Hilfe die Männer vom Mount Conner herbeizurufen. Aber noch wußte er ja nicht, wann das Eis kommen würde, und ob es nicht unterwegs irgendwo anhielt, um wer weiß wie lang zu verharren.
Am Ende der Straße wirbelte eine Staubwolke hoch; bald tauchte daraus der Lastwagen auf. Wirrun sah ihn kommen, sah zu, wie er vor dem Dorfladen hielt, und wartete, während die Säcke und Pakete ins Haus gekarrt wurden. Dann erst ging er hinüber und kaufte die Zeitung.
Gestern hatte man am Morgen erneut eine gefrorene Stelle entdeckt, immer noch in unmittelbarer Küstennähe, aber bereits sechzig Meilen weiter im Süden. Diesmal hatte der Inländer, dem die Beobachtung zu verdanken war, seine Herde stehenlassen und seine Frau und den Nachbarn herbeigerufen. Der Nachbar hatte den Fotoapparat mitgebracht, und so lagen nun erstmals unwiderlegbare Beweise vor. Das brachte die Glücksjäger in Verlegenheit, mußten sie doch jetzt jemanden finden, dem sie die Schuld an der jüngsten Entwicklung in die Schuhe schieben konnten. Wirrun lachte leise, als er das Blatt aus der Zeitung riß und den Rest wegwarf. Die Glücksjäger waren offenbar in ihrem Ansehen ein Stück geschrumpft, seit er sie verlassen hatte; von oben betrachtet, vom Berg, wirkten sie wie kleine Kinder.
Die Nacht und der Morgen hatten ihn müde gemacht. Er ging auf den Berg und verschlief den Rest des Tages. Die Mimi spähte aus ihrem Baum und betrachtete Wirrun lange, ehe sie sich auf Nahrungssuche wagte. Der Mensch schlief tief und fest.
Er erwachte unter den Sternen, im schwellenden Dunkel und eingewoben vom Stimmengewirr der Nacht, schaute hinunter auf die Lichter des Dorfes und hinauf zu den Umrissen der Gipfel gegen den Sternenhimmel; und er fühlte, wie das Land nach ihm faßte und ihn zu sich nahm. Die Furcht vor der Finsternis prickelte wie Nesseln; aber Wirrun aß, versorgte das Feuer und machte sich zuletzt auf den Weg über den Berg.
Er ging lange. Die Dunkelheit verdichtete sich und zerrann,

und Wirrun spürte das Kribbeln in den Haarwurzeln. Er horchte in die Nacht, tastete sich zu den verborgensten Plätzen vor und spähte in die tiefsten Schatten, ohne sie in den Klauen der Kälte zu finden.
Der Wind kommt, sagte der Berg.
Wirrun blieb stehen und lauschte, doch blieb alles ruhig. Nicht einmal die Blätter in den Bäumen raschelten. Es war völlig windstill; und doch spürte er unter den Füßen das Heulen eines fernen Sturmes. Beunruhigt ging Wirrun weiter.
Er befand sich auf der steileren Flanke des Berges und weit von der Feuerstelle, als das Dunkel sich erneut zusammenballte und ihn zu verfolgen begann. Diesmal zeigte es sich in Gestalt eines Weibes, aus deren Schultern zwei riesige Hörner wuchsen. Das Wesen zog den Kopf ein, grinste heimtückisch und rannte plötzlich mit gesenkten Hörnern auf ihn los.
Wirrun ergriff die Flucht. Aber schon nach wenigen Schritten erkannte er voll Schrecken, daß er auf dem abschüssigen Hang nicht weit kommen konnte, ohne zu fallen. Er stürzte mitten ins Gebüsch, weil er hoffte, daß sich die langen Hörner im Geäst verfangen würden; doch die Weibsgestalt lachte bloß lautlos und floß darüber hin wie durch Wasser.
»Das Eis kommt!« schrie Wirrun. »Warum rennst du nicht hinter ihm her?«
Da sank die Gestalt mit bebenden Hörnern in sich zusammen, und Wirrun entkam ihr und verbarg sich zitternd in einem Felsspalt. Aber gleich darauf ging er wieder weiter und zog noch zwei ganze Runden um den Berg, ohne etwas Besonderes zu entdecken. Erschöpft kehrte er im Perlmutterglanz der Dämmerung zu seinem Feuer zurück, aß und schlief.
Als er am Abend erwachte, die Nerven zum Zerreißen gespannt, verspürte er zum ersten Mal den Drang, aufzugeben und den Berg sich selbst zu überlassen. Aber schon beim bloßen Gedanken ans Fortgehen schien ihm, als könne er nirgendwohin gelangen und nichts mehr erreichen. Das ganze Land war ihm verschlossen; nur der Weg auf den Berg war ihm geblieben.

Er kochte und aß lustlos, wollte nicht schon wieder aufbrechen und fieberte doch danach. Stundenlang hockte er unbeweglich am Feuer und drehte bloß immer und immer wieder einen Grashalm um den Finger. Die Nacht verging allmählich, und der Berg rief, aber wie ein trotziges Kind wollte Wirrun ihn nicht hören.

Der Berg stöhnte.

Da gab sich Wirrun geschlagen. Er schnitt dem Berg eine Fratze, scharrte das Feuer zusammen und brach auf, nach wie vor voll kindischem Trotz.

»Ich hätte einen brennenden Ast mitnehmen sollen«, brummte er verärgert. »Aber ich habe ja den Verstand eines Hasen. Was geschieht, wenn ein Mann nicht einmal an eine Fackel denkt? Frieren wird er – und fürchten wird er sich.«

Schreckerfüllt sah die Mimi ihn gehen. Sie war eine Stunde zuvor in den Felsen geschlüpft, doch gleich darauf wieder zitternd herausgestürzt. Und sie zitterte auch jetzt noch.

Unterwegs legte sich Wirruns Trotz, aber die brütende Ungewißheit lastete immer schwerer auf ihm, zum einen, weil ihm nun, da er wieder wachsam war, die plötzliche Stille bewußt wurde: Heute nacht hing erstmals das zarte Gespinst der Stimmen nicht über dem Berg. Die Stille war vollkommen und beklemmend. Sie jagte ihm Angst ein. Und zum anderen störte ihn sein beharrliches Verlangen nach einem brennenden Ast, obwohl die Nacht gar nicht kalt war. Er fragte sich, welche schlimmeren Schrecken als das gehörnte Weib ihn diesmal erwarteten.

Ich friere, sagte der Berg.

Wirrun suchte und suchte, ohne der Kälte auf die Spur zu kommen. Er ging durch alle Mulden und Schattenplätze, kroch in jede feuchte Ritze und tastete über die Felsen. Er hielt sich lange in dem engen Spalt auf, durch den in dünnen Fäden das Wasser zog. Es kribbelte ihm in den Fingern und Zehen und in den Haarwurzeln – aber er fand nichts. Brummig kletterte er wieder nach oben.

Da stand er nun, selbst ein Schatten, im dichten Unterholz, lauschte in die Stille und sehnte sich nach seinem behaglichen Feuer.

Als das Schweigen barst, erschrak er und prallte zurück. Das Geräusch kam näher, immer näher: *knack ... knack,* in stetem Rhythmus, wie der hüpfende Trab eines Wallabys, eines kleinen Känguruhs, aber lauter und härter, und ein schauriger Ruf eilte ihm voraus: *»Pirralog! Pirralog!«*

Wirrun wußte, daß dies ein Erdgeist sein mußte, und er begann am ganzen Leib zu zittern. *Es* war gekommen, das Schlimmste von allem, *es,* dessen Ankunft er vorausgeahnt und befürchtet hatte. Und doch konnte er sich nicht von der Stelle rühren. Er sah *es* aus dem Dunkel auftauchen, sah es daherspringen, ja, wie ein Wallaby, aber in Gestalt und Größe glich *es* eher einem Pferd: *es* hatte einen zottigen Hals, fast eine Mähne, und einen Schwanz, lang und scharf wie ein Messer. Jetzt hatte *es* Wirrun entdeckt und näherte sich ihm mit gesenktem Schädel. Die feurigen Augen brannten in die Finsternis, und abermals rückte *es* näher - und noch immer stand Wirrun wie vom Schreck gelähmt.

Dann aber, unvermutet, hielt das Geisterwesen mitten im Lauf inne. Sein Leib schwankte unsicher; *es* warf den Kopf von einer Seite zur anderen; *es* stampfte auf den Boden: urplötzlich hatte *es* alles Interesse an Wirrun verloren. Einmal, zweimal stieß *es* noch seinen Ruf aus: *»Pirralog! Pirralog!«* Dann wandte *es* sich ab und trabte davon, und der Klang seiner Hufe verhallte.

Ja, nun war es wirklich zum Schlimmsten gekommen. Wirrun ahnte, daß es besser gewesen wäre, wenn die Spukgestalt ihn verfolgt hätte. Aber diese Nacht lastete auf ihr ebenso wie auf ihm, und heute war nicht die Zeit, nach Menschen zu jagen.

Wirrun machte sich auf den Weg, und seine Haut prickelte.

Als er an der Feuerstelle vorbeikam, hielt er kurz an, um Holz nachzulegen und die glimmende Asche aufzuhäufen. Das Rad der Sterne drehte sich dem Morgen entgegen - und plötzlich konnte Wirrun den Platz am Feuer nicht verlassen, nicht jetzt,

und er hockte sich an seinen Rand, starrte in das rote Pulsen der glühenden Reste und sah zu, wie sie das frische Holz ansengten, wie endlich die ersten Flammen daran hochleckten. Er hörte den Berg stöhnen und erwiderte verstockt: »Nicht jetzt!«
Wirrun verließ das Feuer erst, als die Sterne verblaßten und die Bäume und Felsen aus dem Dunkel traten.
Er ging geradewegs zur Wasserrinne. Sie öffnete sich gegen Osten und somit dem frühesten Licht.
Dort lag das Eis. Die schwarzen Felsen glitzerten silbergrau im Reif, und die Farne glitzerten silbergrün. Das Wasser im Bachbett war zwischen den Steinen zu kleinen Klumpen und dünnen Streifen gefroren.
Vorsichtig kletterte Wirrun bis auf den schlüpfrig glatten Grund und kratzte mit dem Schuh über das Eis. Die Sonne ging auf, und ihre ersten Strahlen fielen direkt in den engen Felsspalt.
Und der hob sich und kippte und begann hoch über Wirruns Kopf zu treiben. Die Bäume und Felsen und Farne hingen nach unten und langten sehnsüchtig nach ihrem angestammten Platz.
Wirrun schloß hastig die Augen. Dann kletterte er rasch aus der Rinne, denn er kannte das Lied nicht, mit dem sich das Eis zurücksingen ließ.

2. Kapitel

Müde und besiegt, voll trüber Gedanken, kehrte Wirrun zum Feuer zurück. Die Ninya waren gekommen und wieder gegangen, und er war nicht klüger als zuvor. Er hatte das Eis gesehen, das große, schreckliche, alles bedrohende Eis, und es war nicht mehr gewesen als ein kleiner weißer Fleck. Trotzdem blieb es schrecklich und groß, und trotzdem wußte Wirrun noch immer nicht, warum. Er war nur ein junger Mensch, allein, auf sich gestellt. Er hatte sein Bestes getan und nichts erreicht.

»Nein«, gestand er sich bitter ein, als er in den Schlafsack kroch. »Es war mein Fehler. Ich hätte schon früher kommen sollen.«

Er fiel in Schlaf wie ein erschöpftes Kind – und als er plötzlich in panischer Angst erwachte, wirbelte er durch den Raum, und der Wind pfiff ihm um die Ohren. Wirrun wollte schreien, aber seine Kehle war wie zugeschnürt, und er drohte zu ersticken. Etwas, jemand, hatte ihn gepackt: ein schwarzer Körper, der mit weißen Zeichen bemalt war. Wirrun wehrte sich nach Kräften, aber der andere hielt ihn fest, als sei er bloß ein kleines Kind, und trug ihn mühelos weiter durch das Sturmgebraus. Da war nichts mehr in der Welt als der Wind und dieser schwarze, bemalte Körper . . . bis Wirrun nach unten schaute und neuerlich einen erstickten Schrei ausstieß: Sie flogen in Adlerhöhe über den Wipfeln der Bäume.

Wirrun gab seinen Widerstand auf und versuchte statt dessen, sich fester an die Arme zu klammern, die ihn hielten, denn er war hilflos in diesem wilden Wirbel der Lüfte.

»Hab keine Angst!« sagte eine tiefe Stimme knapp über seinem Kopf. »Ich bin Ko-in.«

Es gelang Wirrun, zu dieser Stimme aufzublicken, und er sah in ein strenges, ernstes Gesicht, das Gesicht von einem aus dem Volk. Er wußte, daß ihn nun am Ende doch ein Erdgeist gefangen hatte, und ergab sich willenlos in sein Schicksal.

Ein ungeheures Dickicht aus Bäumen stürzte auf sie zu; sie fielen wie ein Stein; die Baumwipfel reckten sich ihnen entgegen . . . aber sie glitten zwischen ihnen durch. Der Boden kam drohend näher; schon machte sich Wirrun auf den heftigen Aufprall gefaßt – da waren sie bereits sanft und weich gelandet.

Unter den Bäumen brannte ein Feuer, und am Rand dieses Feuers ließ das Geschöpf den erstickt keuchenden Wirrun ins Gras gleiten.

Wirrun wollte etwas sagen, aber es gelang ihm nicht. Zwar konnte er wieder mühelos atmen, aber das Würgen im Hals war noch immer da. Der Erdgeist stand neben ihm, groß und dunkel, den Körper mit Zeichen aus weißem Lehm bemalt. Das Geschöpf entfernte sich – jetzt war die Gelegenheit davonzulaufen, aber Wirrun hatte nicht einmal die Kraft, sich aufzurichten. Schon kam der andere wieder zurück, hockte sich wie ein gewöhnlicher Sterblicher an seine Seite und legte ihm ein Blatt auf die Lippen.

»Ich bin Ko-in«, wiederholte die tiefe, ernste Stimme. »Dies ist mein Feuer. Sprich zu mir.«

Wirrun erkannte, daß er endlich die Sprache wiedergefunden hatte, aber nun fehlten ihm die Worte. Langsam setzte er sich auf.

Er war nun ziemlich sicher, daß dieses Wesen ihm nicht böse gesinnt war. Es glich nicht den wilden, angsteinflößenden Nachtgestalten, und seine Augen waren die der ganz Alten aus dem Volk.

Wie gern hätte Wirrun jetzt etwas gesagt, aber er brachte nichts weiter heraus als die eine, dringende Nachricht:

»Das Eis kommt!«

»Das Eis ist bereits gekommen«, berichtigte Ko-in. »Und längst wieder weitergezogen. Warum verfolgst du es?«

Warum? Wirrun versuchte sich zu erinnern. »Das hat mir das Land aufgetragen«, erwiderte er.
»Ah«, sagte Ko-in, als sei damit alles geklärt. Doch weil damit in Wahrheit gar nichts erklärt war, suchte Wirrun mühsam nach einer besseren Begründung:
»Meinst du vielleicht, es sei bloß ein harmloser kleiner Frost? Es sieht zwar unscheinbar aus, aber es ist groß und schrecklich.«
»Es *war* groß und schrecklich - zu seiner Zeit«, sagte Ko-in; aber er sagte es leichthin.
»Es kommt von sehr weit her, aus dem Westen. Die Ninya haben es gebracht. Und das Volk ist nicht mehr da. Jene, die jetzt da sein müßten, um die Ninya zurückzusingen, sind fort.«
»Das Volk ist unentbehrlich«, pflichtete Ko-in ihm höflich bei. Das ärgerte Wirrun. Er war nicht Nacht für Nacht über den Berg gezogen und hatte sein Bestes gegeben, um nun für seine dringende Botschaft so ungerührt abgespeist zu werden.
»Das Eis ist bereits weitergezogen, es hat dein Reich verlassen«, sagte er bitter. »Also kümmert es dich nicht länger. Aber zum Glück gibt es auch andere Nachtwesen. Ich weiß es; ich habe sie gesehen. Sie sind vielleicht nicht so freundlich wie du, und vielleicht können sie auch nicht fliegen, aber immerhin ist ihnen nicht alles gleich.«
Ko-ins ernste braune Augen funkelten. »Ja, du hast sie gesehen«, stimmte er zu. »Den keulenschwingenden Ko-yu-rowen und die gehörnte Yaho und Puttikan mit seinen mächtigen Sprüngen; die alten Spukwesen der Nacht. Und ihnen ist nicht alles gleich. Sie mögen das Eis nicht, die drei Erdgeister, und sie mögen die Ninya nicht, die ihr Reich verließen und in das unsere eindrangen. Aber ich bin ein Held. Meine Sorge ist von anderer Art. Meine Sorge gilt dem Land, ob es nun von Eis umklammert oder von Feuer verbrannt wird. Und wem gilt deine Sorge?«
Darüber hatte sich Wirrun nie Gedanken gemacht; aber jetzt, im Zorn, wußte er es gleich, und er ließ den Blick schweifen, um die besseren Worte finden zu können:

»Den Bergen – dem Himmel – dem Meer; denn sie gehen uns alle an.« Und er sagte: »In diesem Ast ist ein Mistkäfer. Ihm gilt meine Sorge. Und in diesem verrotteten Giftpilz ist ein Wurm; ihnen beiden gilt meine Sorge. Und ich sorge mich um dieses Farnbüschel ebenso wie um die dummen weißen Glücksjäger an der Küste und um das Spukroß in der Nacht. So gilt auch meine Sorge dem Eis und dem Feuer.«
Ko-in neigte das Haupt. »Du stammst aus dem Volk«, sagte er. »Wir haben lange und ausführlich miteinander gesprochen, so lange und ausführlich, daß alles gesagt ist. *Du* hast alles gesagt, denn du sagtest, das Land habe dir einen Auftrag gegeben. Und *ich* habe alles gesagt, denn ich sagte, das Volk sei unentbehrlich. Nun ist die Zeit der Worte vorbei und die Zeit des Handelns gekommen. Besänftige deinen Zorn, denn hier und heute solltest du Ko-in nicht böse gesinnt sein.«
Wirrun starrte auf den Boden. Er war in diesem Augenblick zu beschämt, um zornig bleiben zu können. Und er fühlte, was jeder aus dem Volk fühlt, der sich zu unbedachten Worten hinreißen ließ: daß er zugleich zu wenig und zuviel und somit überhaupt nichts gesagt hatte.
»Ich will dir auf deinen Wegen meine Hilfe geben«, sagte Ko-in. »Kehre zurück an den Platz, an dem sich das Eis zeigte. In jener Felsrinne ist eine Höhle; eine kleine Höhlung nur; eher ein Loch im Gestein. Darin hat ein Mann aus dem Volk vor seinem Tod einen Zauber zurückgelassen. Finde und behalte den. Und jetzt: schlafe!«
Wirrun schlief auf der Stelle ein.
Er erwachte an seinem eigenen Feuer im Schatten des Berges und las aus diesem Schatten, daß die Mittagsstunde vergangen war. Er fühlte sich frisch und stark, nicht länger niedergeschlagen, nicht einmal hungrig. Unverzüglich brach er ins Dorf auf, um den Männern vom Mount Conner Nachricht zu senden.
Unterwegs dachte er, voll Staunen und Bewunderung, an Ko-in, der ein Held war. Bald würde er auch an die Hilfe denken müssen, die Ko-in ihm angeboten hatte, und er würde sie suchen

und finden. Aber zuvor mußte er tun, was er sich vorgenommen hatte, denn dies war eine Sache des Volkes, und Ko-in selbst hatte gesagt, das Volk sei unentbehrlich. Wirrun kam zwar aus dem Volk, aber sein eigener Stamm war nicht der rechte Stamm für die Ninya; und auch der Zauber war nicht der rechte Zauber, selbst wenn Wirrun ihn, der seit vielen Jahren in einer Höhle dahinmoderte, fand und es wagte, an ihn zu rühren. Ja, ein Wagnis würde das sein, ein Frevel sogar, denn Wirrun war von seinem Volk noch nicht zum wahren Mann erklärt worden.

Im Dorf verzichtete er darauf, eine Zeitung zu kaufen; er wußte ja, wo sich der Frost zuletzt gezeigt hatte. Er schickte nur das Telegramm an Ularra: *»BRAUCHE DRINGEND LEUTE.«* Das genügte. Das Aufgabepostamt war dem Formular zu entnehmen, und Ularra konnte sich über die weiteren Ereignisse aus der Zeitung informieren.

Wirrun hoffte sehr, daß die Männer bald eintreffen würden. Sie kamen gewiß, davon war er überzeugt, denn es ging um ihre eigene Sache. Aber der Weg war lang, und die Reise mochte ihnen schwerfallen, vor allem, falls sie den Trick nicht gelernt hatten, mit erspartem Geld Geschwindigkeit zu kaufen.

Wirrun erstand Proviant im Dorf und kehrte auf den Berg zurück. Heute nacht brauchte er nicht über die Höhen zu wandern. Erst mußte er, solange es noch hell war, nach Ko-ins Hilfe Ausschau halten, und dann würde er sich ausführlich überlegen, was ihm nun noch zu tun blieb, nachdem das Eis weitergezogen war.

Er verstaute seine Sachen, ging zur Felsrinne, und als er an ihrem Rand stand, zögerte er, denn er fürchtete, sie so vorzufinden, wie er sie zuletzt gesehen hatte. Aber nun lag sie, schon vom Abend erfaßt, im kühlen Schatten; das Wasser schlängelte sich wispernd um die Steine; nur die Farne waren erfroren und schwarz.

Wirrun stieg in die Rinne ab, stützte sich hier an einen Felsvorsprung, streifte da einen überhängenden Ast zur Seite – der

Weg war ihm ja mittlerweile selbst im Dunkeln vertraut – und ging direkt auf die Steilwand am oberen Ende des Einschnitts zu; denn nur dort konnte das Loch im Felsen, die kleine Höhle, sein. Woran aber würde er den Zauber erkennen?

Wirrun kletterte so weit hoch, wie er es von einem Mann erwartet hätte, der dem Tod nahe war und zuvor noch einen Zauber verstecken wollte. Dann arbeitete er sich die Wand entlang weiter, griff in alle Ritzen und tastete jede Mulde ab. Wonach mußte er suchen? Vielleicht nach einem geschnitzten oder bemalten oder vom steten Befingern glattpolierten Stück Holz? Nein, das wäre in dem feuchten Versteck längst verrottet. Vielleicht nach einem Stein? Wie aber sollte er den einen von allen anderen unterscheiden? Wirrun schloß die Augen und ließ seine Finger instinktiv von allein suchen.

Als sie den Zauber berührten, erkannte er ihn sofort. Er war rund, hart und weich zugleich und von einem roh geknüpften Netz umschlossen. Wirrun zog ihn heraus.

Der Zauber war vom Alter gedunkelt, feucht und mit einer von der Nässe geschwärzten Staubkruste überzogen. Der Netzbeutel, in dem der Zauber steckte, war aus starkem Zwirn oder Bast geflochten. Die kleine Kugel, hart und weich zugleich und etwa so groß wie ein Tennisball, war ein fest gewundenes Knäuel aus geschmeidigem Material; der Strang konnte aus dem Fell einer Beutelratte gedreht worden sein.

Wirrun knüpfte den Beutel an den Gürtel, und während er das tat, wurde ihm bewußt, daß das Netz wohl für ebendiesen Zweck gedacht war, wenn auch eher für einen Gürtel aus demselben Strang wie der Zauber.

Er kletterte aus der Wand und aus der Felsrinne. Der Abend breitete sich über das Land. Wirrun ging zum Lager zurück und schloß dabei die Hand fest über den Zauber am Gürtel. Er fühlte sich machtvoll an; und uralt; aber Wirrun wußte nicht, was er mit ihm anfangen sollte. Er wußte nicht einmal, ob man ihn aus dem Beutel nehmen und den Strang aufwinden mußte. Also ließ er die kleine Kugel in ihrem Netz vom Gürtel baumeln

– denn daß sie dazu bestimmt war, stand immerhin fest – und hockte sich ans Feuer, um zu essen und nachzudenken.

Er hatte alles getan, was er tun konnte: Er hatte das Eis gesehen und seine Macht gespürt; er hatte nach den Männern geschickt; er hatte Ko-ins Hilfe gefunden. Morgen, überlegte er, mußte er diesen Berg verlassen und die Spur des Eises nach Süden verfolgen. Mehr und Besseres fiel ihm nicht ein. Zumindest wies er auf diese Weise den Männern vom Mount Conner den Weg, auch wenn er noch immer nicht wußte, wohin der führte und worin die eigentliche Bedrohung durch das Eis bestand. Dem Zauber, der von seinem Gürtel baumelte, maß Wirrun kaum helfende Kraft bei. Das war ein Zauber für das Volk, das hier in der Gegend lebte, und ein unbekannter obendrein.

Er tat mehr Holz ins Feuer und schürte die glühende Asche. Dann nahm er den Zauber aus dem Netz, ließ aber den Beutel am Gürtel hängen. So saß er beim Feuer und schloß die Hände um den kleinen Ball. In ihm erspürte er alles Gerundete und Große: den weiten Schwung der Hügel, die breite Mulde des Tales, den vollen Himmelsbogen. Er fühlte sich groß und hoch, groß und hoch wie ein Baum.

Das Holz barst in rote und gelbe Flammen, und das Dunkel wich zurück. Wirrun spähte in die Finsternis jenseits des engen Feuerkreises; und dort, am Rand der atmenden Dunkelheit, stand Ko-in, einen brennenden Ast in den Händen. Der Ast tauchte ihn ins Licht und wieder ins Dunkel, wenn es ein- und ausatmete.

»Komm und sprich mit mir«, sagte Ko-in, »du Neunmalkluger.«

»Der bin ich nicht«, erwiderte Wirrun, ein wenig gekränkt. »Ich bin nicht einmal ein wahrer Mann.« Aber er verließ das Feuer, den Zauber noch immer in der Hand.

Ko-in musterte Wirrun mit ernstem und freundlichem Blick; mit den Augen des Volkes.

»Und wo sind sie, die wahren Männer?« fragte er. »Ich halte schon seit langem nach ihnen Ausschau. Bringen sie das Eis zur

Strecke? Ich sehe nur einen Jüngling, der hören kann, was das Land ihm aufträgt. Kein anderer ist hier, zu dem ich sprechen könnte und der mein Wort vernimmt. So habe ich mit dem Zauber die Macht und Kraft des Volkes in die Hand des Jünglings gegeben.«

Wie angewurzelt blieb Wirrun stehen. »Aber dem bin ich nicht gewachsen!« rief er.

»Die Macht und Kraft des Volkes liegt in deinen Händen, und das Land hat dich berufen. Willst du dich dem verweigern?«

»Ich habe es versucht«, sagte Wirrun. »Es ist mir nicht gelungen.«

Das Licht des Feuers flackerte, die Nacht atmete, und Ko-in sagte erneut: »Komm und sprich mit mir, du Neunmalkluger.«

Wirrun sah, daß sich hinter Ko-in das Dunkel zu vielen Gestalten verdichtete. Er sah das gemähnte Spukroß tänzeln, sah das Weib, dem die Hörner aus den Schultern wuchsen, sah den Umriß der mächtigen Nullanulla, sah auch andere, ihm unbekannte Wesen. Aber als er weiterging, auf sie zu, zogen sie sich zurück. Nur Ko-in wartete unverwandt an der Grenze zur Finsternis; der brennende Ast in seinen Händen war ein Feuerpünktchen im Dunkel, und das Flackern dieses Feuers spiegelte sich in den weißen Zeichen, die seinen Körper bedeckten.

Wirrun sagte zu Ko-in: »Aber ich weiß doch nicht, was ich tun soll!«

»Und da ist kein Lehrmeister und keine Zeit, dich zu unterweisen. Auch ich bin nicht der, den du suchst, Neunmalkluger. Du mußt den Strang lösen und den Zauber betrachten.«

Gehorsam begann Wirrun, das Knäuel zu entwirren. Unter der äußeren Hülle wurde es weich und nachgiebig, sauber und grau; und der dünne Strang wurde länger und länger. Wie eine Angelleine ließ Wirrun ihn Schlinge für Schlinge auf den Boden gleiten. Das Weiche verhärtete sich allmählich und nahm Gestalt und Körper an: hart und klein; und kantig; und an einem Ende zugespitzt. Schließlich lag der harte Kern offen in Wirruns Hand: ein Kristall aus Quarz, knapp kleinfingerlang und

an der Basis daumendick. Die sechseckige Form war vollkommen, ausgenommen eine Fläche, die durch einen eingeschlossenen Stein verunziert wurde. Wenn man dem Licht trauen durfte, das vom Feuer kam, war der Kristall strähnig rosafarben und von kaltem Schimmer. In ihm waren der Regen und der Himmel, der Tau und das Eis und der Glanz des Meeres.
»Ein sehr mächtiger Zauber«, sagte Ko-in leise. »Ein Zauber, der über Grenzen reicht und das ganze Land umfaßt. Ein Zauber, der in die Himmel reicht. Wohin auch immer das Eis dich führt, wird dieser Zauber seine Kraft behalten. Alle rastlosen Geschöpfe der Erde und der Nacht werden ihn erkennen. Sie werden dich durch ihr Reich ziehen lassen oder dir helfen. Ich habe gut an dir gehandelt, Neunmalkluger.«
»Nein«, widersprach Wirrun, dessen Finger schon wieder damit beschäftigt waren, den langen Strang um den Kristall zu wickeln. »Nein, ich bin überhaupt nicht klug. Aber hier geht es um die Sache des Volkes, wenn nicht um noch mehr. Und ich glaube, daß mir dieses Ding, das ich durch dich besitze, nützen wird; und hinterher will ich es an seinen Platz zurückbringen. Ich werde es nie wieder brauchen.« Er hatte den Strang zu Ende gewunden und steckte den Zauber in den Netzbeutel, der ihm vom Gürtel hing. »Wer weiß, vielleicht verrät mir der Zauber eines Tages etwas. Es könnte mir nicht schaden, mehr zu wissen.«
»Ah«, sagte Ko-in. »Ich denke, daß dir eher jemand anderer verraten kann, was du wissen mußt. Komm und höre.«
Er ging am Rand der Klippe ins Dunkel, und Wirrun folgte ihm. Kurz vor dem Ende des Überhanges blieb Ko-in vor den Felsen stehen. Schwarz ragte ein Baumstamm vor ihnen auf und verlor sich in der tieferen Schwärze der Krone. Dort aber am Stamm, wohin Ko-in den Kopf neigte, war die Schwärze am tiefsten; dort war ein Loch, an das Ko-in sich wandte.
»Komm heraus, fremdes Wesen. Du, die in ein anderes und fernes Reich gehört, sag, was du in meinem zu suchen hast. Du kennst das Gesetz: Wer fremdes Land betritt, hat um Erlaubnis zu bitten. Komm heraus und sprich zu mir.«

Die Stille im Baum war so tief wie sein Schatten. Nichts bewegte sich darin. Nichts atmete. Es war so still da drinnen, daß Wirrun wußte: jemand lauschte; jemand hielt sich im Stamm versteckt.
Ko-in langte in den Spalt und zerrte behutsam ein Etwas heraus, das lang und schlaff zwischen seinen Fingern hing.
»Hab keine Angst«, sagte er. »Nicht jetzt.«
Er schritt voran zum Feuer, und jetzt endlich konnte Wirrun sehen, was Ko-in gefangen hatte: Es war ein schwärzliches Wesen; ein blutjunges Weibchen; geradezu unvorstellbar lang und hager; mit ineinander verzwirbelten Armen und Beinen, so dünn wie ein Zwirnsfaden; mit angstvoll geweiteten Rattenaugen.
Es war die Mimi.

3. Kapitel

Die Mimi wandte den Kopf nach allen Seiten, und ihre großen schwarz-grünen Augen funkelten im Licht des Feuers. Am liebsten wäre sie in die Nacht geflüchtet, aber überall, wohin die Mimi auch schaute, nahm die Dunkelheit Gestalt an. Erzürnt über die Fremde, die in ihr Gebiet eingedrungen war, hatten sich die Erdwesen jenseits des Feuerkreises zusammengerottet. Sie wäre nicht weit gekommen.

Hinter Wirruns Lager ragte ein Felsblock auf. Sie konnte versuchen, dort hineinzuschlüpfen, aber da drinnen wartete nur noch Schlimmeres auf sie. Neben ihr stand Ko-in, der Held, bemalt mit den weißen Zeichen des Volkes. Er wirkte ernst, aber nicht böse - noch nicht. Der andere, der sie neugierig musterte, war der junge Mensch, den sie bereits kannte. Es war ihr unangenehm, es bedrückte sie geradezu, daß er sie so ungeniert betrachten konnte; denn obwohl sie es Wirrun zugetraut hatte, war sie es nicht gewohnt, Sterblichen sichtbar zu sein. Beschämt wandte sie die Augen von ihm ab, schaute sich nochmals nach allen Seiten um - und trat dann ans Feuer.

Wochenlang hatte sich die Mimi ängstlich versteckt und nie gewagt, Feuer zu machen. Das war ihre eigentliche Verbannung, ihre eigentliche Einsamkeit gewesen, denn wirklich heimatlos und der Erde entfremdet ist nur, wer das Recht auf das eigene Feuer verwirkt hat. So stand sie nun mit hängenden Schultern an dem, was Wirrun gehörte, und ihre dunklen Augen starrten in die Glut.

»Sprich endlich!« forderte Ko-in sie nicht eben freundlich auf. »Es wird bedacht werden, daß du nicht aus eigener Wahl mein

Reich betreten hast. Aber du kamst mit dem Eis und mit dem Eisjäger, und obwohl du ein Felsgeist bist, nistest du dich in Bäumen ein. Es gilt, Gründe und Ursachen zu erläutern und die Fäden der Erkenntnis zu einem Strang zu winden. Sprich also.«

»Ich begreife es nicht - ich weiß es nicht - ich will es nicht sagen!« flüsterte die Mimi.

Ko-in richtete sich vor ihr auf und runzelte die Stirn. »Und wer gibt dir das Recht, in meinem Land nicht begreifen, nicht wissen und nicht sprechen zu wollen? Sind deine Ohren denn tauber als die eines Jünglings, den sein Volk noch nicht einmal zum wahren Mann gemacht hat? Hast du denn all deine Zeit in den Felsen gelauscht, ohne die Stimme des Landes zu hören? Du mußt jetzt sprechen, und nicht nur, weil ich es befehle. Laß uns hören, warum du deine Heimat verlassen mußtest.«

Das immerhin wußte die Mimi, das konnte sie erklären. »Der Wind. Er hat mich hergetragen.«

»Ah«, sagte Ko-in, und er schalt sie nicht ohne Mitgefühl. »Der Wind ist kein Spielgefährte für einen dürren Strohhalm, wie du einer bist. Wer nicht gelernt hat, auf ihm zu reiten, geht ihm besser aus dem Weg.«

Zur Antwort schnupfte die Mimi auf, reckte ihren hageren Körper zu voller Länge und war nun beinahe so groß wie Ko-in. Jetzt erst erkannte Wirrun, daß sie nicht aus Scham, sondern aus gekränkter Eitelkeit so geschnieft hatte: Sie war beleidigt.

»Du bist ein Windreiter, Uralter«, erwiderte sie stolz, »und ich bin nur ein dürrer Strohhalm. Aber ich ritt auf vielen Winden, ohne daß sie mich in Stücke brachen. Dich führen deine kleinen Luftsprünge hierhin und dorthin in deinem eigenen Reich; ich aber bin über alle Reiche gezogen, über das ganze Land, von einer Küste zur anderen. Noch nie zuvor hat jemand eine so gewaltige Reise auf dem Wind gewagt, und doch blieben meine Arme und Beine dabei heil.«

Wirrun meinte, im Schein des Feuers ein belustigtes Zwinkern in Ko-ins Augen zu bemerken, aber die Stimme des Helden ver-

riet nur ernsthafte Bewunderung. »Wenn das so ist, Felsweib, werden wir dein Geschick und deine Klugheit gut brauchen können. Und du hieltest auf dem langen Ritt nie Rast? Hast du auf dem Wind auch geschlafen?«
Die Mimi wurde unsicher und ließ wieder die Schultern hängen. »Auf dem Wind kann man nicht schlafen«, murmelte sie kleinlaut und wich Ko-ins Blicken aus. »Eine Nacht lang mußte ich rasten.«
»Und hast du schon in jener Nacht in einem Baum Zuflucht gesucht?« fragte Ko-in. »Sind deine Kräfte denn zu schwach, um unbekannten Felsen zu gebieten?« Er ließ sie nicht aus den Augen. »Du bist im Westen gewesen; du hast in einem Felsen Rast gehalten; und du hast dort das Eis entdeckt.« Die Mimi zitterte jetzt von Kopf bis Fuß. »Du sahst die Eismänner in ihrem eigenen Reich, dann erst trug dich der Wind in das meine. Und hier hast du dich für eine Weile in die Felsen zurückgezogen und von unseren Speisen gegessen. Aber seitdem – ich, Ko-in, habe es gesehen – haust du wie ein Vogel oder eine Ratte in einem Baum. Warum? Noch ist das Eis nicht gekommen. Warum hattest du so große Angst vor dem Eis? Was hast du in jener Nacht im Westen erfahren?«
Die Augen der Mimi blitzten grün, als sie Wirrun anfunkelte. »Der da war auch dort!« sagte sie verstockt.
»In jener Nacht . . .!« rief Wirrun überrascht und starrte sie an.
»Er war auch dort«, bekräftigte Ko-in. »Und er hat uns gesagt, was er weiß. Aber *er* hat die Eismänner weder gehört noch gesehen. Es ist deine Sache, von ihnen zu berichten. Warum fürchtetest du dich vor ihnen selbst hier, in meinem Reich, und selbst dann, als sie noch weit fort waren?«
»Der Wind bläst«, hauchte die Mimi. »Und das Eis birst. Und der Frost knistert wie Sand.«
»In den Felsen im Westen. Aber warum kommen die Ninya hierher?«
Die Gestalten der Nacht drängten ein wenig näher ans Feuer. Die Mimi zitterte.

»Sie wollen das Land wieder in Besitz nehmen«, flüsterte sie. »Sie wollen das Reich des Eises errichten und alle Welt mit ihrer weißen Herrschaft überziehen. Wie einst.«

Jetzt fröstelte auch Wirrun. Er hatte es geahnt! Er hatte geahnt, daß das Eis eine schreckliche Bedrohung bedeutete!

»Die Ninya tun nichts dergleichen«, widersprach Ko-in. »Sie schleichen bloß durch die Felsen und lugen zur Küste und lassen hier und dort ein frostiges Fleckchen entstehen. Was also suchen sie?«

»Sie suchen das Eine, dem sie ehedem unterlagen, weil es sie mit der Kraft seines Feuers besiegte. Diesmal wollen sie es in einen Käfig aus Eis sperren und ihm die Knochen brechen. Sie wollen zuerst und zuvor das Älteste Nargun bezwingen.«

»Das Älteste Nargun?« Das schien Ko-in zu überraschen. »Welch eine Schlacht ist das gewesen! Und wie lange ist das schon her! So suchen sie also jetzt erneut das Älteste Nargun? Und wo wollen sie es finden?«

»In seinem eigenen Reich, sagen sie. Im Süden. Am Meer.«

»Nun denn«, sagte Ko-in. »So haben wir die Fäden der Erkenntnis zu einem Strang gewunden. Ich danke dir, Erdweib. Von nun an darfst du in unseren Felsen hausen, sobald das Eis aus ihnen gewichen ist, darfst von unseren Speisen essen, und kein Wesen hierzulande wird dir ein Leid antun. Aber von nun an mußt du auch gehorchen, wenn ein Großer dich ruft.«

Die Mimi hockte sich ans Feuer. »Keine Angst!« forderte Wirrun sie auf, und sie blickte ihn aus ihren großen dunklen Augen an und sah zu, wie er Holz nachlegte.

»Jetzt zu dir, Neunmalkluger!« sagte Ko-in. »Komm mit!« Wirrun zuckte die Achseln und nahm es hin, so angesprochen zu werden. Er mußte sich eben damit abfinden, daß Ko-in diesen Namen für ihn gewählt hatte und sich nicht ohne weiteres davon abbringen ließ. »Die Nacht schreitet fort, und wir wollen an meinem Feuer beraten, wo keine fremden Ohren uns belauschen. Schließe die Hand über den Zauber.« Er faßte Wirrun fest an den Schultern und sprang in die Luft.

Diesmal hob Wirrun vom Boden ab wie ein Taucher vom Meeresgrund: über die Wipfel ging es, bis das Feuer nur noch ein rotes Glutpünktchen war, über die Felsen und mitten hinein in den Wind. Die Sterne hießen ihn willkommen; die Berge breiteten ihm ihre Flanken entgegen und hüllten sich in die Mäntel der Wälder; ein Fluß ließ ihn den gewundenen Lauf des Wassers lesen. Wirrun lachte, so wie Ularra manchmal gelacht hatte: mit dem Schmerz der Freude, und der Wind pfiff ihm um die Ohren und lachte mit . . . Zwischen den Bäumen sanken sie schließlich einem anderen Feuerpünktchen entgegen, und Wirrun fiel an Ko-ins Seite wie ein Stein und lachte erneut, diesmal mit der Freude der Angst . . . Sie landeten, und Wirrun fiel neben dem Feuer auf den Boden, die Hand noch immer über dem Zauber, und er lachte und rang nach Atem.

Ko-in nahm neben ihm Platz. »Ich danke dir«, sagte er, und das Lachen war auch in seinen Augen. »Nach langer Zeit habe ich das Fliegen wieder genossen. Man vergißt mit der Übung nur allzuleicht jedes Gefühl.«

»Das möchte ich auch können«, sagte Wirrun und spreizte seine steifen Finger. »So etwas aus reiner Gewohnheit vergessen, das wäre nicht schlecht! Da hätte ich den Ninyas gleich etwas voraus. Wenn ich morgen früh aufbreche, haben sie einen Vorsprung von einem Tag und zwei Nächten.«

»Und schon der Gedanke daran läßt die Jugend aus deinen Zügen schwinden.« Ko-in verstummte. Schweigend brütete er vor sich hin, ehe er sich wieder aufrichtete und erneut an Wirrun wandte. »Verrate mir deine Pläne, Neunmalkluger, nun, da du den Zauber das Volkes besitzt und gehört hast, was das Felsweib aus dem Norden zu berichten wußte.«

»Tja«, begann Wirrun unsicher. »Ich glaube, ich muß dir erst einmal für alles danken, auch für deine Hilfe. Ich fürchte bloß, daß ich nicht viel mehr tun kann. Jetzt liegt es an den Männern; sie kennen die richtigen Lieder; sie müssen die Ninya wieder zurücksingen. Ich habe bereits nach ihnen gerufen, aber es wird eine Weile dauern, bis sie kommen. Erst werden sie alles aus-

führlich zu bereden haben, bis sie selbst wissen, worum es eigentlich geht. Und ich weiß auch nicht, wie sie den Weg schaffen werden, denn so oder so ist es eine lange Reise. Bis dahin kann ich kaum mehr tun als jetzt: abwarten, den Ninya folgen, die Männer auf die Spur bringen.«
Ko-in runzelte die Stirn. »Du mußt selbst entscheiden, wie das Volk ans Werk geht – aber aus dem Plan spricht Schwäche. Da haben wir zu unserer Zeit ganz anders gekämpft. Bedenke immerhin, daß du diesen Eismännern einen entscheidenden Vorteil voraus hast: Sie wissen nur, daß ihr Ziel im Süden liegt, daß sie durch die Höhlen in den Felsen ziehen und dabei stets nach der Küste Ausschau halten müssen. Du hingegen weißt, was sie suchen, und kannst geradewegs darauf zugehen.«
»Hm . . ., aber nur solange sie nicht ihre Absichten ändern und auf der Stelle alles mit Eis überziehen, während ich fünfhundert Meilen weiter bin.«
»Aber du hast doch den richtigen Männern die Botschaft geschickt. Sollten die Ninya schon jetzt an ihr eisiges Werk gehen, wird das den Männern nicht verborgen bleiben, und sie werden der Spur folgen. Bedenke jedoch, was geschieht, wenn die Ninya weiterhin das Älteste Nargun suchen. Du kannst ihnen zuvorkommen und es wecken und warnen, damit es sich erhebt und die Ninya zurückweist, bis die Männer eingetroffen sind.«
Wieder runzelte er die Stirn, als stünde er vor einem Rätsel. »Nun, es fügt sich gut, daß sie das Nargun suchen; denn das bindet sie an ihre Höhlen und läßt dich ihren Pfad erkennen.«
»Was ist das eigentlich für ein Ding, hinter dem sie her sind? Und wo finde ich es?«
»Das Nargun? Ein Nargun ist ein Monster aus Stein. Es lebt im Süden, und das Volk geht ihm ängstlich aus dem Weg, denn von Zeit zu Zeit zerschmettert es deinesgleichen und verschlingt es. Die Narguns werden aus dem Feuer im Herzen der Erde geboren, und ihr Ältestes verfügt somit über die Macht und den Zauber des Urbeginns. Es kann selbst das Feuer gebären, und so war es einst der schlimmste Feind aller Ninya.«

»Und ein solches Monster soll ich wecken? Das erwartest du ausgerechnet von mir? Da kann ich ja bloß hoffen, daß ich dabei nicht zerschmettert und aufgefressen werde.«
Ko-in lachte. »Du scheinst deine Macht nicht zu kennen, Neunmalkluger. Unter deinen Füßen liegt das Land, und in deinen Händen liegt der Zauber des Volkes.«
»Hm. Tja. Dann würde es aber Zeit sparen, wenn ich wüßte, wohin ich gehen soll. In welches Reich?«
»Ah, die Länder und Reiche. Wer könnte dem Volk sagen, wo unsere Reiche liegen? Sein Name wäre dir fremd, und sein Volk ist in alle Winde zerstreut; nur das Älteste Nargun ist geblieben. Sein Reich liegt im äußersten Süden, dort, wo die Küste plötzlich nach Westen führt. Frage nur unterwegs immer wieder nach dem Ältesten Nargun.«
»Aber das kostet Zeit! Erst muß ich einen aus dem Volk treffen, den ich fragen kann; und dann muß ich warten, bis er wieder einen gefunden hat, einen der ganz Alten, die sich noch erinnern können – da geht es mir ja um nichts besser als den Ninya! Außer, daß ich der Küste folgen kann, während sie sich an ihre Höhlen halten müssen.«
»Es wird dir um vieles bessergehen, denn du bist nicht auf das Volk angewiesen; oder doch nur dann, wenn du zufällig seine Hilfe in Anspruch nimmst. Die Erdgeister sind hier wie überall hellwach; du wirst ihnen stets begegnen, und sie spüren das Eis, selbst wenn es noch fern ist. Sie sind emsig wie die Bienen, und ihre Erinnerung reicht weiter in die Vergangenheit als die des Volkes; und du trägst den Zauber an deinem Gürtel. Sie müssen dir helfen. Frage nur immer die Erdwesen.«
»Also gut. Nehmen wir an, ich kann die Ninya überholen. Und nehmen wir an, sie fürchten sich wirklich vor diesem Ältesten Nargun. Und nehmen wir an, es zerschmettert mich nicht und frißt mich nicht auf. Und nehmen wir an, die Männer vom Mount Conner kommen zur rechten Zeit und die Spukgeister jenseits deines Reiches erkennen tatsächlich den Zauber . . . Ein bißchen viel bloße Vermutung, meinst du nicht auch?«

Das hörte Ko-in nur ungern. »Die mächtigsten Schlachten wurden aufgrund bloßer Vermutungen geführt«, wies er ihn streng zurecht. »Du brauchst weder das Nargun noch die Erdwesen zu fürchten. Ich sagte dir doch, daß dein Zauber so mächtig ist, daß jedes Geschöpf dieses Landes ihn kennt. Ich habe dir eine große Hilfe auf den Weg gegeben, und gleich sollst du noch mehr bekommen. Aber vorerst kehren wir an dein Feuer zurück, denn die Nacht verstreicht, und es wird Zeit zu schlafen. Liegt deine Hand auf dem Zauber?«

Wieder hoben sie sich über die dunklen Bäume hinauf in den Wind und zu den Sternen. Sie flogen gemeinsam, der Jüngling und der Held, zu zweit eine Armee gegen das Eis; und sie ließen sich bis zu den Bergkämmen tragen und landeten an Wirruns Feuer. Dort warf Ko-in einen kurzen, prüfenden Blick auf den Felsblock hinter dem Lager, dann wandte er sich ab und hob die Stimme, so laut, daß es weithin hallte:

»Felsgeist aus dem Norden, Ko-in ruft dich! Komm und sprich erneut zu uns.«

Sie warteten. Schon setzte Ko-in zu einem zweiten Ruf an, da stahl sich die Mimi in den Feuerkreis. Sie war von der anderen Seite gekommen, von dorther, wo ihr Baum stand.

»So traust du also den Felsen noch immer nicht, Geisterweib!« grüßte Ko-in sie.

»Mimi«, knurrte sie verdrießlich. »Ich bin eine Mimi.«

»Oh!« Ko-in neigte das Haupt. »Dann glaube ich dir aufs Wort: Du kommst von fern her, und noch nie ist einer so weit auf dem Wind geritten. Dazu braucht man viel Geschick - vor allem, wenn man keinen ärgeren Feind kennt als den Wind. Du hast demnach deinen Feind besiegt, edles Weib der Mimi!« erklärte Ko-in feierlich. Das gefiel der Mimi; sie richtete sich auf; ihre Schultern strafften sich. »Und doch, fürchte ich, fehlt dir die Gabe, dem Wind zu gebieten. Wie also kehrst du zurück?«

Die Mimi schien wieder zu schrumpfen. »Der rechte Wind wird kommen«, flüsterte sie.

»Und er wird dich über die Berge tragen, ehe er an ihren Hängen davongleitet. Und ein anderer, ein falscher Wind wird dich wieder hierher zurückbringen oder aufs Meer hinauswirbeln und dich dort fallen lassen. Wem möchtest du deine zerbrechlichen Glieder eher anvertrauen, den Sandstürmen oder der See?«

Die Mimi zitterte und blieb stumm. Wirrun bedauerte sie. Er fragte sich, worauf Ko-in es abgesehen hatte, und heimlich hegte er den Verdacht, daß Ko-in, Held oder nicht, bloß ein Schwätzer war. Für einen, der behauptet hatte, es sei genug geredet und Zeit zu handeln, gab er sich heute nacht jedenfalls recht gesprächig.

»Doch wer weiß schon«, sagte er jetzt, »vielleicht gefällt es dir in meinem schönen Reich. Vielleicht willst du gar nicht mehr zurück zu deinen Monsunregen.«

Die Mimi reckte den Kopf; ihre schwarz-grünen Augen funkelten; und wieder ließ sie ihr verächtliches Schnauben hören, das wie das Niesen einer Katze klang. »Es mag jenen genügen, die nichts Besseres kennen. Doch wer dürfte es vergleichen mit meiner fernen Heimat und ihren Vorzügen und Schönheiten . . .?« Die Stimme versagte ihr, aber gleich faßte sie sich wieder und zischte Ko-in zu: »Es wird jedenfalls eine Ewigkeit dauern, bis sich das Eis auch in *mein* Reich wagt.«

Wirrun bewunderte ihren Mut, in Gegenwart der anderen Geisterwesen, die rund um sie durch das Dunkel raschelten und streiften, so zu sprechen. »Es gibt nur *ein* Land«, sagte er rasch, ehe Ko-in ihr zornig widersprechen konnte, »und es gehört uns allen.«

Aber Ko-in schien der Mimi gar nicht zu zürnen. Er neigte bloß einmal mehr das Haupt vor ihr und wiederholte: »Wie also kehrst du zurück?«

Die Mimi schrumpfte und blieb ihm die Antwort schuldig.

»Deine Kühnheit und dein Geschick geben dir ein Recht auf unsere Hilfe«, sagte Ko-in. »Dieser da wird sie dir gewähren.« Er zeigte auf den überraschten Wirrun. Auch die Mimi starrte ihn verständnislos an. »Höre!« gebot ihr Ko-in. »Er ist auf einer großen Reise, um dem Land zu dienen. Er hat noch weit zu gehen, und die Zeit drängt. Und irgendwo auf seinem Pfad warten die Winde. Mit deiner Hilfe und dem Zauber des Volkes kann er sich ihrer bedienen. Er wird unterwegs mit den Erdgeistern sprechen müssen, und du kennst sie besser als er. Also wirst du ihn begleiten.«

»Nein«, sagte die Mimi entschlossen und ohne zu zögern. »Ich gehe nicht mit.«

»Du mußt ihn begleiten. Das Land erwartet es.«

»Du bist nicht das Land«, zischte die Mimi. »Du sprichst nicht mit seiner Stimme.«

»Aber du selbst kannst sie hören; hör nur genauer hin. Dieser da zieht los, um das Nargun zu finden, vor dem die Eismänner zittern; er wird es zur Schlacht gegen sie wecken. Du darfst nicht hierbleiben und auf der Seite des Eises kämpfen.«

»Ich gehe nicht mit«, beharrte sie. »Ich kämpfe überhaupt nicht. Ich bin kein Held, sondern ein zartes Wesen, eines, das sich versteckt. Für Schlachten bin ich nicht geschaffen.«

»Dann mußt du dich anderswo verstecken, denn mein Reich wird dir die Zuflucht versagen.«

Es ärgerte Wirrun, daß Ko-in so grausam sein konnte. »Sie muß mich nicht begleiten!« erwiderte er; und die Mimi brummte verstockt: »Ich gehe auch nicht mit!«

»Wie denn? Du willst nicht zurück in deine ferne Heimat mit ihren Vorzügen und Schönheiten?« Die runden Rattenaugen weiteten sich erstaunt, und Ko-in fuhr fort: »Am Ende seiner Reise wird dieser Jüngling den Männern begegnen, die im Reich der Ninya leben. Es grenzt an das deine, die Winde sind dort beständiger, und die Männer ziehen von einer Gegend zur anderen. Wenn du dem Volk hilfst, muß es auch dir helfen und dich heimbringen.«

Die Mimi stemmte ihre dürren Arme in die Hüften. »Ich gehe nicht mit!« wiederholte sie, ebenso trotzig wie hilflos.

»Das könnte sie auch gar nicht«, pflichtete Wirrun ihr bei. »Ich muß erst einmal durch die Städte der Glücksjäger, und ich darf

nicht warten. Wenn also nicht zufällig gleich der richtige Wind weht, werde ich doch lieber mit der Bahn fahren. Dabei kann mich die Mimi nicht begleiten, ohne den Leuten aufzufallen.«
»Sie werden sie nicht sehen«, widersprach Ko-in. »Kein Mensch, nicht einmal einer aus dem Volk, vermag eine Mimi zu sehen, es sei denn, er besitzt einen großen Zauber, oder das Land selbst öffnet ihm die Augen. Sie wird mit dir reisen, als sei sie in ihren Felsen geborgen.«
»Sei doch nicht so starrköpfig!« entfuhr es Wirrun. »Sie möchte eben nicht mit, und ich komme auch ohne sie zurecht. Vielleicht sogar noch besser.« Er musterte unsicher die zerbrechliche Gestalt. »Ebensogut könnte ich auf eine Eintagsfliege aufpassen.«
Ko-in lächelte. »Eine Eintagsfliege nennst du sie? Sie lebt seit tausend Zeitaltern und ist auf allen Winden über das Land geritten, und ihre Glieder sind immer noch heil. Ich bin doch keine Schreckgestalt der Finsternis, Neunmalkluger! Sie muß mitkommen, denn kein anderer Weg führt sie nach Hause zurück. Sie hat Mut; sie kennt alle Geisterwesen; und ihre Augen und Ohren sind die besten im Land. Und wenn der rechte Wind weht und ihr euch beide an den Zauber haltet, könnt ihr gemeinsam und sicher durch die Lüfte reiten.« Er wandte sich erneut an die Mimi. »Zurück jetzt in dein Nest! Iß und schlafe! Und beim ersten Morgenlicht stellst du dich ein. Der Jüngling wird einen Weg für euch wissen.«
Die Mimi hatte Wirrun die ganze Zeit verstohlene Blicke zugeworfen und die Ohren gespitzt. »Ich gehe nicht mit!« zischte sie zum Abschied und stelzte auf ihren Spinnenbeinen davon.
Sie sahen ihr nach, und dann legte Ko-in Wirrun die Hand auf die Schulter und sagte lächelnd: »Es war ein langer Tag, seit du im Morgengrauen das Eis entdeckt hast. Aber noch bleibt Zeit zu schlafen. Du wirst gut ruhen und gut erwachen und mein Reich gut verlassen. Von da an höre auf das Land und auf den Zauber, und du wirst deine Reise zu einem guten Ende bringen. Und ich, Ko-in, will wieder einsam wachen und schweigen, und

nur meine Liebe wird dich begleiten. Nicht eher werde ich zum Volk sprechen, als bis erneut das Eis kommt.« Er faßte Wirrun fester an der Schulter. »Noch nie hat mir ein Mensch dreimal an einem einzigen Tag gezürnt.«
Jetzt wagte es auch Wirrun, die Hand auf Ko-ins Schulter zu legen. Sie fühlte sich glatt an wie Stein - und hart wie Leder. »Nicht dreimal«, sagte er. »Nur zweimal. Aber daß du mich neunmalklug nennst, ist eben wirklich ungerecht. Irgend etwas muß dir ja trotzdem an mir liegen, sonst hättest du dir nicht all die Mühe gemacht. Was immer auch kommen mag: ich werde gern und oft an dich denken. Und ich danke dir, du Menschenfreund . . .« Er unterbrach sich verwirrt, denn das war nicht die rechte Bezeichnung für einen Helden wie Ko-in.
Ko-in kicherte. »Leb wohl, du Menschen-Freund.«
Wie ein Taucher vom Meeresboden glitt er hoch, glitt hinauf zu den Sternen - und verschwand. Wirrun blieb allein zurück mit dem Berg und dem leisen Weben der Nacht.
Noch einmal überwand er seine Müdigkeit, ordnete seine Habseligkeiten, packte ein, was er brauchte, vergrub, was entbehrlich war, und machte alles für den morgigen Aufbruch bereit.
Dann schlüpfte er in seinen Schlafsack und schlief wie ein Stein.

Wirrun und die Mimi

1. Kapitel

Wirrun erwachte im Morgengrauen, und seine erste Empfindung war, daß der Berg ihn an sich binden wollte: dieser Lagerplatz, dieses winzige Fleckchen Welt, war Wirrun zur Heimat geworden. Er richtete sich im Schlafsack auf, traurig und getröstet zugleich – traurig, weil er den Berg jetzt verlassen mußte; getröstet, weil er wußte, daß auch dieser Ort unvergänglich war –, und da sah er die Mimi.

Sie hockte an der Feuerstelle, mit abgewinkelten Zahnstocherbeinen, und starrte in die graue Asche. Die strähnigen Haare fielen ihr über die riesigen Ohren und verbargen ihr Gesicht. Zum erstenmal sah Wirrun die Mimi bei Tag, und er nahm sich Zeit, sie in aller Ruhe zu betrachten. Die anderen Geschöpfe der Nacht waren wohl zum Gutteil seiner Phantasie entsprungen; doch dieses eine schien wirklich Gestalt angenommen zu haben.

Er hatte auch Ko-in am hellichten Tag gesehen und war mit ihm durch die Luft geflogen – aber Ko-in war ein Held, kein Erdgeist. So wie der Berg im Lauf der Zeiten seine Schattenwesen geschaffen hatte, hatten sich die Menschen Ko-in geschaffen: nicht als Geheimnis des Himmels, sondern überlebensgroß; nicht als ihresgleichen, aber als ihr Abbild, als ihr besserer Teil. Ko-in war wirklich genug, um auch bei Tag sichtbar zu bleiben. Daß Wirrun jedoch auch die Mimi sehen konnte – hier, am Feuer –, hieß, ein uraltes, dunkles Geheimnis der Nacht oder der Erde zu erkennen. Nach alldem, was Ko-in gesagt hatte, würde sich Wirrun allmählich an derlei gewöhnen müssen.

Er merkte, daß die Mimi ihn durch ihren Haarvorhang heimlich

beobachtete; also hörte er auf, sie anzustarren, und sprach sie an. »Was ist? Kannst du kein Feuer machen?«
»Nur ein Narr zündet in der Fremde ein Feuer an«, zischte sie ihm zu.
»Nun, dann bin ich eben ein Narr«, erwiderte er gutmütig. Er kroch, bereits angekleidet, aus dem Schlafsack und schürte die Asche. »Möchtest du etwas essen?«
Sie schüttelte so heftig den Kopf, daß er befürchtete, sie könnte sich dabei den Hals brechen. Während er in aller Eile sein Frühstück verzehrte, fiel ihm ein, was Ko-in voll Zuversicht versprochen hatte: »Der Jüngling wird einen Weg für euch wissen.« In Wirklichkeit hatte Wirrun keine Ahnung, wie er sie mitnehmen konnte. »Zum Laufen bist du nicht geschaffen«, brummte er, biß vom Brot ab und musterte sie kritisch. »Deine Beine sind auch nicht dafür gebaut – und in den Wind darfst du auch nicht kommen.«
Sie schwieg dazu. Also gut. Wenn sie nicht selbst gehen konnte, würde er sie eben tragen.
»Ich hab's!« rief er plötzlich. »Da du in den Felsen lebst, gefällt es dir im Dunkeln, und du brauchst nicht viel frische Luft. Ich werde dich in den Schlafsack stecken und huckepack tragen.« Er brachte ihn, rollte ihn auf, schnallte ihn zu und rollte ihn wieder auf, um ihr zu zeigen, wie weich und bequem er war. »Du wirst dich natürlich ein wenig zusammenfalten müssen, aber das sollte dir nicht allzu schwerfallen.« Immerhin war die Mimi etwas größer als er selbst.
»Das tu ich nicht«, sagte sie zornig. Er war nicht sicher, ob sie bloß den Schlafsack verschmähte oder es überhaupt ablehnte, getragen zu werden.
»Na schön«, stöhnte er. »Tragen soll ich dich also nicht. Was sonst erwartest du von mir? Ich nehme an, du hast noch nie eine Eisenbahn gesehen. Wie soll ich dich da mitnehmen? Der Zug ist höllisch laut und schnell wie der Wind. Du wirst dich zu Tode fürchten.«
»Ich gehe meiner eigenen Wege«, knurrte die Mimi.

»Auch gut«, sagte Wirrun, am Ende seiner Weisheit.
Sie stand auf, trat vor den Felsblock und blies ihn an. Ein dunkler Spalt öffnete und schloß sich, und die Mimi war verschwunden.
»Das wär's«, brummte er mürrisch. »Na, dann: gute Reise!« Ein Teil von Ko-ins Plan hatte sich somit bereits ohne Wirruns Zutun zerschlagen – wie er es gleich geahnt hatte: Dieser Plan beruhte zu sehr auf bloßen Voraussetzungen. Zumindest wußte er jetzt, daß das Innere des Berges nicht mehr gefroren war, sonst hätte sich die Mimi nicht darin sicher gefühlt. Das bedeutete, daß die Ninya bereits weitergezogen waren.
»Die Mimi wäre mir eine gute Hilfe gewesen«, sagte er sich. »Wie ein Thermometer hätte sie das Eis angezeigt.«
Er schnürte sein Bündel, deckte die Feuerstelle zu und schulterte den Rucksack. Im Osten lag ein goldener Schein über dem Himmel und kündigte den Sonnenaufgang an.
Wirrun stieg vom Berg ab, und es war ihm, als müsse er einen alten Vertrauten verlassen, den er von Kind auf gekannt hatte. Von Zeit zu Zeit blieb er stehen und schaute sich um, schaute auch zurück. Beim zweiten oder dritten Mal glaubte er, ganz am Rand seines Gesichtsfelds ein Blinzeln oder kurzes Winken zu erkennen. Er sah genauer hin:
Da war nichts.
Wirrun setzte den Weg fort. Auf dem Berg lebten viele geheimnisvolle Wesen, unsichtbar bei Tag, und manch eines mochte ihm folgen. Aber hatte Ko-in Wirrun nicht sicheres Geleit aus seinem Reich zugesagt? Für einen Augenblick legte er die Hand auf den Zauber, der ihm vom Gürtel baumelte.
Er verließ den Wald und kam auf die staubige Straße, die er bereits vom Herweg kannte. Das Land lag jetzt offen und frei; nichts und niemand folgte Wirrun. Nicht einmal ein Inländer ließ sich blicken; nur ein paar Rinder grasten auf einer Koppel. Nun konnte Wirrun nach Herzenslust mit großen, wiegenden Schritten dahinwandern und die Windungen der Straße immer weiter zurücklassen.

Es war wie ein Urlaub: Keine Last drückte ihn, seine Füße nahmen keine Botschaft auf; alle Herausforderungen lagen entweder hinter ihm oder noch in weiter Ferne. Der junge Tag, die helle Sonne, die weißen Wolken hoch am Himmel, die sanfte Brise - sie alle luden ihn ein, genußvoll drauflos zuwandern, bis er die Stadt erreichen würde. Er begann fröhlich zu pfeifen.

Der Weg führte einen grasüberwucherten Steilhang entlang, und als Wirrun zufällig hinsah, blinzelte der Felsen ihm zu. Wirrun hörte auf zu pfeifen.

Jetzt blinzelte es aus einem anderen Felsen, eine halbe Meile weiter vorn. Das gab Wirrun zu denken. Was würde geschehen, sobald sich die Hügel an beiden Seiten der Straße verflachten und sich das Tal zur Ebene weitete? Wenn er sich recht erinnerte, gab es dann meilenweit, bis zur Stadtgrenze, keinen einzigen Felsklotz mehr . . .

Wieder das Blinzeln. Wirrun beschloß, ihm ein Schnippchen zu schlagen, und er fiel in einen raschen Trab, obwohl das dumm war und viel Kraft kostete. Bald mußte er anhalten und setzte sich im Schatten eines staubgrauen Gummibaums auf einen Stein.

Er hatte noch keine zwei Minuten gesessen, da raschelte etwas wie eine Eidechse im Gras, und die Mimi stand vor ihm.

Er grinste ihr zu. Sie zog die dürren Schultern hoch und winkelte ihre Knickbeine ab. Einen Arm um den Stamm gewunden, hockte sie nun an Wirruns Seite.

»Du rennst wie ein Verrückter«, stellte sie fest. »Die Steine wissen ja nicht, wohin du dich wendest. Um dir zu folgen, muß ich ständig nach dir Ausschau halten; und das kann ich nur, wenn ich einen Felsen finde, der aus der Erde ragt. Das kostet Zeit.«

»Wir sind aber in Eile«, sagte Wirrun. »Und du wirst bald keine Kraft mehr haben. Wäre es nicht doch besser, wenn ich dich im Rucksack trage?«

Die Mimi ließ ihr Katzenniesen hören. »Wie eine tote Buschratte oder eine Umhängetasche? Mich tragen, die auf den Winden geritten ist?«

Schon wollte Wirrun etwas darauf erwidern, da ließ ihn Moto-

rengeräusch aufhorchen. »Es kommt jemand!« warnte er die Mimi. »Das ist ein Lastwagen.«
»Ich bin nicht taub!« fuhr sie ihn an. »Und das Geräusch kenne ich von daheim. Wenn er nicht gerade in den Baum kracht, wird der Wagen weiterfahren, und er ist nicht schnell genug, um Wind zu machen.«
»Aber es ist jemand am Steuer, ein Inländer. Willst du, daß der dich sieht?«
Trotzdem blieb die Mimi unbekümmert hocken, als das Fahrzeug, eine Staubfahne hinter sich herziehend, um die Kurve kam. Es war der Wagen, der die Zeitung ins Dorf am Fuße des Berges brachte. Der Mann am Steuer musterte Wirrun im Vorbeifahren, und seinem prüfenden Blick entging nichts, nicht einmal der Rucksack. Wirrun wußte, daß der Mann den Leuten im Dorf berichten würde, daß sich der Abo nach tagelangem Herumlungern wieder auf die Socken gemacht habe. Die Mimi schien er jedoch nicht zu bemerken.
»Man hat dir doch erklärt, daß ich für die Menschen unsichtbar bin«, sagte sie und funkelte Wirrun aus ihren großen, runden Augen vorwurfsvoll an. »Ach, du. Du bist ein . . .« Den Rest verkniff sie sich.
»Verzeih mir«, bat Wirrun. »Ich konnte nicht anders.« Es fiel ihm schwer zu glauben, was man ihm gesagt hatte, um so mehr, als er – offenbar im Gegensatz zu den anderen Leuten – die Mimi ja ganz deutlich sehen konnte. »Hör zu«, sagte er. »Wenn du wirklich unsichtbar bist und ohnehin zu Fuß gehen willst, warum bleibst du dann nicht mit mir auf der Straße? Du sparst dir den Umweg, und wir kommen rascher voran.«
»Und der Wind?« fragte die Mimi.
»Ach ja, der Wind. Hm, und wenn ich dich an der Hand nehme?« Er betrachtete zweifelnd ihre spindeldürren Finger; auch an sie würde er sich eben gewöhnen müssen.
»Hat denn der Wind mit dir gesprochen? Wird er ein sanftes Lüftchen bleiben? Oder wird er plötzlich lospusten, mir die Hand abreißen und mich aufs Meer hinaustragen?«

»Mist!« fluchte Wirrun. »Aber es muß doch eine Lösung geben! Sobald diese Straße nämlich in die Hauptstraße mündet, gibt es weit und breit keine Felsen mehr, durch die du nach mir Ausschau halten könntest. Wie willst du mir dann folgen?« Unwillkürlich griff er nach dem Zauber an seinem Gürtel. Da begannen seine Finger zu zittern, und auf einmal wußte er Rat. Er öffnete die Schnalle und zog den Netzbeutel vom Gürtel. »Ja!« rief er. »Paß auf! So machen wir das!«

Er rollte den Fellstrang auf halbe Armlänge aus und verknotete ihn, damit er sich nicht von selbst weiter aufwinden konnte. Dann zog er das freie Ende durch das Netz und knüpfte es zu einer großen Schlinge, die jetzt vom Beutel baumelte.

»Daran hältst du dich beim Gehen fest«, erklärte er. »Auf diese Weise sind wir nicht beide mit dem Zauber verbunden und müssen nicht fliegen. Und solang du dich an den Zauber klammerst, kann kein falscher Wind dich entführen. Versuch das einmal.«

Es ließ sich nicht verkennen, daß der Gedanke der Mimi mißfiel. Sie ließ ihre dunklen Augen über die Hügelkette am Horizont schweifen. »Ich bin kein Hund, der sich an die Leine legen läßt«, stellte sie frostig fest. »Du sagst, wir seien in Eile? Wenn wir noch lang hier herumsitzen, kommen wir nie weiter.«

Sie richtete sich zu voller Länge auf, schaute seufzend die Straße entlang, hockte sich dann wie eine Stechmücke an den Rand und blies auf einen Stein, der kaum groß genug war, daß sie darauf hätte sitzen können. Wirrun sah, wie er sich auftat, und mit den Füßen voran zwängte sich die Mimi in den dunklen Spalt. Ein kurzes Aufblitzen, und schon hatte er sich wieder geschlossen.

»Stures Weibsbild!« knurrte Wirrun böse, nahm den Rucksack auf und machte sich auf den Weg. Wenn ihr so viel daran lag, konnte sie seinetwegen auch auf eigene Faust drauflosziehen. Jedenfalls würde er von nun an weder auf zwinkernde Felsen achten noch sein Marschtempo dem ihren anpassen.

Mißmutig trampte er weiter. Die Straße führte aus den Hügeln ins Tal, und am späten Nachmittag sah Wirrun in der Ferne die

Asphaltpiste. Sie verriet sich auch durch ihr Geräusch: ein stetes Stöhnen und Brummen, das lauter und leiser wurde, aber nie ganz verebbte. Jetzt war es nicht mehr weit zu der kleinen Stadt an der Bahnlinie; aber Wirrun beschloß unvermittelt, sein Nachtlager bereits hier am Flußufer aufzuschlagen. Das war besser, als bis an die Stadtgrenze zu gehen. Zwar konnte er vielleicht heute noch einen Spätzug erreichen und in der Nacht in der großen Stadt ankommen; aber dort zu übernachten, würde teuer sein und kaum einen Zeitgewinn bedeuten; abgesehen davon, daß ihm der Gedanke an die Stadt überhaupt nicht behagte. Und was die Mimi betraf, wußte er ohnehin nicht, wie sie es mit ihren Nachtquartieren hielt; außerdem war es ihm gleichgültig. Er jedenfalls würde am Flußufer lagern, essen, schlafen und so früh aufstehen, daß er zum ersten Morgenzug zurechtkam. Auf diese Weise ging er der Stadt und ihren Glücksjägern aus dem Weg und konnte trotzdem binnen Tagesfrist sein Ziel im Süden erreichen.

Er fand eine Stelle, an der weder Farmhäuser noch Scheunen zu sehen waren, kletterte durch einen Zaun, ging zum Fluß und streifte eine Weile am Ufer entlang, bis er bei einem Eichenhain auf ein geschütztes Plätzchen stieß. Hier graste kein Vieh, also würde auch kein Bauer dahergeritten kommen. Die Tiere hatte man wahrscheinlich ohnedies längst zum Melken zusammengetrieben.

Wirrun packte seine Sachen aus, dann sprang er hinunter zum Flußbett, klaubte ein paar Steine auf und errichtete mit ihnen auf dem rauhen Ufersand die Kochstelle. Es war noch zu früh und zu warm fürs Abendessen; also zündete er das Feuer nicht gleich an, sondern machte es sich einstweilen auf dem Schlafsack bequem. Er hatte einen langen, anstrengenden Tag hinter sich, und morgen würde er in aller Frühe aufbrechen müssen.

Da lag er nun, lauschte dem Murmeln der Wellen und dem leisen Gesang des Windes in den Blättern – und hatte endlich Zeit, sich über den Plan Gedanken zu machen, den Ko-in für ihn ausgeheckt hatte. Es gab da wirklich eine Menge zu bedenken, denn mit seiner Zauberhilfe hatte Ko-in Wirruns bisherige Absichten völlig durchkreuzt. Jetzt war er nicht mehr ein harmloser Pfadfinder für die Männer vom Mount Conner. Er allein bildete nun vielmehr die Speerspitze und mußte das Vordringen des Eises verhindern, bis die Männer kamen. Und seine Reise war zum Wettlauf gegen die Ninya geworden, die wahrscheinlich schon weit im Süden standen. Wirrun hoffte, sie morgen mit der langen Bahnfahrt überholen zu können – aber zuvor gab es noch etwas anderes zu berücksichtigen: er mußte den Männern neue Botschaft senden.

Welche Nachricht sollte er ihnen zukommen lassen? Daß die Ninya auf einen unbekannten Ort zuhielten, der nahe der Küste lag, »dort, wo sie plötzlich nach Westen führt«? Das ließ sich schon in Worten kaum erklären, geschweige denn in einem Telegramm. Und wenn er den Männern einen genaueren Treffpunkt angab, zum Beispiel an der Grenze zu Victoria? Aber die Ninya konnten jederzeit ihre Pläne ändern und das Eis schon vorher errichten. Nein, da war es klüger, auf Ko-ins Rat zu hören und die Männer selbst den frostigen Spuren folgen zu lassen. Trotzdem mußte er sie über die Ninya und über sein eigenes Vorhaben unterrichten.

Er wählte die Worte mit Bedacht und kritzelte sie an den Rand einer Karte: *GEHE NACH SÜDEN. GROSSES EIS KOMMT. MÄNNER DRINGEND BENÖTIGT.* Mehr ließ sich nicht sagen, und er konnte nur hoffen, daß sich die Männer tatsächlich beeilten, denn der Gedanke an das feuerspuckende Älteste Nargun gefiel ihm gar nicht.

Er wußte ja nicht einmal, aus welcher Richtung die Männer eintreffen würden und wie sie die endlose und einsame Strecke zurücklegen wollten. Nicht mit dem Flugzeug, überlegte er; selbst wenn sie das Geld dafür hatten, würden sie sich in Stammesangelegenheiten kaum den Schwingen der Glücksjäger anvertrauen. Nein, das Volk löste solche vertrackten Probleme auf eigene Faust. Schließlich lebten entlang der ganzen Route überall Brüder, wenn auch nur wenige, ein paar hier, ein paar dort; die kannten den schnellsten Weg und würden ihre Hilfe anbieten. Ja, die Männer vom Mount Conner würden bald kommen. Mit diesem tröstlichen Gedanken döste er ein.

Der Wind raschelte noch immer in den Bäumen, als Wirrun erwachte, und der Fluß sprach jetzt lauter. Am Horizont war ein heller Saum: bald würde der Mond aufsteigen. Und gelb und rot leuchtete das Feuer . . . Wie war das möglich? Er hatte es zuvor doch noch gar nicht angezündet! Und woher kam dieser Duft; wer kochte da? Wirrun setzte sich ruckartig auf und spähte über den Uferrand zum Fluß hinunter.

Die Mimi saß am Feuer und kaute an einer großen, rauchgeschwärzten Wurzel. Noch als Wirrun sie dabei beobachtete, scharrte sie mit einem Stock eine andere aus der Glut. Das waren wohl große Süßkartoffeln aus dem Garten eines Gehöftes. Während die zweite auskühlte, stopfte sich die Mimi hungrig den Rest der ersten in den Mund, ohne dabei den geistesabwesenden Blick vom Feuer zu lassen.

Wirrun stand auf, streckte sich und schlenderte zur Sandbank hinunter.

»Ein gutes Feuer«, lobte er. »Du überraschst mich immer im Schlaf.«

Sie blinzelte ihm wie eine Ratte zu, holte die nächste Kartoffel aus der Glut, teilte die zweite und starrte wieder in die Flammen.

Wirrun setzte eine Fleischbüchse auf. Sein Proviant ging allmählich zur Neige; er würde morgen für Nachschub sorgen müssen. Die gerösteten Kartoffeln rochen gut. Die Mimi hatte sie zwar gestohlen, doch hätte er sie jederzeit dem Fleisch vorgezogen. Schweigend aßen sie Seite an Seite, während der Mond aufstieg und das Feuer in immer tieferem Rot glühte. Hinterher brachte Wirrun das Lager in Ordnung: Er klopfte die leere Büchse flach und vergrub sie, füllte den Wassersack für die morgige Fahrt und wusch die Schüssel und dann sich selbst im Fluß. Erst sah ihm die Mimi dabei neugierig zu, aber zwischendurch verschwand sie, ohne daß er es gleich bemerkt hätte.

Das überraschte ihn nicht weiter. Er saß am Feuer, bis die Flammen ausgingen, hielt den Zauber in den Händen und fühlte von neuem dessen Vollkommenheit und Kraft; und er dachte an den Berg und die Nachtgeister und an Ko-in, und dann an die Ninya und das Älteste Nargun; und zwischendurch dachte er an den Zug, den er nicht versäumen durfte.
Als der Mond und das Feuer endgültig verlöscht waren, legte er sich unter den wispernden Bäumen zur Ruhe und ließ sich vom Raunen des Flusses in den Schlaf wiegen.
Wirrun erwachte im ersten Morgengrauen, aß sein Frühstück, ohne noch einmal das Feuer anzufachen, packte seine Sachen und verließ das Ufer. Bei Sonnenaufgang war er längst auf der Hauptstraße, hatte bereits ein tüchtiges Stück Weg hinter sich und schritt kräftig am Straßenrand aus.
Wenig später bemerkte er aus dem Augenwinkel ein kurzes Aufblitzen, und etwas zupfte plötzlich an seinem Gürtel. Neben ihm ging die Mimi, die Hand fest in der Schlinge des Zaubers.

2. Kapitel

Ein schöner Morgen«, sagte Wirrun.
»Hier gibt es keine Felsen mehr«, brummte die Mimi verdrossen. »Nur noch unter der Erde.«
Jetzt hätte er das Gespräch auf etwas anderes bringen müssen, aber es fiel ihm schwer, die richtigen Worte zu finden. Zwar freute er sich, gegen die Mimi die Oberhand behalten zu haben – aber das bedeutete andererseits, daß er nun das leidige Problem lösen mußte, sie im Zug mitzunehmen. Und irgendwie kam es ihm lächerlich vor, Seite an Seite mit dieser hageren, zaundürren Gestalt zu gehen, die auf Spinnenbeinen neben ihm herstelzte und sich an der Schlinge an seinem Gürtel festhielt.
»Tja«, sagte er, »jetzt sind wir bald in der Stadt. Ich fürchte, sie wird dir nicht gefallen; aber bis wir in den Süden und zur Küste kommen, steht uns noch Unangenehmeres bevor. Selbst mit der Bahn brauchen wir einen ganzen Tag; dafür sind wir schon heute abend am Ziel. Der Zug bringt uns geradewegs hin, fast so, als würden wir auf dem Wind reiten. Nur setzt du dich diesmal keinen Gefahren aus, sondern machst es dir auf einer weichen Bank bequem.«
Er schaute sie von der Seite an. Sie brütete vor sich hin und starrte hartnäckig geradeaus. Das war ein schlechtes Zeichen. Sosehr er sich auch bemühte, ihnen beiden Mut zu machen, konnte er sich die Mimi beim besten Willen nicht in der Bahn vorstellen.
Von Zeit zu Zeit brausten Autos an ihnen vorbei. Dann duckten sich Wirrun und die Mimi an den Straßenrand; sie klammerte sich ängstlich an die Fellschlinge, um nicht vom Fahrtwind da-

vongewirbelt zu werden; er achtete aus den Augenwinkeln auf einen Kopf, der sich nach ihnen umwandte, nach Fingern, die auf sie zeigten. Nichts. Keine neugierigen Blicke, kein plötzliches Zerren an seinem Gürtel. Hinterher grinsten sie einander zu: jeder ein wenig stolz und in seiner Erwartung bestätigt.
Eines hatte Wirrun die Mimi schon am Abend zuvor fragen wollen; jetzt fiel es ihm wieder ein: »Du folgst mir offenbar mühelos von Felsen zu Felsen. Warum kehrst du nicht auf gleiche Weise in deine Heimat zurück?«
»Kennst du denn nicht das Gesetz?« erwiderte sie. »Wie viele Reiche liegen zwischen deinem und meinem? Und überall lauern erzürnte Felsgeister dem Fremden auf. Wie weit käme ich wohl, allein in fremdem Gestein und umgeben von Angst und Schrecken?«
»Den Ninya scheint das zu gelingen.«
Ihr schauderte. »Sie schicken den Wind voraus. Der friert alles ein und bahnt ihnen den Weg. Wer könnte sich gegen das Eis wehren? Aber ich bin zart und schwach und muß mich immer verstecken. Ich bedrohe niemanden, und niemand fürchtet sich vor mir. Nicht einmal das Volk.«
»Mach dir nichts draus«, sagte Wirrun. »Dafür bist du auf dem Wind geritten. Du hast das ganze Land kennengelernt, und jetzt wirst du auch eine Stadt kennenlernen; und du gehst nach Süden und wirst dort mithelfen, gegen das Eis zu kämpfen. Eigentlich hast du einen Orden verdient.«
Sie hatten die Stadt erreicht. Mit erhobenem Kopf blickte die Mimi sich betont kampfeslustig um. Aber sie hielt sich dabei ganz eng an Wirrun. Gut, daß sie beim ersten Mal nur in eine Kleinstadt gekommen war, dachte er. Dabei fühlte er sich hier selbst nicht recht wohl. Er war froh, daß zu dieser frühen Tageszeit nur wenige Menschen zu sehen waren. Man schenkte ihm kaum mehr als einen flüchtigen Blick und schien nicht einmal die Schlinge wahrzunehmen, die schräg von seinem Gürtel abstand. Die Leute sahen alle so verbissen drein, als hätten sie ungeheuer Wichtiges zu tun und keine Zeit zu verlieren. Plötz-

lich erkannte Wirrun, daß es kaum einen Unterschied gemacht hätte, wenn die zaundürre Gestalt, die an seiner Seite hüpfte, für jedermann sichtbar gewesen wäre. Die einen hätten bloß ihren Augen nicht getraut, weil sie für eine solche Erscheinung keine Worte hatten, und die anderen wären bestenfalls erschrocken davongelaufen.

»Du bist mir immer noch um vieles lieber als dieser ganze Haufen!« flüsterte er der Mimi zu. Sie empfand den Vergleich als eine Zumutung und quittierte ihn mit ihrem zornigen Katzenniesen.

»Alles nur halb so schlimm. Hauptsache, ihre Züge sind schnell. Der Bahnhof liegt gleich um die Ecke.«

Er führte die Mimi hin. Da sie unsichtbar war, brauchte sie auch keine Fahrkarte. Für sich kaufte er eine bis zur Endstation, fragte, wo er umsteigen mußte, und erkundigte sich nach der besten Verbindung. Währenddessen ratterte ein Schnellzug durch, und Wirrun spürte, wie die Mimi an seiner Seite zu zittern begann und sich verkrampfte. Da stand ihm ja noch einiges bevor!

»Was war das?« zischte sie ihm zu, als er den Fahrkartenschalter verließ. Er wartete mit der Antwort, bis sie das äußerste Ende des Bahnsteigs erreicht hatten, wo sie unbeobachtet leise miteinander sprechen konnten.

»Das war ein Expreß«, erklärte er ihr. »Aber so einen nehmen wir nicht. Wir bleiben jetzt eine Zeitlang hier stehen, damit du dir ein paar Züge ansehen kannst, und dann suchen wir uns einen aus, der leise und gemütlich ist.«

»Ich komme nicht mit!« rief die Mimi. Sie klammerte sich mit beiden Händen an die Schlinge, schaute mutlos die Gleise entlang und starrte auf das Ödland jenseits des Bahnhofs. Wirrun konnte sie gut verstehen. Genaugenommen war die Eisenbahn wirklich eine sinnlos lärmende und bedrohliche Erfindung; welch ein Aufwand, um von einem Ort zum anderen zu gelangen!

Wieder kam ein Zug; dieser hielt sogar. Die Mimi krümmte sich

und ließ wild den Kopf pendeln, um ihre empfindlichen Ohren zu schonen. Wirrun redete beruhigend auf sie ein:
»So laut ist es nur, wenn man draußen steht. Drinnen gibt es auch keinen Wind. Schau nur! Siehst du die Leute? Das sind Fahrgäste. Sie sitzen auf Bänken und fühlen sich wohl. Ein Zug ist eine harmlose Sache. Er . . .« Die Wagen setzten sich kreischend in Bewegung und donnerten über die Schwellen. ». . . er bringt uns ganz schnell ganz weit fort.«
»Ich komme nicht mit!« sagte die Mimi beharrlich, riß sich plötzlich von der Schlinge los, hetzte über die Gleise, sprang über einen Zaun und tauchte im Brombeergestrüpp unter.
»Auch das noch!« stöhnte Wirrun. »Da findet sie nie wieder heil heraus! Sie wird sich rettungslos verheddern und in lauter Stücke brechen.« Schon wollte er ihr hinterherlaufen, da hörte er den nächsten Zug kommen und zögerte. Er konnte den Gleiskörper erst überqueren, nachdem der Zug vorbei war, und so lange würde die Mimi nicht warten; ihr war kaum noch zu helfen. Auch durfte er sich nicht aus dem Konzept bringen lassen: Seine vordringlichste Aufgabe war, den Wettlauf mit dem Eis aufzunehmen. Niemand erwartete von ihm, alles aufs Spiel zu setzen und wie eine Glucke auf eine Mimi aufzupassen. Sie mußte eben selbst ihr Glück versuchen. Insgeheim hatte er ja gleich gewußt, daß sie nicht mit der Bahn reisen konnte.
Sein Zug kam, und Wirrun stieg trotzig ein. Wenigstens hatte er nicht ihretwegen das Geld für eine Fahrkarte verschwendet. Ächzend ruckte der Zug an, und bald ratterte er nach Süden und sang im Takt der Schienenstöße sein unermüdliches Lied. Verdrossen schaute Wirrun aus dem Fenster.
Daß ihn die Mimi begleitete, hatte ihm bisher nur Ärger eingetragen. Immer hatte sie sich gefürchtet; ihr Stolz war rasch gekränkt; sie haßte diese Reise; sie lehnte Wirrun ab, weil er ein Mensch war und sie trotzdem sehen konnte . . . Nichtsdestoweniger war Wirrun auch ein wenig traurig. Gern hätte er ihr geholfen, wieder nach Hause zu kommen. Zwar hatte sie es nicht mehr weit zur Küste, wo es Felsen zur Genüge gab; aber selbst

wenn es ihr gelungen sein sollte, heil und ganz aus dem Brombeerstrauch herauszufinden, war sie auf der ganzen Strecke schutzlos dem Wind ausgesetzt.

»Ich hätte nicht auf der Bahnfahrt beharren sollen«, sagte er sich. »Ich wußte ja, daß sie sich nicht darauf einlassen würde.« Aber welche andere Wahl wäre ihm geblieben? Es gab keine bessere Möglichkeit, die Ninya einzuholen.

Er beobachtete die Glücksjäger, die mit ihm im Wagen saßen. Noch waren es nur wenige, aber alle machten sie den Eindruck, in wichtigen Geschäften unterwegs zu sein, von denen sie sich keinesfalls abhalten lassen durften. Nun, diesmal ging es ihm genauso; und allein dieser Gedanke drückte wie eine Last. Aus den kleinen Städten wurden größere; sie reichten einander die Hand und verschmolzen ineinander; Reisende stiegen ein und aus; längst nahm Wirrun sie nicht mehr wahr. Er dachte jetzt an die Männer vom Mount Conner, sah sie vor sich, sah, wie sie seine Botschaft erhielten.

Es würde ein großes Reden und Widerreden geben, bis sie sich überhaupt zum Handeln entschlossen; und dann erneut ein Reden und Widerreden, wie viele von ihnen aufbrechen und auf wen die Wahl fallen sollte. Schließlich mußten sie das Geld für die Reise beschaffen und womöglich ein paar Autos oder Lastwagen mobilisieren. Die Fahrzeuge würden schon altersschwach sein und unterwegs immer wieder den Geist aufgeben. Ob sich die Männer für den viel längeren Weg auf der ausgebauten Hauptstraße entschlossen, die erst nach Süden, dann nach Osten, dann nach Norden führte? Oder würden sie es doch wagen, die direkte Route nach Osten zu wählen? Gefährlich und beschwerlich war die Reise so oder so. Zum ersten Mal befürchtete Wirrun, daß die Männer nicht rechtzeitig eintreffen konnten. Alles hing ausschließlich von ihm ab. Er ganz allein mußte dieses Rennen gewinnen. Ihm allein war es vorbehalten, das Älteste Nargun in die Schlacht zu zwingen.

Der Zug erreichte die Stadt, in der er umsteigen mußte. Zuvor jedoch galt es, ein Postamt zu finden und Ularra die Nachricht zu senden; und so knapp er auch bei Kasse war, mußte er trotzdem seine Vorräte aufstocken - und das alles in höchster Eile. Zuletzt kaufte er eine Zeitung und erreichte gerade noch den Anschlußzug. Der war zunächst überfüllt und würde sich erst allmählich leeren. Wirrun hatte Mühe, für sich und sein Gepäck einen freien Platz zu finden; aber schließlich konnte er sich setzen und die Zeitung aufschlagen.

Eigentlich war jetzt, da das ganze Land und alle diese vielbeschäftigten Leute von Wirruns raschem Fortkommen abhingen, nicht die rechte Zeit, in aller Ruhe Zeitung zu lesen. Erst überflog er sie bloß, um zu sehen, ob die Ninya für neue Schlagzeilen gesorgt hatten. Es gab keine neuen Berichte über plötzliches Auftreten von Eis, nur Leserbriefe zu den bisherigen Ereignissen, sowie Beiträge von einem Wetterforscher und einem Psychologen. Dann nahm sich Wirrun vor, das alles jetzt doch ausführlich zu studieren. Seit er zuletzt eine Zeitung in der Hand gehabt hatte, konnte ja jemand eine Beobachtung gemacht haben. Die Briefschreiber vermuteten, das Eis könne durch Strahlen von einem Nachbarplaneten verursacht worden sein oder durch einen Riß in der Schwerkraft der Erde, oder auf heimliches Betreiben der Wirtschaft; jedenfalls sei es aber an der Zeit, der Sache ein Ende zu machen. Der Meteorologe behauptete, es habe überhaupt keine Frostausbrüche gegeben, und wenn doch, seien sie auf ein Phänomen zurückzuführen, das man als Schwarzes Loch bezeichnete. Der Psychologe sprach von Massenhysterie und den Auswirkungen ungewöhnlicher Witterungsbedingungen auf Menschen mit labilem Gefühlsleben. Wiederholt bezog man sich auf die konkreten Ereignisse, und nach sorgfältiger Lektüre kam Wirrun zum Schluß, daß ihm keine neuen Meldungen entgangen waren. Er wußte noch immer nicht, wie weit die Ninya mittlerweile vorgedrungen waren.

Dann versuchte er, das Marschtempo der Ninya zu berechnen, indem er die einzelnen örtlichen Beobachtungen und deren zeitliche Abfolge miteinander verglich. Es zeigte sich, daß die

Ninya keinem einheitlichen Tempo folgten; manchmal schafften sie kaum zwölf Meilen an einem Tag, dann wieder kamen sie wesentlich weiter voran. Am schnellsten waren sie offenbar von ihrem Ausgangspunkt nach Osten gelangt; da mußte er ihnen eine Tagesleistung von gut achtzig Meilen zugestehen. Natürlich wußte er nicht, wie groß die Distanz von Etappe zu Etappe wirklich war: die unterirdischen Höhlensysteme zogen sich ja bestimmt nicht geradlinig hin; wahrscheinlich mußten die Ninya auch jeweils von einem zum nächsten finden. Dennoch war es beängstigend, wie rasch sie gelegentlich weitergelangten. Welche Chance hatte er gegen sie, wenn er womöglich noch dreihundert Meilen zu Fuß zurücklegen mußte? Mit dieser Tagesreise per Bahn war es jedenfalls nicht getan – er hätte irgendwie das Geld auftreiben sollen, um ein Flugzeug oder wenigstens einen Wagen mieten zu können. Warum auch führte die Bahn nicht weiter nach Süden!
So irrten Wirruns Gedanken im Kreis, und die Sorge machte ihn innerlich ganz steif und verkrampft, während der Zug unermüdlich der Küste entlangfuhr. Der Wagen leerte sich allmählich; die Städte ließen einander aus den Händen, zogen sich immer weiter zurück und machten dem grünen Hügelland Platz; steilen, vom Alter rissigen Hängen; und tiefer unten lag das Meer. Die Sonne verkroch sich hinter den Bergen, und der Zug fuhr in die Kleinstadt am Ende der Bahnlinie ein.
Wirrun stieg aus und ließ die Zeitung nach Art der Glücksjäger auf der Sitzbank liegen. Manchmal klagten sie zwar über die Unordnung in ihren Zügen – aber warum brachten sie dann keine Abfallkörbe in den Wagen an?
Es war bereits spät, aber er mußte heute noch weiter. Er wollte außerhalb der Stadt einen stillen Lagerplatz suchen; vor allem aber wollte er sich selbst das Gefühl geben, die mühsame Verfolgungsjagd aufgenommen zu haben. Also holte er die entsprechende Landkarte heraus, schulterte sein Gepäck und ging los.
Bald hatte er die Ansiedlung und die Landstraße hinter sich gelassen und folgte auf verlassenen Nebenstraßen der Küste. Als

sich die ersten Sterne zeigten, ging Wirrun geradewegs nach Süden, vor sich die blinkenden gelben Lichter eines Dorfes, zur Linken das unablässig stöhnende Meer. Inzwischen war ihm bewußt, wie sehr er sich den ganzen Tag lang vom Zug und den Glücksjägern hatte narren lassen. Er war ihnen zu rasch und unvermittelt aus der Stille des Berges entgegengekommen und hatte sich von ihrer sinnlosen Hast beinahe anstecken lassen.
Jetzt war er wieder sicher, daß die Männer vom Mount Conner kommen würden und daß ihnen überall im weiten Land das Volk dabei behilflich war. Er hatte begriffen, daß sich der Vormarsch der Ninya nicht berechnen ließ und er selbst daher nicht mehr tun konnte, als sein Bestes zu geben. Es wäre sinnlos gewesen, das Rennen mit ihnen in einem Blechkasten auf Rädern oder Flügeln aufzunehmen, denn er wußte ja nur ungefähr, wo sich das Reich der Narguns befand; und wo das Älteste lebte, wußte er überhaupt nicht. Das mußte er unterwegs von den Erdgeistern erfahren. Er mußte die Spur finden, damit die Männer ihr möglichst rasch folgen konnten – und um die Spur zu finden, mußte er das Land durchwandern, seine Stille und Weite in sich aufnehmen und ihm vertrauen. Alles, was er bisher wußte, hatte er auf diese Weise erfahren. Es gab keine andere.
Er verließ den Weg und setzte in einem Banksien-Hain mitten zwischen den Bäumen sein Gepäck ab. Im letzten Licht des Tages baute er die Feuerstelle und begrüßte die Nacht mit einem luxuriösen Mahl: mit gegrillten Koteletts. Die Dunkelheit senkte sich wie ein Freund, wie ein Gefährte ...
Als Wirrun von seinem Kotelett aufschaute, sah er die Mimi. Sie saß am Rand des Feuerkreises, verspeiste eine Eidechse und starrte mit ihren großen, runden Augen in die Flammen.

3. Kapitel

Wirrun war von Herzen froh, die Mimi so plötzlich wiederzusehen – und auch ein wenig überrascht, aber das ließ er sich lieber nicht anmerken. Sie hätte bestimmt mit einem bösen Zischen oder ihrem Katzenniesen reagiert.

»Warum kommst du nicht ganz ans Feuer?« sagte er. »Solltest du die Eidechse nicht besser rösten?« Er schob ihr mit einem Ast ein paar Glutstücke hin.

Die Mimi blickte in die Flammen, auf Wirrun, auf die Eidechse, von der sie erst die Schwanzspitze abgebissen hatte. Dann rutschte sie ein Stück näher, legte ihre Beute in die Glut und schichtete mit einem Zweig heiße Asche darüber. Wirrun grinste zufrieden. Mochte die Mimi auch furchtsam, zerbrechlich und voll launenhaftem Stolz sein, an ihre Abmachung mit Ko-in hatte sie sich doch gehalten; und sie vertraute offenbar darauf, daß Wirrun sie sicher nach Hause bringen würde.

Mit der Astgabel holte er die Fleischstücke aus dem Feuer und bot ihr eines an. Sie schenkte ihm keine Beachtung, spießte stattdessen die Eidechse auf und häutete sie. Wirrun goß aus dem Sack etwas Wasser in einen Becher und stellte ihn vor ihr hin.

»Wie hast du mich gefunden?« wollte er wissen.

»Ich mußte mich nur nach einem Feuer umsehen, das nicht in die Gegend paßt«, erwiderte sie, und er fragte sich, ob sie das ernst meinte oder ihn bloß aufziehen wollte.

»Aber wie kommst du überhaupt hierher?«

»Du sagtest doch: es geht nach Süden und an die Küste. Unterwegs waren überall Felsen.«

»Und wie hast du dich aus dem Brombeergstrüpp befreit? Ich

fürchtete schon, du würdest dich rettungslos darin verstricken und in lauter Stücke brechen.«

Jetzt zischte sie ihn tatsächlich zornig an. »Ich bin doch nicht auf den Kopf gefallen. Ein paar Dornen können mich nicht schrecken. Außerdem war ein Felsen dahinter.«

»Dann hast du mich also zum Narren gehalten. Jetzt sag bloß noch, wie du herausfinden konntest, wohin der Zug fährt.«

»Wie hätte ich den Lärm überhören können? Er brachte das ganze Gestein zum Zittern und schlug offenbar selbst sämtliche Felsgeister in die Flucht. Als das Zittern aufhörte, sah ich mich nach einem Feuer um.«

Wirrun schüttelte bewundernd den Kopf. »Und ich mache mir unnütz solche Sorgen um dich!«

Die Mimi schaute ihn einen Augenblick lang nachdenklich an, dann nahm sie einen Schluck aus dem Becher. Als sie gegessen hatten, verzichtete Wirrun darauf, gleich sauberzumachen, denn sobald er der Mimi den Rücken kehrte, würde sie bestimmt in ein Versteck huschen, und nach der langen, einsamen Bahnfahrt sehnte er sich nach ein wenig Gesellschaft. Das Feuer flackerte; die Flammen wurden kleiner; im Hintergrund rauschte das Meer.

»Weißt du, wie es jetzt weitergeht?« fragte Wirrun.

Sie antwortete ohne Zögern. »Ich helfe dir, mit den Erdgeistern zu reden, und sobald der Wind aus Nordost weht, werden wir auf ihm reiten. Du wirst schon eine Möglichkeit finden, mich nach Hause zu bringen, ohne daß ich mich wie ein Stück Schnur in deine lächerliche Schlafdecke wickeln muß.«

»Nun ja, wenn du lieber auf dem Wind reiten möchtest, statt dich auf die Kraft des Zaubers zu verlassen . . .«

Sie zischte ungehalten. Wirrun erkannte, daß sie sich Scherze von anderen ausdrücklich verbat, und beschloß, sie wieder zu versöhnen.

»Du hilfst ja nicht mir allein«, sagte er. »Du kämpfst mit mir gegen das Eis, und ich wüßte nicht, wie ich ohne dich zurechtkommen sollte.« Das war vielleicht etwas zu dick aufgetragen, und er fürchtete schon, daß sie seine Absicht durchschaute und ihn mit ihrem Katzenniesen bestrafen würde, aber sie neigte bloß würdevoll den Kopf.

»Ich habe den ganzen Tag nachgedacht«, begann er vorsichtig.

Die Mimi nippte vom Wasser.

»Wenn ich bloß wüßte, wo diese Ninya jetzt sind.« Er tat so, als spräche er mit sich selbst. »Wir müssen ihnen zuvorkommen und das Älteste Nargun aufspüren. Und Ko-ins Hinweise helfen uns kaum weiter.« Er wartete, um zu sehen, ob sie daraufhin mit den Schultern zuckte oder auf andere Weise andeuten würde, daß sie das alles nicht kümmerte. Aber sie starrte lediglich reglos ins Feuer, und er konnte nur hoffen, daß sie ihm überhaupt zuhörte.

»Das heißt«, fuhr er fort, »daß wir nichts weiter tun können als Augen und Ohren offenhalten, bis sich das Eis wieder zeigt oder jemand es beobachtet. Nun ja. Du hast die besten Augen und Ohren weit und breit, und ich habe den Zauber. Wenn wir beisammen bleiben und der richtige Wind kommt, werden wir es schon schaffen.«

»Ich gehe meiner eigenen Wege«, sagte die Mimi.

Wirrun wandte sich ab und langte nach frischem Feuerholz, damit sie sein Grinsen nicht sehen konnte. Als er sich wieder umdrehte, war die Mimi bereits verschwunden.

Das ärgerte ihn. Er hatte ihr nämlich gerade vorschlagen wollen, nach Möglichkeit nachts weiterzuwandern. Das war die beste Zeit für die Erde und ihre Geister und die einfachste Weise, den Glücksjägern auszuweichen. Aber er würde ja bald wieder Gelegenheit haben, mit der Mimi zu sprechen, und heute war er ohnehin todmüde. Auch sie hatte wohl etwas Schlaf verdient.

Wirrun räumte die Reste weg, löschte das Feuer, zog das Hemd und die Shorts aus und legte sich zur Ruhe. Den Gürtel mit dem Zauber nahm er mit in den Schlafsack. Seltsam, daß er während der ganzen Bahnfahrt nicht ein einziges Mal an den Zauber gedacht hatte ...

... etwas kitzelte ihn im Gesicht, ein Grashalm oder eine

Spinne. Er wischte es fort und wälzte sich auf die andere Seite, um weiterzuschlafen ... Jetzt flatterte ihm etwas um den Hals, und eine dünne Stimme redete auf ihn ein.
Er setzte sich ruckartig auf und öffnete die Augen. Es war noch dunkel, aber bald würde es Tag werden.
»Wach auf!« rief die Stimme. »So wach doch auf, du sturer Klotz!« Ein Ast voller Blätter zappelte ihm übers Gesicht, und dürre Astfinger schwenkten ihn.
»Ich bin doch schon wach!« knurrte er. »Ach, du bist es.«
Er blinzelte in das erste blasse Licht, rieb sich den Schlaf aus den Augen und nahm endlich die Umrisse der Mimi wahr. Sie hatte sich um den Stamm einer Banksie gewunden und streckte ihren spindeldürren Arm aus, um Wirrun mit dem Ast zu erreichen.
»Steh auf!« rief sie. »Rasch! Beeile dich! Der richtige Wind kommt auf. Soll er mich denn davonwehen, nur weil du Mensch wie ein Holzklotz schläfst?«
»Ich komm ja schon, ich komm ja schon!« brummte Wirrun, kroch aus dem Schlafsack und langte nach seinem Hemd und den Shorts. »Hast du gefrühstückt?«
Sie zischte zornig. »Oh, was für ein gewaltiger Eisjäger du doch bist! Der Wind muß bloß ein wenig warten, bis du gegessen hast! Ja glaubst du denn, er kommt aus Nordost, wann immer es dir beliebt?«
»Schon gut! Hör auf zu meckern.« Wirrun schloß den Gürtel über der Hose und packte hastig seine Habseligkeiten zusammen. Die Blätter der Banksie raschelten, und ein seufzender Windhauch streifte ihn im Nacken. Wirrun war nervös. Es war eine Sache, von Ko-in gepackt und sicher durch die Luft getragen zu werden, und eine ganz andere, sich selbst und die zerbrechliche Mimi dem Wind anzuvertrauen. Ob Ko-in wohl die Last des Rucksacks mit berücksichtigt hatte? Er schulterte ihn, schloß die Hand um den Zauber und blieb für einen Augenblick so stehen, um sich an das Gefühl dieser Berührung zu gewöhnen. Die uralte Kraft strömte in Wirrun ein, und er hielt der Mimi die Fellschlinge hin.

»Können wir den Zauber zu zweit so halten? Oder soll ich ihn vom Gürtel nehmen?«

»Nicht notwendig. Ein Mensch wie du läßt ihn bestimmt fallen, und dann sind wir beide verloren.« Sie griff nach der Schlinge. »Leg die Hand auf den Zauber«, befahl sie, »und laß unter keinen Umständen los. Wir kommen jetzt unter den Bäumen hervor, und beim ersten Windstoß laufen wir los.«

Sie gingen Schritt um Schritt durch die graue Dämmerung, und die leichte Brise wehte ihnen direkt ins Gesicht. Wenn der Wind etwas auffrischte, verkrampfte sich die Mimi und klammerte sich fester an die Fellschlinge. Wirrun erkannte, daß die Mimi mehr Angst vor dem Wind hatte als er, und doch nahm sie die Herausforderung unbeirrt an. Trotzdem wollte er ihr die Möglichkeit zum Rückzug bieten, und er sagte: »Bist du sicher, daß das der richtige Wind ist? Weht er nicht zu sehr nach Osten?«

»Weiter oben stimmt er«, erwiderte sie knapp. »Ein Wind ist nie von vorne bis hinten gleich. »Komm jetzt!«

Sie lief los. Bei jedem Sprung federten ihre langen Beine, und dann ruckte ihr Körper wie ein Luftballon an der Leine. Wirrun hatte alle Mühe, mit ihr Schritt zu halten. Plötzlich faßte ihn der Wind wie mit einer unsichtbaren Hand, lüpfte ihn vom Boden und fegte ihn gleich einem dürren Blatt durch die Luft. Über ihm, auf Armlänge, zappelte und tanzte die Mimi am Ende der Fellschlinge. Wirrun wurde gleichsam von Welle zu Welle weitergeschleudert, verhielt sich auch ganz so, als triebe er auf dem offenen Meer, krallte dabei aber eine Hand eisern um den Zauber. Er hatte die Augen fest geschlossen, und einmal stießen er und die Mimi unsanft zusammen. Gleich darauf schien der Wind jedoch plötzlich zu erlahmen – ihr Flugversuch war also fehlgeschlagen –, und Wirrun öffnete die Augen und sah sich um.

Hoch über den Bäumen glitten sie dahin, zwei Schwimmer in der Sonne, während unter ihnen das Land noch im Dunkel verharrte. Der Wind trug sie sanft, denn jetzt trieben sie wie ein Floß in der Strömung. Tief drunten glitt eine schattige Landschaft vorbei; nur gelegentlich stieß eine Bergkuppe goldhell ins Licht. Die Mimi hielt sich an der Schlinge fest, und ihre großen, ernsten Augen waren staunend geweitet; Wirrun versuchte sich auszumalen, wie anders sich die Winde verhalten haben mußten, auf denen sie bisher geritten war. Er fühlte den Wind nur als starke Hand im Rücken, ließ sich von ihm stoßen und schieben und lachte, weil es so rasch und sicher voranging. Die Mimi rollte vorwurfsvoll die Augen und wandte den Kopf ab: Zu ihrer Linken lag in seidigen Falten das Meer, und sie spähte ängstlich hinunter. Auch Wirrun betrachtete es, aber nicht aus Angst, sondern zum Vergnügen, und um sich zu vergewissern, daß der Wind sie auf dem richtigen Kurs hielt.

Die Küste zog sich zurück, und die beiden wurden geradewegs über eine Bucht getragen. Möwen glitten an ihrer Seite dahin, ließen sich vom Wind zausen und badeten in der Sonne, ehe sie unter lautem Krächzen die Flügel schlugen und davonkurvten. Wieder mußte Wirrun lachen: er und die See träumten wohl bloß. Er bildete sich ein, mit den Möwen zu ziehen, während das Meer wie im Schlaf atmete. Ganz, ganz sanft pochten die weißen Wellen ans Ufer; die Schaumkronen in ihrem Sog schwangen mit und schienen doch stillzustehen. Erst am Ende der Bucht, wo felsige Klippen aufragten, prallte die Brandung mit voller Wucht an, aber langsam und behäbig, ein träumender Riese. Gischtfontänen hingen wie reglos in der Luft.

Schon waren sie von neuem über festem Land. Wellige grüne Hügel ahmten das Meer nach, und in den Wäldern mit ihren spielzeugkleinen Bäumen tauchte das schwarze Band der Straße auf und verschwand wieder, eingesponnen in ein Netz von Nebenstraßen und Wegen, das sie an die Küste band. Und drüberhin wischte der Wind wie eine einzige Wasserflut.

Den ganzen Tag ritten sie auf dem Wind die geschwungene Küste entlang, sanken manchmal in Bodennähe und wurden dann wieder hoch hinaufgetragen, und unter ihnen lag brütend das alte Land. Sie sprachen kaum; wozu auch. Der Wind pfiff ihnen um die Ohren und riß jedes Wort von den Lippen. Aber Wirrun

lachte oft und wandte den Kopf nach der Mimi, und sie wieder musterte ihn oft mit neugierigen Blicken.
Sie flogen über Dörfer und Städte und sahen aus dem glasklaren Himmel hinunter auf die winzigen Autos und Lastwagen, die wie Käfer dahinkrochen. Auch über sie mußte Wirrun lachen, denn fast immer blieben sie hinter ihnen zurück.
Erst am späten Nachmittag erlahmte er, ließ die beiden tiefer sinken und brachte sie immer langsamer voran, ehe er sich noch einmal zu einer letzten Anstrengung aufraffte. Auch drehte er ein wenig nach Osten, bis die Küste zurückwich und zu einem von Baumwipfeln gezackten Strich wurde, jenseits dessen der Samtteppich des Meeres immer weiter versank. Ein paar angriffslustige Kurrawongs stießen herab, klapperten mit den Schnäbeln und strichen wieder davon. Schon fürchtete Wirrun, daß die Fahrt zu weit ins Landesinnere führte, da rief ihm die Mimi etwas zu, und er reimte sich die Botschaft aus den Wortfetzen zusammen: »Gleich fallen wir aus dem Wind!«
Jetzt mußte er an die Landung denken. Konnten sie Ort und Zeitpunkt selbst bestimmen? Vor ihnen lag sanftgrünes Bergland; nur hier und dort lugten Granitbrocken aus der Walddecke; seit Urzeiten trotzten sie Wind und Wetter und waren eins geworden mit der Kontur der Hänge; hingeduckt lagen sie, nicht hochgereckt, und waren herrlich anzusehen: zwischen Gräsern und Bäumen die Augen und Ohren des Berges. Wirrun überlegte: Wenn er und die Mimi es schafften, bis zu diesen Hängen zu gelangen, lagen die Gipfel fast zum Greifen nahe – außer der Wind strich über die Kämme hinweg. Wirrun wollte aber nicht noch weiter von der Küste fortgeweht werden.
Die Berge kamen immer näher, und er hatte keine Ahnung, auf welche Weise er den Ritt auf dem Wind beenden konnte. Wieder, wie am Morgen, erfüllte ihn panische Angst. Warum hatte Ko-in ihm nicht gezeigt, wie man landete? Er versuchte sich zu beruhigen und konzentrierte sich ganz auf seine Finger, fühlte aber nichts als den Schmerz in beiden Händen, die er seit dem Morgengrauen abwechselnd über den Zauber gelegt hatte.

Es gab nur zwei Möglichkeiten zu landen. Entweder mußte er den Zauber dabei weiter festhalten oder ihn loslassen. Hielt er ihn fest, bestimmte allein der Wind, wann und wo er sie absetzte. Ließ Wirrun vom Zauber ab, würden sie fallen – aber vielleicht konnte er dann im letzten Augenblick noch einmal nach dem Gürtel greifen und so den Sturz abbremsen?

»Mach dich bereit!« rief er der Mimi zu, und sofort verknotete sie sich zu einem Bündel aus Armen und Beinen.

Die Berge waren jetzt ganz nahe. Wirrun kalkulierte – und hoffte –, daß die Mimi und er mittlerweile so viel an Höhe verloren hatten, daß sie geradewegs auf den ersten Steilhang zuhielten. Schon sah er ihn deutlich vor sich: Gras, dazwischen Granit, ein oder zwei glatte Felsbuckel. Jeden Augenblick mußte es soweit sein ...

Und dann bäumte sich der Wind noch einmal wie eine Welle auf, wirbelte sie mit nach oben, pustete sie zugleich weiter; die Bäume stürzten ihnen entgegen – da nahm Wirrun blitzschnell die Hand vom Zauber.

Der aufsteigende Wind pfiff ihm um die Ohren; Wirrun fiel wie ein Stein und zog die Mimi mit sich. Angstvoll schloß er erneut die Hand um den Zauber – es riß ihm die Beine unter dem Leib weg – er fiel auf die Knie, dann auf das Gesicht – er lag im Gras. Mit leichtem Plumpsen landete die Mimi auf seinem Rücken.

Wirrun blieb eine Weile liegen und rang nach Atem. Offenbar war er unverletzt geblieben. Seine Gedanken kreisten hartnäkkig um denselben Satz: »Es muß auch eine andere Möglichkeit geben!« Dann aber dachte er an die Mimi und wälzte sich auf den Rücken. Seltsam! Er fühlte sich schwer wie Blei, und die Erde stürzte ihm entgegen, als ritte er noch immer auf dem Wind. Sein Magen war ein Ballon, der aus eigener Kraft aufsteigen wollte. Wirrun blickte sich nach der Mimi um. »Alles in Ordnung?« keuchte er mühsam.

Sie saß stocksteif aufgerichtet neben ihm, klammerte sich nach wie vor an die Fellschlinge, damit ihr kein plötzlicher Windstoß etwas anhaben konnte, und starrte in die Gegend. Erst auf seinen Ruf hin wandte sie ihm das Gesicht zu und schaute ihn aus ihren großen, dunklen Augen an, als sei er ein gefährlicher Giftpilz. Dann widmete sie ihre Aufmerksamkeit erneut dem Panorama. Kein Wort; so tief war sie in ihrem Stolz gekränkt. Wirrun musterte sie von Kopf bis Fuß: Arme und Beine, vier dünne Stecken, Finger und Zehen, wie dürre Zweige – alles war noch da.

»Es tut mir leid!« keuchte er, immer noch außer Atem. »Ich wußte ja nicht . . . Beim erstenmal ist es eben . . . Aber das nächstemal werde ich bestimmt . . .«

Wieder streifte sie ihn mit ihrem bösen Blick, wieder wandte sie das Gesicht ab. Endlich sagte sie: »Wer nichts weiß, sollte besser fragen.« Sie reckte das Kinn noch höher und betrachtete aufmerksam den Himmel. »Wer vorgibt, die Schwachen zu schützen, sollte sie nicht aus großer Höhe auf den Boden knallen lassen. Wie gut, daß ich gelernt habe, auf meine Glieder zu achten.«

Wirrun setzte sich auf, blinzelte vorsichtig und wackelte mit dem Kopf, denn noch immer schien die Gegend wie im Flug an ihm vorbeizuwirbeln.

»Jetzt hör aber auf!« knurrte er. »Aus so großer Höhe sind wir auch wieder nicht gekommen. Deshalb mußten wir ja so rasch landen, sonst wären wir über den Gipfel hinausgeschossen. Und: ich hätte besser fragen sollen? Wen denn? Es war doch keiner da.«

Die Mimi war nahe am Zerplatzen. Da eine Mimi aber nicht dafür gebaut ist, mußte sie sich mit einem zornigen Zischen begnügen. »Und warum, meinst du, hat mir der Held der Berge aufgetragen, dir beim Windreiten zu helfen?« fuhr sie ihn an.

»Du hast mir ja auch geholfen!« beeilte sich Wirrun zu sagen. »Aber diesmal ging es darum, den Zauber zu nützen. Und davon verstehst du nichts. Er stammt nicht einmal aus deiner Heimat.«

»Hat dir Ko-in denn nicht gesagt, daß alle Geisterwesen in allen Reichen diesen Zauber kennen? Er kommt aus dem Himmel,

und ich komme aus der Erde, aber ich bin nichtsdestoweniger ein Geist, und du bist bloß ein Mensch. Woher willst du wissen, was jeder Geist weiß? Du hättest nichts weiter tun müssen, als deine Hand ein wenig vom Zauber abzuziehen und ihn dann gleich wieder zu fassen. Dann wären wir Schritt um Schritt aus dem Wind geglitten und nicht wie der Blitz zu Boden gesaust.«
Wirrun bockte und schwieg. Er starrte in die Gegend und zwang sie, endlich stillzustehen. Die Sonne war bereits hinter den Gipfel gesunken, und dessen langer Schatten lag über dem Hang.
Allmählich reicht es mir, dachte Wirrun. Schließlich hatte Ko-in den Zauber des Volkes ihm in die Hand gegeben, nicht der Mimi. Natürlich war er froh, sie bei sich zu haben, aber er hatte es satt, sich von einer dürren Astgestalt herumkommandieren zu lassen. Er brauchte sie ja bloß anzuschauen! Wie ein kleines Kind hing sie hilflos in der Fellschlinge, weil sie nicht einmal beim leisesten Windhauch auf eigenen Beinen stehen konnte.
Der Schatten des Berges kroch weiter. Wirrun spürte seine Stärke und seinen Sog. Nur weil das Land selbst mächtiger war und ihn hielt, konnte der Schatten Wirrun nicht mit sich schwemmen.
Laß den Kindern ihren Kinderkram, mahnte der Berg. *Diene nur mir, denn das Eis kommt.*
»Na schön«, sagte Wirrun. »Nächstes Mal werde ich dich fragen. Und sei nicht mehr böse; ich hab dir doch gesagt, daß es mir leid tut. Komm, wir gehen jetzt zu diesem Felsen hinüber. Dort kannst du die Schlinge loslassen, und dann zünden wir ein Feuer an, essen uns satt und schlafen ein wenig. Und später, noch in der Nacht, machen wir uns wieder auf den Weg; das ist die beste Zeit für uns.«
Die Mimi seufzte ergeben, stand auf, reckte sich zu voller Länge und nickte gnädig, wie eine altjüngferliche Lehrerin, vor der sich soeben die ganze Klasse entschuldigen mußte. Wirrun schlenderte neben ihr über den Hang, bis sie zu der nackten Felswand kamen, die unter der Baumkrone des Gipfels auf-

ragte. Sie gingen die Wand entlang, fanden ein Plätzchen, an dem der graue Granit seine steinernen Brauen über ihnen wölbte, und dort setzte Wirrun den Rucksack ab. Die Mimi ließ die Fellschlinge los und hockte sich auf den harten Boden.

Weiter unten färbte sich der Hang purpurrot in der Abendsonne, und die Bäume trugen einen goldhellen Saum. Wirrun sammelte am Waldrand Reisig und ein paar dürre Zweige. Auf dem Granitboden konnte er ohne Bedenken die Feuerstelle errichten. Er schichtete die Zweige auf und ging dann noch einmal in den Wald, um stämmigere Äste zu holen. Als er zurückkam, hatte die Mimi bereits das Reisig angezündet und fütterte die Flammen mit den ersten Zweigen.

Selbst jetzt, so dicht am Feuer und auf einer sicheren Felsplatte, wirkte sie irgendwie unruhig und geängstigt. Immer wieder spähte sie in die dunkelnden Schatten. Wirrun fragte sich, ob sie eine drohende Kälte in den Felsen spürte oder bloß fürchtete, hier nichts Eßbares zu finden. Aber wenn sie auch nur halb so hungrig war wie er, würde sie sogar eine Büchse voll Fleischklöße mit ihm teilen.

Er bückte sich, um in gebührendem Abstand vom Feuer das Holz zu einem ordentlichen Stapel zu häufen. Da hörte er plötzlich in seinem Rücken die Mimi laut und wild zischen. Er wandte den Kopf nach ihr um und sah gerade noch, wie sie gegen die Felsen blies und darin verschwand; dann traf ihn etwas mit voller Wucht gegen die Schläfe, und er brach über dem Holzstoß zusammen.

Die Ninya

1. Kapitel

Die Schmerzen bohrten und dröhnten in Wirruns Kopf. Er wandte ihn unruhig nach allen Seiten und fühlte nur Stein. Durch ihn drang das Dröhnen in seinen Kopf; es war Lärm, nicht Schmerz. Und da war auch ein mürrisches Grunzen; von überall her, von nah und fern, grunzte es im Chor, kam und ging: eine Tierherde, die über die Felsen trampelte? Jemand zerrte und zog ihn; erst blinzelte Wirrun nur, dann öffnete er die Augen ganz und versuchte sich aufzurichten.

Sofort wurde er wieder mit Gewalt zu Boden gedrückt. Er wehrte sich heftig gegen die vielen kleinen Arme, die an ihm pufften und knufften - vergeblich. Sie waren stärker als er. Stark und hart wie Eisen. Ein kleines, dunkelhäutiges Männchen stand vor ihm und schwang drohend eine klotzige Keule.

Jetzt kam ein ganzer Schwarm kleiner, dunkler Männchen über den Felsen gerannt. Sie maßen kaum einen halben Meter, aber drei von ihnen waren stark genug, um ihn mühelos an den Boden zu fesseln und an seinem Hemd zu zerren. Schon hatten sie es ihm vom Leib gerissen. Andere Männchen trampelten unterdessen das Feuer aus und schlugen mit Stöcken hinein, während wieder andere den Holzstapel Ast für Ast in weitem Bogen zurück in den Wald beförderten. Wie Ameisen schwärmten sie aus und grunzten einander bei der Arbeit zu.

Wirrun kämpfte wild gegen seine Angreifer, aber zwei von ihnen faßten ihn an Armen und Beinen und zerrten ihn bis an den Rand der Felsplatte. Kleine, stahlharte Hände packten ihn an den Shorts. So überrascht und verwirrt Wirrun auch war, fühlte er doch das heftige Pulsen an seinem Gürtel. Der Zauber! Sie

wollten ihm den Zauber wegnehmen! Er tastete nach dem Netzbeutel und schloß gerade noch zur rechten Zeit die Hand darüber, denn schon langten die kleinen, drahtigen Finger zu. Wirrun zog die Schultern hoch, schlug mit den Ellbogen aus und reckte den zornigen, dunklen Gesichtern den Kopf entgegen.
»Hände weg!« rief er.
Der Zauber pulste unter seiner Hand. Die kleinen, drahtigen Finger lösten sich und zuckten zurück. Ein Armzeichen, ein hastiges Grunzen, dann wurde es plötzlich still. Die Stille breitete sich aus. Das leise Dröhnen verstummte. Die Männchen starrten ihm unter buschigen Brauen aus dunklen Augen entgegen, Wirrun starrte unter buschigen Brauen aus dunklen Augen zurück.
Wieder dieses Grunzen, einmal, zweimal; diesmal meinte Wirrun seine Bedeutung zu verstehen: »Ameisen!« und: »Zurück!« Von neuem packten die kleinen Arme zu, und Wirrun stellte sich auf den nächsten Kampf ein. Aber diesmal zerrten ihn die Männchen bloß wieder dorthin, wo er gelegen hatte, und setzten ihn unter dem Überhang ab. Einer aus der Schar brachte Wirruns Hemd; dann zogen sie sich alle ein paar Schritte in den Schatten zurück und starrten ihn wieder an. Etwa fünfzig kleine, dunkle Männer waren jetzt im Halbkreis versammelt.
Über Wirruns Kopf raschelte es im Felsen. Die Mimi glitt an seine Seite und faßte nach der Fellschlinge.
»Alles in Ordnung!« flüsterte er ihr zu. »Sie haben die Wirkung des Zaubers erkannt.«
Die Männchen musterten ihn unverwandt; er hielt ihrem ernsten Blick stand. Jetzt mußte er sie wohl ansprechen.
»Könnt ihr mich hören?« fragte er.
Einige nickten. Einer grunzte etwas. Es klang wie: »Haben Ohren.« Die anderen beschränkten sich weiterhin darauf, Wirrun mit gesenktem Kopf anzustarren.
»Mich schickt das Land«, sagte Wirrun.
Sie grunzten leise im Chor, und wieder gab einer Antwort: »Kein Feuer.«

Die Worte gingen im Halbkreis von Mund zu Mund. »Kein Feuer!« grunzten die Männchen. »Kein Feuer! Kein Feuer!«
»Ihr habt es gelöscht«, sagte Wirrun. »Aber wer weiß, ob es euch nicht bald fehlen wird. Das Eis kommt.«
Sie grunzten einander verärgert zu und schalten ihn im Chor: »Kein Eis.« - »Lang fort.« - »Lang besiegt.« - »Kein Eis.«
»Das Land weiß es besser«, sagte Wirrun. »Und das Volk weiß es. Und ihr wißt es auch. Das Eis kommt zurück. Die Ninya gehen durch die Berge. Bald sind die Eismänner hier. Ich kann nicht sagen, wie weit sie bis jetzt vorgedrungen sind; aber sie sind nicht mehr fern.« Er zeigte ihnen den Zauber. »Dies da«, rief er, »und dies da« - er schlug mit der flachen Hand auf den Felsen - »sagen euch: ihr müßt mir helfen, das Eis zu besiegen.«
Sie starrten ihn an, starrten die Mimi an und steckten die Köpfe zusammen. »Kein Feuer!« grunzten sie. »Kein Feuer.«
»Erledigt und vergessen«, sagte Wirrun unwirsch. »Und jetzt verratet mir endlich, wer ihr seid.«
Sie antworteten in wildem Durcheinander. Wirrun verstand kein Wort. Hilfesuchend wandte er sich an die Mimi.
»Sie sind die Wa-tha-gun-darl«, erklärte sie, »und sie leben hier, nur hier, in Höhlen und zwischen den Felsen. Sie können nicht wie wir Felsgeister in die Steine schlüpfen, aber ich glaube, sie ahnen irgendwie, daß das Eis kommt, ohne es bewußt zu erkennen. Sie sagen, sie dulden kein Feuer, weil es ungebetene Gäste anzieht. Sie jagen Vögel und verzehren sie roh. Sie sind mit den großen Bullenbeißerameisen verbündet. Dringt ein Fremder in ihr Reich ein, werfen sie ihn auf einen Ameisenhaufen und halten ihn dort so lange fest, bis er zu Tode gebissen ist.«
»Entzückend!« bemerkte Wirrun trocken. Noch immer fühlte er den stahlharten Griff der kleinen Arme, wie sie ihn von der Felsplatte herunterzerrten. Er glaubte nicht, daß er gegen die Wa-tha-gun-darl und ihre Bullenbeißerameisen große Chancen gehabt hätte.
Der Halbkreis verharrte in abwartendem Schweigen; im Zwie-

licht der Dämmerung und des noch schwachen Mondes waren die Gesichter nur undeutlich wahrzunehmen. Kleine Sturköpfe! dachte Wirrun und richtete erneut das Wort an sie.

»Hört zu«, sagte er, »und bedenkt es gut: Bald kommen die Ninya auf ihrem Weg durch die Berge und nach Süden auch in euer Land. Sie sind auf der Suche nach dem Ältesten Nargun, nach dem, das Feuer machen kann und die Ninya bereits einmal besiegt hat. Spüren sie es auf und lassen es zu Eis erstarren, werden sie hinterher aus den Bergen treten und die Herrschaft des Eises ausrufen – hier und überall. Dann frieren sie euch ein und eure Bullenbeißerameisen dazu. Ihr wäret also gut beraten, mir zu helfen, damit ich noch vor den Ninya das Älteste Nargun finde. Sagt mir also gleich, ob ihr es kennt.«

Sie tauschten Blicke und grunzten leise, ehe sie Wirrun Antwort gaben: »Lang her haben Nargun gekannt.« – »Sehr lang her haben Nargun gesehen.« – »Jetzt nicht mehr kennen.« – »Jetzt nicht mehr sehen.«

Das Gemurmel ging im Hintergrund weiter, ohne daß Wirrun etwas davon verstehen konnte, und wieder wandte er sich an die Mimi.

»Sie bleiben stets unter sich und verlassen nie ihr Reich«, erklärte sie. »Sie begegnen niemandem, außer manchmal den Nyols – die sind klein wie sie selbst und leben in den Felsen. Die Wa-tha-gun-darl wissen so gut wie nichts, denn ihr Denkvermögen ist sehr beschränkt.«

»Auch gut«, sagte Wirrun. Er war froh, das Palaver beenden zu können. »Fragt also diese Nyols, wenn ihr ihnen begegnet! Haltet eure Augen und Ohren offen, und sobald ihr etwas über die Ninya oder das Nargun herausbekommt, schickt mir sofort eine Botschaft – wenn ihr das könnt.«

Sie grunzten und nickten, aber Wirrun ahnte, daß von ihnen kaum echte Hilfe zu erwarten war. Wie sollte es ihnen auch gelingen, ihm eine verständliche Nachricht zukommen zu lassen, doch dazu, wenn sie ihren heimatlichen Berg nie verließen? Nun, immerhin hatte er sie vor den Ninya gewarnt.

»Erledigt«, sagte er. »Und nun zu uns. Wir sind den ganzen Tag gereist und müssen noch vor Tagesanbruch weiter.« Allein diese Worte genügten, und schon spürte er, wie todmüde er eigentlich war. »Wir werden also jetzt hier zu Abend essen, verstanden?«
»Kein Feuer!« fielen sie ihm grunzend ins Wort.
Das überhörte er. »Und dann wollen wir schlafen, bis der Mond untergegangen ist. Und daß mir keiner von euch auf dumme Gedanken kommt! Keine faulen Tricks, keine Ameisen! Laßt uns gefälligst in Ruhe!«
Im fahlen Mondlicht lag der Halbkreis der kleinen Männer mittlerweile tief im Schatten; nur ihre Augen leuchteten, und ihr Grunzen klang plötzlich laut und zornig.
»Was haben sie denn jetzt wieder?« fragte Wirrun die Mimi. »Darf man sich auf ihrem heiligen Berg nicht einmal zur Ruhe legen?«
»Du hast sie verärgert«, sagte die Mimi vorwurfsvoll. »Sie sind dir böse, weil du glaubst, sie könnten uns im Schlaf überfallen. Sie sagen, wenn sie uns überwältigen wollten, hätten sie das längst getan oder täten es jetzt und hier. Sie sagen, es ist nicht ihre Art, sich über schlafende Fremde herzumachen. Und sie sagen, daß auch sie zum Land gehören.«
»Hoffentlich vergessen sie das nicht zwischendurch«, knurrte Wirrun ungerührt. Er verspürte keine Lust, von Bullenbeißerameisen zu Tode gezwickt zu werden, außerdem hatte er seinen Kampf mit ihren kräftigen kleinen Gebietern noch in allzu guter Erinnerung.
Wirrun stand auf und schlenderte betont entschlossen zu seinem Rucksack. Den hatten die Wa-tha-gun-darl nicht in Augenschein genommen, bevor Wirrun ihnen den Zauber zeigte, und er war auch später unangetastet geblieben.
Die Männchen hockten sich an Ort und Stelle hin und sahen zu, wie Wirrun seinen Schlafsack aufrollte und dann die Fleischklößchen kalt aus der Büchse aß. »Du solltest auch etwas in den Magen bekommen«, sagte er zur Mimi. »Möchtest du nicht wenigstens davon kosten?«

Sie schien den Wa-tha-gun-darl immerhin so weit zu trauen, daß sie endlich die Fellschlinge losließ. Dann beschnüffelte sie die Büchse, ließ ihr Katzenniesen hören und schüttelte den Kopf. Wirrun war zu müde, ihr weitere Angebote zu machen, und beschränkte sich darauf, für sie ein paar Tropfen aus dem Wassersack zu gießen. Der fühlte sich bereits ziemlich leer an. »Wir dürfen nicht vergessen, ihn morgen früh zu füllen«, sagte er.

Der Halbkreis geriet in Bewegung; ein Männchen lief geschäftig hin und her; und dann näherte sich ein anderes, grunzte, legte etwas auf den Boden und zog sich wieder zurück. Die Mimi hob das Ding auf, nickte den Zuschauern dankbar zu und zeigte Wirrun, was sie ihr gegeben hatten: einen kleinen grünen Papagei. Schlaff und tot lag er in ihrer Hand.

Wirrun rümpfte die Nase. »Kannst du den überhaupt roh essen?«

»Es ist gutes Fleisch«, erwiderte sie, »und alles, was sie zu bieten haben. Außerdem lebe ich seit Tagen von rohem Fleisch.« Sie rupfte dem Papagei die Federn aus und verzehrte ihn.

Als Wirrun die Büchse geleert hatte, ließ er sie über die Felsplatte rollen, den Gestalten entgegen, die im Schatten hockten, und rief ihnen zu: »Vielleicht macht es euren Ameisen Spaß, sie sauberzuschlecken.«

Eines der Männchen hob die Büchse vorsichtig auf, roch daran und reichte sie rasch seinem Nachbarn weiter. So ging sie im ganzen Halbkreis von Hand zu Hand, bis alle daran gerochen und angewidert gegrunzt hatten. Der letzte stand auf und trug die Büchse hügelabwärts davon.

Die Mimi war unterdessen in den Felsen geschlüpft. Wirrun band den Rucksack an einen Ast und kroch in den Schlafsack. So müde er auch war, wußte er doch, daß es ihm unter den wachsamen Blicken und dem beständigen Grunzen dieser wilden Horde schwerfallen würde, gleich einzuschlafen. Aber noch während er das dachte, hörte er ein leises Rascheln, wie von Blättern im Wind, und als er aufschaute, sah er, daß der dunkle Halbkreis sich plötzlich aufgelöst hatte. Still und leer hob sich der Berghang von den Sternen ab.

Doch der Schein trog; noch im Einschlafen hatte Wirrun das Gefühl, daß nach wie vor jemand im Mondschein saß und ihn heimlich beobachtete . . .

Es war fast ganz finster, als Wirrun von einer kleinen, drahtigen Hand geweckt wurde, die am Schlafsack zupfte. Er setzte sich rasch auf. Der Mond war bereits untergegangen; der Stand der Sterne und die beißende Kälte der Nacht ließen darauf schließen, daß es ungefähr zwei Uhr früh war.

Drei Männchen standen vor ihm. »Zu lang schlafen«, grunzte einer von ihnen. »Mond fort, du fort.«

Wirrun gähnte. »Danke!« sagte er zu den Wa-tha-gun-darl, obwohl ihnen wohl weniger an seinem Zeitplan gelegen war als daran, ihn so rasch wie möglich über alle Berge zu wissen.

Die Männchen nickten und zogen sich an den Rand der Felsplatte zurück.

Als Wirrun den Rucksack schnürte, trat die Mimi an seine Seite. »Hast du gut geschlafen?« fragte er und bemerkte erst jetzt, daß sie am ganzen Leib zitterte.

»Überhaupt nicht«, sagte sie leise. »Ich blieb vor dem Felsen im Freien liegen, damit die guten Leutchen nicht glauben, daß ich ihnen mißtraue. Außerdem bläst drinnen ein kalter Wind.«

Wirrun war plötzlich hellwach. »Was – im Berg? Und du konntest ihn fühlen?«

Die Mimi schüttelte den Kopf. »Aber im Felsen ist es kälter als sonst. Tief im Berg muß es Höhlen und Gänge geben. Ich hörte deutlich den Wind heulen.«

Wirrun zog die Schnallen am Rucksack fest. Endlich wußte er, wo die Ninya waren: Sie waren hier.

»Höchste Zeit, daß wir weiterkommen«, drängte er. »Und ich hoffte schon, wir hätten nach diesem langen Ritt auf dem Wind einen kleinen Vorsprung.« Er sah, daß die Mimi ein Bündel aus Blättern trug, das fest mit Grashalmen umwickelt war. »He«, sagte er, »das brauchst du doch nicht mit dir herumzu-

schleppen. Komm, wir stecken das Zeug hier in die Seitentasche.«
Nur zögernd vertraute sie ihm das Bündel an und beobachtete genau, wo er es verstaute. Dann hob Wirrun den Wassersack vom Ast und wog ihn überrascht in den Händen. Sein Gewicht verriet ihm, daß man ihn gefüllt hatte. Die drei kleinen Männchen hielten immer noch Wacht. Wirrun wandte sich ihnen zu und deutete eine Verbeugung an.
»Vielen Dank!« sagte er. »Sehr gutes Wasser.« Und er verbeugte sich abermals.
Die drei nickten, ein wenig geschmeichelt.
Schweigend machte sich Wirrun im fahlen Licht der Sterne an den Abstieg. Die Mimi faßte wieder nach der Fellschlinge. In einiger Entfernung folgten die drei Männchen, und nach und nach traten auch ihre Gefährten aus den Schatten, bis zuletzt eine ganze Schar die beiden Fremden begleitete. Am Fuß des Hügels blieben die Wa-tha-gun-darl jedoch abwartend stehen. Als Wirrun das bemerkte, hielt er ebenfalls an und sprach zu ihnen.
»Habt Dank für eure Gastfreundschaft«, sagte er, und so ironisch das auch klingen mochte, war es aufrichtig gemeint. »Dort oben weht bereits der kalte Wind durch die Felsen. Haltet also Ausschau nach den Ninya. Und wenn ihr Hilfe braucht, laßt es uns wissen.«
Sie nickten und grunzten. »Wir lassen wissen«, sagten sie ernst; und: »Gute Reise!«
Mit leichterem Herzen ging Wirrun weiter, denn jetzt wußte er, daß die kleinen Wa-tha-gun-darl wirklich ihr Bestes getan hatten. Sie hatten der Mimi am Abend den Papagei und vorhin diese seltsame Wegzehrung gegeben. Sie hatten seinen Wassersack gefüllt, Wache gehalten, während er schlief, hatten ihn zur rechten Zeit geweckt, und zuletzt hatten sie ihn sicher an die Grenze ihres Reiches geleitet und ihm und der Mimi eine gute Reise gewünscht. Mochten sie auch wild und ungeschliffen sein, hätten sie den beiden doch keine besseren Dienste leisten

können. Ja, sie hatten die Wahrheit gesprochen: auch sie gehörten zum Land.

Wirrun und die Mimi kamen gut voran. Bald erreichten sie die Landstraße, eine kantige schwarze Linie im Dunkeln.

»Wir gehen am besten ein Stück der Straße nach«, sagte er, »bis wir herausfinden, wo wir sind. Jedenfalls ist es nicht mehr weit zur Küste.«

Die Mimi sagte nichts. Wahrscheinlich wußte sie nach Art der Erdgeister ganz genau, wo sie sich befanden.

Bald führte die Straße über eine Brücke, und mit einiger Mühe konnte er im schwachen Licht die Inschrift eines Schildes entziffern. »Tilba-Tilba«, sagte er, rief sich die Landkarte in Erinnerung und nickte zufrieden. »Gut, daß wir den Wind hatten. Ich schätze, er hat uns hundertzwanzig Meilen oder noch mehr weitergebracht. Damit und mit dem Zug sind wir ein schönes Stück vorangekommen, und rascher als ich gedacht hätte. Trotzdem haben uns die Ninya beinahe eingeholt.« Er schüttelte den Kopf. »Sie sind unheimlich schnell.«

»Die Geister werden ihnen nicht helfen«, sagte die Mimi.

»Schon möglich. Uns haben sie ja auch nicht viel geholfen. Bisher haben sie sich jedenfalls kaum blicken lassen. Aber wahrscheinlich sind wir noch zu weit vom Ziel. Die Geister im Reich des Narguns werden wahrscheinlich besser Bescheid wissen.«

Er beschleunigte das Tempo und schritt auf der Straße so rasch aus, wie er nur konnte. Leichtfüßig stelzte die Mimi neben ihm her und hielt mühelos mit. Das erinnerte ihn daran, wie sie ihm nach seiner Bahnfahrt zuvorgekommen war, und er war überzeugt, daß sie auf eigene Faust, ohne von ihm gehemmt zu werden, den Wettlauf gegen die Ninya viel eher gewinnen könnte.

»Ko-in hätte dir und nicht mir den Zauber geben sollen«, brummte er ungehalten.

Sie antwortete mit ihrem Katzenniesen. »Kopf hoch, Mensch, wenn du mich nicht gerade wie einen Speer aus dem Himmel schleuderst, hältst du dich ganz gut. Die Ninya sind nahe, aber noch haben sie das Älteste Nargun nicht gefunden.«

»Schon gut, schon gut; laß mich in Ruhe!« knurrte er, fühlte sich jetzt jedoch wesentlich besser.
»Ein Mensch schaut zu sehr nach vorn und zuwenig zurück«, sagte die Mimi. »Aber die Erde braucht ihn. Allein hätte ich die Reise nicht geschafft. Ko-in wußte schon, was er tat, als er dir den Zauber gab.«
Zu ihrer Linken stand der Wald wie eine schwarze Wand. Plötzlich tat sich dort ein Spalt auf, und eine schmale, gekieste Straße zweigte von der Hauptstraße ab. Bald wurde der Weg enger, wurde zu einem rauhen Pfad; aber Wirrun folgte ihm unverdrossen, froh, daß sie nicht mehr über Asphalt gehen mußten. Er legte die Hand auf den Zauber und fühlte dessen stumme Stärke, fühlte wieder das Land ringsum und unter seinen Füßen.
Nach einer halben Stunde kamen sie aus dem Wald und hörten das Meer rauschen. Unter den Sternen war es wieder hell, fast so hell, als schiene der Mond, und bald sahen sie das rastlose Glitzern der unendlichen See, den fahlen Streifen des Strandes und die dunklen Umrisse der Küste.
Eine Zeitlang führte der Weg zwischen dem Meer und einer sandumschlossenen Lagune dahin. Die Nacht wurde heller, als sie zwischen Land und Wasser weitergingen: links, wo die Sterne bis an den Horizont reichten, im Halbdunkel das unablässige gedämpfte Seufzen der Wellen; rechts die wachsame Stille im hügeligen Waldschatten.
Das Licht und die Dunkelheit, die Kälte und der Tau, Zeitalter um Zeitalter, alles gehört mir, sagte die See.
Ich bin da. Ich werde immer da sein. Ich wachse über die Zeiten, sagte das Land.
Wirrun und die Mimi folgten dem Pfad zwischen Land und See, gingen über einen Damm, gingen über eine Brücke, gingen an einem schlafenden Dorf vorbei, während allmählich die Sterne verblaßten und ein leichter Wind aufkam. Sie folgten den sanften Kurven der Buchten und gingen immer noch weiter, auch als bereits die Sonne aus dem Meer stieg. Erst später, am Rand ei-

nes anderen sandgesäumten Teiches, hielten sie Rast, setzten sich und aßen. Wirrun reichte der Mimi das Blätterbündel, aus dem sie einen toten Zaunkönig schälte.

»Das schmeckt dir?« fragte Wirrun. »Vielleicht finden wir hier Austern. Oder möchtest du lieber etwas Brot und Käse versuchen?«

»Der Vogel reicht«, sagte die Mimi knapp und zupfte an den Federn. Sie schob sich die Fellschlinge über das Handgelenk und hielt prüfend das Gesicht in die Brise. »Es kommt wieder der richtige Wind«, stellte sie fest.

»Bist du sicher?« Wirrun schnitt eine Scheibe Käse ab. »Dann haben wir ja Glück. Fragt sich nur, ob wir auf ihm reiten sollen.«

»Du jammerst, daß es nicht schnell genug weitergeht, weil die Ninya immer näher kommen. Das Land hört dich und schickt uns den Wind.«

»Meinst du? Dann müssen wir uns entscheiden. Wenn wir auf dem Wind reiten, treffen wir auf keine Geister und können nicht nach dem Weg zum Ältesten Nargun fragen.«

Die Mimi zischte. »Du denkst zuviel und begreifst zuwenig.«

»Du selbst hast gesagt, daß ich mich damit abfinden muß«, erwiderte Wirrun, lehnte sich zurück, spürte das Land unter seinem Rücken, spürte den Geschmack des Käses im Mund, spürte, wie die Sonne seinen Körper wärmte, und ließ das Rauschen des Meeres über seinen Kopf schwappen.

Als sie gegessen und ein wenig von dem Wasser getrunken hatten, das sie den Wa-tha-gun-darl verdankten, sagte Wirrun schließlich: »Dann also weiter. Ist uns der Wind so recht?«

»Bald«, sagte die Mimi, und sie gingen ein Stück weiter, eine gute Meile, bis der Wind sie fester an den Schultern packte und sie das Ende des Teiches erreicht hatten. Dort forderte die Mimi ihn auf: »Dreh dich um und lauf los!«

Wirrun legte die Hand auf den Zauber, und sie rannten Seite an Seite.

Der Wind nahm sie auf, wirbelte sie hoch und immer höher,

und bald trug er sie über die Zackenlinie der Küste dahin. Tief unten träumte die See, und hoch oben träumte Wirrun, er flöge zwischen den Möwen. Aber die strichen davon und ließen sich von der Strömung forttragen, und andere, lautere Schwingen klatschten heran. Wirrun und die Mimi waren plötzlich im hellen Sonnenlicht von einem Dutzend mächtiger Vögel umschwärmt, Vögel, wie sie Wirrun noch nie gesehen hatte, Habichten gleich, aber viel größer.

Einer von ihnen rief herrisch und schrill gegen den Wind an: »Wer bist du, Mensch, der auf dem Wind reitet, einen Felsgeist zur Seite und den Kraftquell am Gürtel?«

Jetzt endlich erkannte Wirrun, daß auch diese Vögel Geisterwesen waren, und seine Hand schloß sich fester um den Zauber.

2. Kapitel

Die großen weißen Geistervögel schwirrten auf ihren mächtigen Schwingen über, unter und neben Wirrun und der Mimi her. Hin und wieder spreizte sich einer in die Luftströmung, so daß die beiden Windreiter vorübergehend ins Fallen und Trudeln gerieten. Nervös verknotete die Mimi ihre Beine und zerrte sich an der Fellschlinge näher an Wirrun heran. Er selbst hatte keine Angst, sondern genoß den Anblick der majestätisch kreisenden Vögel. Unerschrocken rief er dem einen zu, der ihn angesprochen hatte:
»Ich bin Wirrun und gehöre zum Volk. Und wer seid ihr?«
»Yauruks!« krächzte der Geistervogel, und die anderen fielen gleich einem wirklichen Vogelschwarm in sein Krächzen ein: »Yauruks! Wir sind Yauruks!«
»Kommt ihr aus dem Meer?« rief Wirrun.
Sie formierten sich über seinem Kopf, so daß er ihre weichen, windzerzausten Brustfedern sehen konnte.
»Vom Land!« krächzten sie. »Wir kommen vom Land. Wir jagen die Wale für das Volk!«
»Wale?« staunte Wirrun. Er wandte sich an die Mimi: »Wozu braucht das Volk Wale?«
»Das solltest du eigentlich wissen!« schrie sie ihm ins Ohr. »Ein einziger Wal gibt Fleisch für einen ganzen Stamm.«
»Wale!« krächzten die Yauruks. »Wir jagen sie an Land!« – »Wir hetzen sie an die Küste!« – »Wale für das Volk!«
Sie waren die liebenswertesten, lebhaftesten und fröhlichsten Geisterwesen, denen Wirrun bisher begegnet war, und selbst wenn sie ihm mit ihren Schwingen gefährlich nahe kamen, bezauberten sie ihn.

»Warum reitet ein Mensch auf dem Wind?« fragte einer von ihnen krächzend und erinnerte Wirrun so an den Grund seiner Reise und an seinen Auftrag. Es war nicht leicht, gegen den Wind und den lauten Flügelschlag der herankurvenden und wieder davongleitenden Vögel anzuschreien, aber Wirrun versuchte es nach besten Kräften:

»Das Eis kommt!« brüllte er. »Es kommt wieder! Die Ninya sind hinter dem Ältesten Nargun her, und wenn es ihnen in die Falle geht, wird das Eis kommen. Ich suche das Nargun, um es zu warnen!«

»Das Eis!« krächzten sie. »Das Eis! Das Eis!«

Die Schar verstummte plötzlich, teilte sich und flog in einigem Abstand neben den beiden her. Wirrun nahm an, daß sie bald wieder näher kommen würden, damit er ihnen seine Fragen zurufen konnte; aber unversehens zogen sie in engen Kreisen höher und immer höher, flogen in die Sonne und hinaus aufs offene Meer. Wirrun schaute ihnen nach, bis sie verschwunden waren, und zuckte enttäuscht mit den Schultern.

»Du hast sie nicht gefragt, ob sie das Älteste Nargun kennen!« zischte ihm die Mimi ins Ohr.

»Weiß ich doch. Wollte ich doch. Immerhin habe ich ihnen erklärt, worum es geht. Würden sie das Nargun kennen, hätten sie uns das gesagt.«

Sie maß ihn bloß mit einem stummen Blick.

Gut drei Stunden glitten sie in großer Höhe auf dem Wind und sahen vor sich den mächtigen, wild gezackten Gebirgszug, der quer über den Horizont bis an die Küste reichte; sie sahen das breitrückige Hügelland, das steinig ans träumende Meer grenzte; sie sahen die steil aufragenden Klippen am Ufer und die großen, flachen Felsplatten, die sich weit und tief ins Wasser zogen – und Wirrun wurde immer unruhiger und sorgenvoller. Wo Berge und Felsen so nahe ans Wasser reichten, konnten auch schon die Ninya sein, denn sie reisten schnell. Und bald würde die Küste scharf nach Westen einspringen, und noch immer wußte er so gut wie nichts über das Älteste Nargun.

»Wir werden jetzt landen!« rief er der Mimi zu. »Wir suchen uns einen Platz, wo wir den Tag verschlafen können, und heute abend ziehen wir weiter und gehen die ganze Nacht durch, nicht bloß ein paar Stunden.«
Sofort verknotete sie sich vorsorglich zu einem Knäuel aus Armen und Beinen.
Wirrun seufzte. »Hab doch keine Angst!« sagte er. »Mittlerweile weiß ich es ja. Ich muß die Finger abwechselnd ein wenig lösen und wieder um den Zauber schließen, bis wir auf festem Boden sind. Stimmt's so?«
Zögernd entwirrte die Mimi ihre Glieder. Und als Wirrun den Trick ausprobierte, spürte er in der Tat gleich die Wirkung: Sobald er die Hand zu weit und zu lang vom Zauber nahm, stolperten sie aus dem Wind wie über eine lange Treppe, und die Mimi starrte ihn böse an; aber wenn er dann wieder das rechte Maß fand, glitten sie Stufe um Stufe in einer sanften Kurve nach unten.
Sie überquerten eine breite Bucht, an deren Ufern die Glücksjäger geschäftige Städte errichtet hatten, ließen sie hinter sich, und Wirrun setzte den Abstieg erst wieder fort, als unter ihnen erneut Hügel und Wälder lagen und nur noch ein Leuchtturm zu sehen war.
Mit dem Treppen-Trick gelang es Wirrun, an einem Hang zwischen den Bäumen aufzusetzen. Die Mimi landete mit schlakkernden Gliedern, und Wirrun stolperte und stürzte, aber sie waren beide glimpflicher als beim ersten Mal davongekommen. Wirrun fühlte sich bloß wieder schwer wie ein Stein, und das Land schien weiterhin ringsum vorbeizuhuschen, aber selbst diese Empfindung legte sich rasch.
Wirrun massierte seine schmerzenden Finger. »Es ist noch zu früh für eine Mahlzeit«, sagte er, denn es war noch nicht einmal Mittag. »Am besten schlafen wir bis zum Abend, und dann mache ich uns ein Feuer, und wir essen uns richtig satt, ehe wir weiterziehen.«
»Feuermachen, essen und schlafen«, ächzte die Mimi. »Deshalb kommt ein Mensch um nichts weiter.«

Die Bemerkung wurmte Wirrun, denn sie hätten ja wirklich den ganzen Tag auf dem Wind reiten und eine große Strecke zurücklegen können. Er war voreilig gewesen und hatte seinem Drang nachgegeben, hier zu verweilen, das Land unter den Beinen zu haben, mehr zu sehen und zu hören; jetzt kam ihm dieser Entschluß nicht mehr so klug vor. »Grob gerechnet«, sagte er knapp, »haben wir immerhin in nur zwei Tagen zu Fuß und auf dem Wind weit mehr als hundert Meilen zurückgelegt; und dafür, daß ich ein Mensch bin, kann ich nichts. Aber wenn du willst, gehen wir eben gleich weiter.«

Die Mimi ließ die Schultern hängen und schüttelte den Kopf. »Du mußt für uns beide denken, also mußt du auch für uns beide handeln«, sagte sie; und er schämte sich, denn erst jetzt begriff er, daß sie bloß einen Scherz gemacht hatte.

»Willst du dich lieber in den Felsen zurückziehen?« fragte er. »Ich bleibe hier und halte erst einmal die Augen offen. Unter den Bäumen ist es windstill.«

Oben, in den Wipfeln, rauschte es fast wie am Meer, aber am Waldboden war es warm und frühsommerträge. Behutsam zog die Mimi die Hand aus der Fellschlinge. Jetzt, da sie die Ninya nahe wußte, gehörte mehr Mut dazu, in einen der Felsen zu schlüpfen, die über den Hang verstreut waren. Sie ging zu dem nächstgelegenen hin, blies ihn an und schlüpfte in den sich öffnenden Spalt.

Wirrun wartete eine Weile und bereitete inzwischen vor dem Felsen seinen Lagerplatz vor. Als die Mimi auch nach zehn Minuten nicht wiedergekommen war, streckte sich Wirrun auf dem Schlafsack aus und ließ in der Mittagsschwüle die Gedanken schweifen ...

Sie eilten zurück: zu der scherzenden Mimi; zu den Yauruks, die krächzend und auf der Suche nach Walen über das Meer flogen; zu den zornigen kleinen Wa-tha-gun-darl, die ihn zu einem Ameisenhaufen zerren wollten; und dann zu dem kalten Wind, der durch ihren Berg heulte. Wirrun dachte an das Land und sah es im Geist bereits unter der Bürde von Eis und Schnee liegen. Die großen roten Felsen in seinem altersmüden Herzen wurden wieder rissig und barsten; weite, sanftwarme Dunstfelder waren plötzlich weiß verwaschen; das zarte, graugrüne Gestrüpp und die schlanken Baumreihen der Wälder mußten sich nach langem, harten Überlebenskampf zuletzt doch geschlagen geben ... Wie zum Trost legte Wirrun die Hand auf den lehmigen Stein ...

Schlaf jetzt, sagte das Land, *und schlafe, ohne zu träumen.*

Aber zuvor dachte Wirrun noch an Ko-in und den Berg; und später erst nickte er ein.

Als er erwachte, war es Abend; der Wald lag im Schatten, und vom Meer floß kühle Luft heran. Neben ihm saß die Mimi. Sie hatte ihn mit ein paar Blättern wachgekitzelt, und ihre dürren Fingerzweige lagen wie Spinnenbeine über seinem Mund und geboten ihm zu schweigen. So wies sie auf den dämmrigen Hang in seinem Rücken. Ohne ein Wort ließ sich Wirrun auf die andere Seite rollen und schaute sich um.

Zuerst sah er nichts als Schatten - und dann: Schatten, die sich bewegten. Ja, da waren kleine schattendunkle Gestalten, die aus den Felsen schlüpften und zwischen den Bäumen davoneilten. Wirrun legte die Hand auf den Zauber, und jetzt konnte er sie erkennen: kleine graue Geisterwesen, etwa so groß wie die Wa-tha-gun-darl, aber von eher spinnenähnlichem Aussehen, und sie wirkten auch nicht so wild und zornig. Der Zauber pulste in Wirruns Hand, und er löste ihn vom Gürtel und wickelte den Faden ab. Nach kurzem Überlegen hielt er den Zauber der Mimi hin und faßte selbst nach der Fellschleife.

Sie zögerte, schaute Wirrun aus großen, dunklen Augen an und nahm dann den hart-weichen Knäuel voll ehrfürchtiger Scheu in beide Hände. Ihre hagere, dürre Gestalt glitt davon und verschwand. Die Mimi bewegte sich ebenso lautlos durch die Schatten wie die kleinen Spukwesen, aber sie verschmolz dabei ganz mit dem Gras und den Bäumen.

Wirrun hielt das eine Ende der dünnen Leine; jetzt mußte er warten, bis die Mimi die volle Länge in einer großen Schlinge auf dem Hang ausgelegt hatte. Die Mimi konnte er nicht sehen – aber er sah, wie zwei der fliehenden Geister plötzlich zurückprallten und vergeblich versuchten, irgendwie weiterzukommen.

Schon war die Mimi wieder an seiner Seite; sie hatte die Schlingenfalle erst geschlossen, nachdem die beiden Geister hineingetappt waren. Aufgeregt rannten sie hin und her, folgten der Leine, fanden überall den Weg versperrt und liefen zuletzt dem stumm wartenden Wirrun und der Mimi fast in die Arme. Sie wären ihnen wieder entwischt, doch die Mimi zeigte ihnen den Zauber, und Wirrun rief: »Halt!« Da blieben die beiden kleinen grauen Zwerggestalten stehen und funkelten ihn aus sternenklaren Augen an.

Die zwei schienen sich nicht im geringsten zu fürchten. Neugierig musterten sie Wirrun von Kopf bis Fuß. Nur der Zauber nötigte ihnen gebührende Achtung ab.

»Wir raufen?« bot der eine an, und seine Stimme rumpelte wie rollende Steine.

Wirrun verspürte wenig Lust, der Einladung zu folgen. Die Wa-tha-gun-darl hatten ihn Respekt vor der Kraft der Kleinen gelehrt; und bestimmt forderten ihn diese beiden Wichte nur zum Kampf auf, weil sie ihres Sieges sicher waren. Auch meinte Wirrun bereits zu wissen, warum sie und ihre Gefährten in hellen Scharen aus den Felsen geflohen waren, und so kam er unverzüglich zur Sache.

»Mich schickt das Land«, sagte er, »und ihr kennt den Zauber. Ihr rennt davon, weil der kalte Wind durch den Berg heult und das Eis kommt.«

Sie schauten ihn aus ihren Sternenaugen an und schwiegen.

»Wer seid ihr?« wollte Wirrun wissen.

»Wir Nyols«, erwiderten sie. Der Name kam Wirrun bekannt vor, und er wandte sich fragend an die Mimi.

»Sie sind Felsgeister«, erklärte sie. »Der Stamm, von dem die Wa-tha-gun-darl gesprochen haben.« Und sie fügte hinzu: »Ich war im Berg. Noch bläst dort kein Wind.«

»Nein?« Wirrun blickte den beiden Nyols ins Gesicht. »Warum ergreift ihr dann die Flucht?«
»Bläst noch nicht«, bestätigte der eine, und der andere sagte: »Bläst bald.«
»Das stimmt. Jetzt hört einmal gut zu.« Gleich richteten sich ihre hellen Augen auf ihn, doch spürte Wirrun, daß ihn diese Winzlinge ohne Scheu und eher wie zwei Raufbolde maßen. Sie würden sich anhören, was er zu sagen hatte, und dann nach eigenem Gutdünken handeln. Er sprach mit um so größerem Nachdruck: »Die Ninya sind die Herren des Eises. Sie machen den kalten Wind. Sie gehen durch eure Berge, weil sie das Älteste Nargun jagen. Kennt ihr es?«
Sie nickten. »Wir Narguns kennen.«
Wirruns Herz schlug höher. Zum ersten Mal war er auf Wesen gestoßen, die ihr Wissen eingestanden. »Aber das Älteste«, sagte er, »das eine, das Feuer machen kann, kennt ihr auch das?«
Sie warfen einander Blicke zu, nickten, schüttelten den Kopf und berieten sich mit ihrer Rumpel-Pumpel-Stimme: »Sehr großes Nargun, das eine.« – »Sehr klug, sehr alt.« – »Nicht sehen das eine Nargun jetzt.« – »Nicht sehen das eine sehr, sehr lang.«
»Wenn die Ninya das Nargun vor mir finden«, sagte Wirrun, und er wählte die Worte mit Bedacht, »dann frieren sie es ein und lassen wieder das Eis wachsen. Das wollt ihr doch nicht, oder?«
Sie ließen sich die Frage durch den Kopf gehen. »Wächst Eis auf Land«, sagten sie schließlich und nickten vergnügt. »Besser als wächst in Berg.«
Dem mußte Wirrun widersprechen. »Aber wenn ich das Nargun zuerst finde«, sagte er, »gehen die Ninya in ihr Reich zurück und machen überhaupt kein Eis. Wäre das nicht das Allerbeste?«
Wieder dachten die beiden nach und nickten.
»Dann sagt mir also, wo das Älteste Nargun lebt.«

Noch einmal mußten sie erst beraten. »Das eine sehr altes Nargun, erstes mit Feuer.« – »Das eine sehr, sehr lang nicht sehen«, bestätigten sie sich. »Fortgegangen, das erste. Fortgegangen aus Nyol-Land.« Nun, da das zwischen ihnen feststand, wandten sie sich wieder an Wirrun. »Fortgegangen ins Meer«, sagten sie.

»Ins Meer? Seid ihr sicher?«

Sie nickten.

»Und wohin, an welche Stelle?«

Sie blinzelten ihm aus ihren Sternenaugen zu und schwiegen.

»Das wissen sie nicht«, sagte die Mimi leise.

»In Meer in Nargun-Land«, erklärte der eine der beiden Nyols und wiederholte seine Aufforderung: »Wir raufen?«

»Nein«, erwiderte Wirrun und wies die Mimi mit einer Kopfbewegung an, den Faden wieder aufzuwinden. »Ich raufe nicht. Dafür habe ich keine Zeit. Und wenn ich es täte, würde ich gewinnen, denn ich besitze einen mächtigen Zauber. Hört lieber zu, ihr beiden. Wenn ihr dem Eis entkommen wollt, sagt euren Leuten, sie sollen nach Norden gehen, zu dem Stamm mit den Bullenbeißer-Ameisen. Den kennt ihr ja. Letzte Nacht hat der kalte Wind dort oben geheult. Mittlerweile ist er von dort fort. Für immer. Er ist weitergezogen. Jetzt kommt er hierher. Ihr könnt ihm ausweichen, wenn ihr hinter den Wind geht, nach Norden.« Er nickte den Nyols zu, und wie Schatten flitzten sie hangabwärts davon.

Die Mimi hatte einstweilen die Rattenfell-Leine des Zaubers wieder zu einem Knäuel gewunden und hielt ihn Wirrun mit beiden Händen entgegen. Er nahm ihn, dankte ihr und setzte sich, den Zauber immer noch zwischen den Fingern.

Die Mimi sah, daß Wirrun nachdenken wollte. Sie zog sich leise zurück und begann unter den überhängenden Felsen eine Feuerstelle zu errichten.

Das gelbe Flackern der Flammen weckte Wirrun aus seinen Gedanken, und er stand auf und kam näher. Wie er jetzt erst bemerkte, hatte sich die Mimi im Laufe des Tages mit einer Wurzel und einer Eidechse versorgt.

»Danke für das Feuer«, sagte er und kramte in der Provianttasche, fand aber kaum mehr als Kartoffeln. »Im Meer, haben sie gesagt. Glaubst du, daß sie das wirklich wissen?«
»Sie wissen, was sie gehört haben«, erwiderte die Mimi. »Das ist ein Teil des Wissens. – Es gibt auch andere Geister.«
»Denen aber nicht gerade viel daran gelegen sein dürfte, uns zu helfen«, schränkte Wirrun ein. »Ko-in ging leider davon aus, daß sie das tun würden, sobald sie den Zauber sehen.«
»Er sagte, sie *müssen* uns helfen, weil der Zauber mächtig ist und in allen Reichen anerkannt wird. Er sagte nicht, daß man uns deswegen gleich helfen *will.*« Wirrun starrte sie düster an. »Mensch!« rief sie plötzlich. »Du begreifst aber auch gar nichts! Sie sind winzige Geschöpfe, Geschöpfe der Erde. Sie ahnen das Eis und fürchten es. Werden die Ameisen dir bereitwillig helfen, wenn ihr Bau geborsten ist? Werden die Schatten schwinden und die Flüsse ihren Lauf ändern, um dir zu helfen? Nein, die Geister werden dir nur helfen, wenn es sein muß; aber wenn es nicht sein muß, werden sie sich aus dem Staub machen. Hast du denn ganz vergessen, warum *ich* dir helfe?«
Er starrte sie entmutigt an, und sie krümmte sich ein wenig unter seinem Blick. »Ach, du!« rief sie. Da stand sie nun vor ihm und hielt die kaum angeröstete Eidechse an der Schwanzspitze. Bei diesem Anblick mußte Wirrun nun doch lachen.
»Nein, du bist anders«, sagte er kopfschüttelnd. »Du hilfst weit mehr, als du müßtest. Du kleines, armseliges Wesen, das sich am liebsten in den Felsen versteckt, du bist ein tapferer Kämpfer gegen das Eis.«
»Ja, ich helfe dir«, sagte die Mimi traurig. »Aber nur, damit du mich hinterher nach Hause bringst.« Wieder mußte Wirrun lachen, wieder schüttelte er den Kopf. »Und weil das Land dich geschickt hat«, schloß sie lahm.
Wirrun lachte auch dazu. »Und weil du dich unentwegt an das Eis erinnerst«, ergänzte er. »Diese kleinen Wichte hingegen möchten es wahrscheinlich am liebsten vergessen. Vielleicht kennen es viele von ihnen nicht einmal.«

Er teilte eine geröstete Kartoffel und füllte sie mit Butter. Die Mimi merkte, daß er von neuem zu grübeln begonnen hatte.
»Im Meer . . .« murmelte er. »Wenn das die Ninya herausbekommen, können sie die Suche abblasen. Im Wasser richtet das Feuer nichts aus.«
Die Mimi ließ ihr Katzenniesen hören. »Und was hält das Älteste im Meer? Es ist aus freien Stücken dort; es kann aus freien Stücken wieder an Land kriechen. Das wissen die Ninya nur zu gut.«
»Was das Nargun im Meer halten soll? Eis. Das Eis wird es im Meer festhalten.«
»Wie, muß jetzt eine Mimi einem Menschen Mut zusprechen?« zischte sie ihn an. »Du wirst das Nargun aus dem Wasser holen!«
»So war das nicht vereinbart! Ich, es herausholen? Ein Wesen aus Stein . . .? Das Meer quillt über von Steinen. Nein, erst muß jemand das Älteste Nargun kennen. Jemand muß kommen, der mir den Nargun-Felsen ganz genau zeigen kann. – Und bis dahin habe ich Tag und Nacht die Ninya auf dem Hals.«
»Und bis dahin hockst du wie ein gewöhnlicher Mensch am Feuer, schlägst dir den Bauch voll und läßt die Nacht nutzlos verstreichen!«
Sie hatte in aller Eile gegessen und getrunken. Wirruns ungeheueren Appetit fand sie stets übertrieben. Den, maulte er, habe sie ihm allerdings diesmal mit ihrer Zanksucht verdorben; und er löschte das Feuer und schnürte den Rucksack.
Eine steile Rinne zwischen den nachtschwarzen Bäumen führte sie nach unten, und aus dem dunklen Wald kamen sie an den Strand, der hell im Mondlicht lag, und fanden einen Pfad. Die Flut hatte eingesetzt; die See schrie brünstig und warf ihr schwarzsilbernes Glitzernetz aus, dessen Schönheit so bedrohlich lockte, daß Wirrun kaum hinzusehen wagte.
Die ganze, lange Küste entlang hallte der Ruf des Meeres, spann sich das dunkelhelle Netz; und tief unten im Süden verfing sich darin selbst das Älteste Nargun.

Die Felsbrocken, die sein steinernes Bett umgaben, stemmten ihre breiten Rücken dem Ansturm der Wellen entgegen. Das Nargun schmiegte sich enger an den schützenden Wall und wußte sich doch stärker als seine Beschützer. Ja, es war alt, uralt, gebeugt und müde von den Lasten und Schmerzen des Alters. Und doch: wenn es auch in der kalten, weißen See lag, trug es immer noch in sich die Kraft des Feuers.

Tage waren vergangen, seit das Nargun den Fisch zerquetscht und verspeist hatte; und da die Geschöpfe des Wassers so vergeßlich sind wie jene an Land, waren sie bald zurückgekommen, um bei ihm Unterschlupf und Schutz vor dem Anprall der Fluten zu finden. Eine Krabbe zwängte sich in den engen Spalt, dort, wo der Felsen hart am Boden auflag. Zu Füßen des Narguns rollte sich ein Tangbüschel ein, fächerte sich auf, rollte sich wieder ein; und darunter hingen reglos die Fische. Fest verschlossen klebte eine Seeanemone in einer schmalen Ritze. Tritonshörner, Muschelkram und Napfschnecken hefteten sich an die Flanken des Narguns.

Die blinde und zeitlose Liebe des Monsters gehörte den Menschen, die sich unter der wärmenden Sonne bewegten. Hier gab es nichts, dem seine Liebe gelten konnte; aber im Verborgenen gediehen hier die Geheimnisse des Lebens, und das Nargun war bereit, sie zu nähren. Es lastete voll und schwer auf seinem felsigen Grund, und wenn die Flut an ihm zerrte und zog, schrie es zum Himmel, und sein Schrei war so fernweit und kalt wie der silberne Mond.

Und während das Nargun schrie und sich gegen die See stemmte, waren Wirrun und die Mimi unterwegs, es zu suchen, unterwegs zwischen dem Meer und dem schlafenden Land; und in den Wäldern, die sie zurückgelassen hatten, flohen die Nyols nach Norden; und auf dem Berg der Wa-tha-gun-darl tobte eine furchtbare Schlacht.

3. Kapitel

Als am späten Abend die Vögel ihre Nester aufsuchten, ließen auch die streitbaren kleinen Wa-tha-gun-darl für heute die Jagd sein. Jetzt hockten, saßen und lagen sie gemeinsam in einer großen Höhle, rupften die erlegten Vögel und rissen mit den Zähnen das rohe Fleisch aus den zarten Leibern. Dabei grunzten sie einander leise zu, sprachen über das Jagdglück und genossen die einzige Mahlzeit des Tages.

Ihr Grunzen galt auch den beiden Fremden, die am Abend zuvor aus dem Himmel gekommen waren – ein außerordentliches Ereignis, denn seit vielen Jahren hatten die Wa-tha-gun-darl keine derartigen Besucher empfangen. Diesen beiden durfte man die Gastfreundschaft nicht versagen, doch im allgemeinen waren Fremde nicht willkommen. Ein, zwei Mal im Jahr gab es ein fröhliches Treffen mit den Nyols, denn die kannten sie seit urdenklicher Zeit und hatten sich mit ihnen befreundet; aber selbst Freunde wie sie waren nicht häufiger gefragt. Als Stammesvolk blieben die Wa-tha-gun-darl stets unter sich, und mit derselben heftigen Zuneigung, die sie füreinander hegten, riegelten sie sich gegen Außenseiter ab. Den Menschen hatten sie schon immer mißtraut, und andere Geister hielten sie sich grundsätzlich drei Schritte vom Leib. Bei Tag versteckten sie sich, und nachts zündeten sie auf ihrem Berg weder Lichter noch Feuer an, um nicht Fremde anzulocken.

So waren sie also jetzt in ihrer Stammeshöhle versammelt, grunzten gesellig und häuften im Verlauf der Mahlzeit vor sich die Federn der gerupften Vögel auf: die rostroten der Schwalben, die blauen der Zaunkönige, die bronzefarbenen der Drosseln, die gelben der Kolibris und die grünen der Lorikeet-Papageien. Im Dämmerlicht der Höhle verloren die Federn freilich Glanz und Farbe und verschmolzen zu einem kümmerlichen Grau. Draußen mischte sich unterdessen der erste Mondschein in die Abenddämmerung. Die Wa-tha-gun-darl sahen es mit Freude; bald würde sie das helle Silberlicht hinauslocken.

Da wehte ein kalter Hauch durch die Höhle, und die Federhäufchen kräuselten sich. Schlagartig verstummten die kleinen Männer, schauten einander überrascht aus dunklen Augen an oder blickten über die Schultern zum Grund der Höhle. Damit der Wind hinausblasen kann, muß er erst hereinblasen, aber draußen regte sich kein Lüftchen im Abend. In der Höhle hingegen flatterten die Federn auf wie verletzte Vögel. Aus dem Hauch wurde eine Brise, kalt und messerscharf.

Ohne ein Wort beendeten die kleinen dunkelhäutigen Männer ihre Mahlzeit; ohne ein Wort langten sie nach den schweren Stöcken, die neben ihnen lagen; ohne ein Wort huschten sie aus der Höhle und verschwanden.

Der Himmel war nun sternverhangen und wurde immer heller vom weichen Licht des Mondes. Bittere Kälte strömte aus der Höhle. Die Federn wirbelten heraus: wie Geistervögel im Wind. Die kleinen Männer froren in ihren Verstecken und klammerten sich fester an ihre Stöcke. Sie warteten.

Ein Mondstrahl fiel auf den Höhleneingang, und der glitzerte auf, als hätte sich der Granit in Quarz verwandelt. Jetzt trat ein Mann aus der Höhle, ein Mann ganz in Weiß, und im Mondschein glitzerte auch er. Er war groß wie ein Mensch, weiß wie eine Wolke - aber er glitzerte. Der Mann schaute zum Meer hin, ließ den Blick über den Berg schweifen, wandte sich um und spähte hinauf in den Wald.

Kleine schwarze Gestalten sprangen aus ihrem Versteck, schwangen die Stöcke und schlugen zu. Der weiße Mann taumelte, stürzte, die Stöcke fielen über ihn her. Eissplitter spritzten durch die Luft. Da lag der Mann, zerschmettert; weißes Blut rann aus seinem Körper, rann über den Boden.

Die kleinen schwarzen Männer huschten zurück auf ihre Plätze. Aus den Kuhlen und Schatten der Felsen betrachteten sie den Erschlagenen und sahen, wie die Erde um ihn weiß wurde und frostig glänzte. Und sie sahen, wie allmählich von der Decke der Höhle lange Eiszapfen wuchsen.
Der Wind blies weiter. Der Frost wuchs weiter. Wie mit Speerspitzen fraß sich das Eis über den Boden. Im Mondlicht glitzerte und blitzte der Höhlenmund auf: auch dort wuchs das Eis. Ein leises Krächzen, ein Flüstern; die kleinen Männer hielten Augen und Ohren offen. Sie sahen, wie am Eingang zu ihrer Höhle eine Wand aus Eis entstand und ihn binnen kurzer Zeit verschließen würde. Wütend kamen sie aus ihren Verstecken, grunzten drohend und ließen die Stöcke kreisen. Der Frost biß zu, die Eisspeere schnitten ihnen in die nackten Fußsohlen - aber das stachelte nur ihre Wut an. Immer wieder rutschten sie auf dem glatten Boden aus, immer wieder rappelten sie sich hoch und hämmerten auf die Eiswand ein.
Das Eis splitterte und stäubte. Die Mitte der Wand gab ächzend und knisternd nach; dort vereinte sich jetzt mit fliegenden Stökken ihr Angriff; aber noch während sie drauflosdroschen, festigte sich der Wall - und wuchs höher. An einigen Stellen war er rein und bis auf den Grund klar, wie Wasser. Dort konnten die kleinen Männer durchsehen, und sie sahen weiße Gestalten und hörten sie lachen.
Mehreren Wa-tha-gun-darl waren die Stöcke zerbrochen, und rasch wollten sie Ersatz schaffen. Ihr Aufschrei ließ auch die anderen herumwirbeln: hinter ihrem Rücken war eine zweite Eiswand im Entstehen! In weitem Bogen schloß sie an die erste an.
Als die kleinen Männer erkannten, daß das Eis sie einzuschließen drohte, warfen sie sich wildentschlossen gegen den äußeren Wall. Schon reichte er über ihre Köpfe. Als sie ihn zu überklettern versuchten, blieben ihre Hände und Füße am Eis kleben; nur mit Mühe und gegenseitiger Hilfe konnten sie sich wieder losreißen. Und währenddessen wurden beide Wälle immer höher und dicker.

Da hob eines der Männchen einen zerbrochenen Stock auf und hielt ihn so lange gegen das Eis, bis er anfror. Rasch folgten die Nachbarn seinem Beispiel, und bald bildeten die Stöcke eine Leiter. Auf ihr kletterten die Wa-tha-gun-darl die Wand hoch, und während die vorderen Reihen sich allmählich lichteten, bauten die Wartenden bereits eine zweite Leiter.

Drüben, in der Höhle, reckten sich frostweiße Gesichter mit grünen Funkelaugen über den Rand der Eisbarriere. Die Ninya mußten zusehen, wie die Wa-tha-gun-darl ihnen entkamen. Jetzt blieben ihnen zwei Möglichkeiten: Sie konnten das Eis wieder schmelzen lassen, damit die Stöcke und die Männer darauf keinen Halt mehr fanden und zurückrutschen mußten – oder sie konnten machen, daß das Eis noch rascher wuchs. Dafür entschlossen sie sich.

Die Wa-tha-gun-darl hüpften und kletterten von Sprosse zu Sprosse, klebten an, rissen sich frei und trieben neue Stöcke in die Wand, weil die ersten bereits überfroren waren und unter der immer dicker werdenden Eisdecke verschwanden.

Die beiden Wälle wuchsen aufeinander zu. Der freie Raum dazwischen schrumpfte. Die restlichen Stöcke und Stockreste wurden unter dem Eis begraben; sie waren durch nichts zu ersetzen. Die letzten vier kleinen dunkelhäutigen Männer fanden keine Leiter mehr vor.

Draußen, auf der anderen Seite, schrien und grunzten ihre Gefährten in wütender Verzweiflung durcheinander. Sie klebten Astwerk und Zweige an die Eiswand, kletterten daran hoch und versuchten, andere Äste in den immer enger werdenden Spalt hinunterzuwerfen. So weit sie reichen konnten, klebten sie Stöcke und sogar Steine an das Eis und riefen den Eingeschlossenen zu: »Kommt! So kommt doch!«

Aber die vier hatten keine Kraft mehr, sie waren wie betäubt von der Kälte und dem Schmerz in ihren zerschundenen Armen und Beinen. Hilflos rannten sie hier und dort gegen die immer näher kommenden Wände an, bis die aneinanderstießen und im Mondlicht ineinanderwuchsen.

Die verbleibenden Wa-tha-gun-darl sahen sich einer Wand, nein, einem einzigen riesenhaften Block aus purem Eis gegenüber; nur vereinzelt schimmerten undeutlich dunkle Umrisse durch. Nach wie vor hämmerten die kleinen Männer mit Steinen und Stöcken gegen das Hindernis, froren fest, befreiten sich wieder, rissen sich die Füße an tückischen Eislanzen wund. Von drinnen hörten sie währenddessen das kalte, höhnisch krächzende Lachen, das erst verstummte, als sich die Ninya tiefer in die Höhle zurückzogen.

Der Mond ging unter. Immer noch fochten die Wa-tha-gun-darl verbissen weiter, ließen die Eiskristalle aufstäuben, brachen zwischendurch auch große Klumpen los. Aber der große Block widerstand allen Bemühungen, obwohl er an der Außenfläche bereits zu schmelzen und zu tropfen begann.

Einer nach dem anderen wichen die tapferen kleinen Kämpfer schließlich zurück; ausgepumpt, erschöpft, verzweifelt, zitternd, aus vielen Wunden blutend hockten und lagen sie da und starrten zuletzt nur noch entmutigt das Eis an.

So trafen die Nyols sie an.

Die Nyols waren vor der drohenden Kälte geflohen und ihr doch nicht entkommen: Wie eine Flutwelle wehte sie ihnen vom Berghang der Wa-tha-gun-darl entgegen. Sie hielten kurz an, berieten sich aufgeregt, froren, wiesen erregt nach oben. Trotzdem trieb es sie weiter, weil sie wußten, daß die Wa-tha-gun-darl unerschrockene Streiter waren, die nur an diesen Hängen hausten und sich gewiß nicht hatten vertreiben lassen, denn es gab nirgendwo Zuflucht für sie.

Seite an Seite, dicht aneinandergedrängt, die Augen hell im Abglanz der Sterne, setzten die Nyols den Aufstieg fort.

Als sie die entmutigten, erschöpften Gestalten vor der ungeheuren Eisbarriere sahen, wollten sie zuerst kehrtmachen und davonlaufen. Andererseits wollten sie ihren Freunden aber auch zur Hilfe kommen. Vor allem aber wollten sie erfahren, was geschehen war. In ihrer ersten Verwirrung stolperten sie einen Schritt weiter – und von da an dachten sie nicht mehr an Flucht.

Sie schleppten die Wa-tha-gun-darl in schützende Kuhlen, versorgten ihre Wunden mit Blättern, bedeckten ihre bibbernden Körper mit wärmender Erde und flößten ihnen Wasser und Eidechsenblut ein. Zwischendurch unterhielten sie sich leise mit ihrer Rumpel-Pumpel-Stimme, tauschten die Mitteilungen aus, die sie diesem oder jenem Verwundeten entlockt hatten, machten sich aus dem Grunzen und den Wortfetzen allmählich ein klareres Bild – und zuletzt nahmen sie allen Mut zusammen, ließen sich von ihrer Neugierde leiten und wagten sich aus freien Stücken selbst in die Felsen.

Sie bahnten sich einen Weg unter das Eis, gruben und hackten es von innen her an und bargen schließlich vier kleine, leblose Körper. Die nahmen sie mit ins Gestein und bahrten sie dort auf: ratlos, stumm, ohne einander anzublicken. Noch nie waren sie unter ihresgleichen dem Tod begegnet. Nach einer Weile kehrten sie zu ihren Schützlingen zurück und ließen die vier Leichen im Berg. Leise berichteten die Nyols denen, die in Hörweite waren, von ihrem traurigen Fund und ihrem letzten Liebesdienst.

Einer der Wa-tha-gun-darl regte sich mühsam und grunzte schwach. Ein Nyol beugte sich über ihn.

»Botschaft. Mann mit Zauber.«

Der Nyol nickte und stahl sich davon.

Und im Inneren des Berges, tief in den unterirdischen Kavernen, durch die der Wind heulte, lagerten die Ninya und lachten. Für sie hatte es zwar keine Schlacht gegeben, bloß ein kleines Scharmützel, aber trotzdem waren sie aufs höchste erregt; denn sie hatten nicht nur diese lächerliche Auseinandersetzung gewonnen, sie hatten vor allem zum ersten Mal wieder gutes, schönes Eis wachsen lassen, Eis, auf das der Mond schien! Sie lachten gröhlend, und ihre wallenden Bärte schimmerten im Zwielicht. Nur der Anführer stapfte mit gerunzelter Stirn in der Höhle auf und ab. Allmählich wandten ihm die anderen ihre grünen Augen zu; das Lachen erstarb; die Stille knisterte.

Er sah, daß sie ihn anstarrten, und grollte unwirsch: »Einer weniger.«

Da begannen alle wieder krächzend zu lachen. »Einer weniger, und trotzdem wuchs das Eis immer schneller!« »Und hat er nicht ein wunderschönes Grab bekommen?« »Wie es strahlte! Heller als die Sterne!«
Der Anführer barst fast vor Zorn. »O ja, das Eis wuchs schnell; noch scheint uns ja auch kein Feuer ins Gesicht. Aber einer der Unseren wurde von einem Knirps erschlagen, der kaum größer war als ein Stein.« Er starrte in die Runde. »Ihm gebührt kein wunderschönes Grab, denn er hat uns verraten. Ein Ninya, der aus einer Höhle steigt und geradewegs in eine Keule rennt, verrät uns alle. Ihr wollt das Land erobern und die Herrschaft des Eises errichten? Dann habt ein Auge auf den Gefährten an eurer Seite. Laßt nicht zu, daß er euch mit seinem Tod verrät, denn ihr werdet ihn noch brauchen. Wir nähern uns der Heimat des Ältesten Narguns.«
Sie warfen einander verstohlene Blicke zu und konnten sich das Lachen doch nicht verkneifen. Mühsam versteckten sie es hinter glitzernden Bärten und vereisten Fingern.
Der Anführer schritt immer noch zwischen ihnen auf und ab und fuhr sie in höchster Wut an: »Warum habt ihr die kleinen Kreaturen, die wir gefangen hatten, dem Eis überlassen? Warum habt ihr sie nicht lebend zu mir gebracht?«
Verständnislos starrten sie ihn an. Von ihren buschigen Brauen hingen die Eiszapfen.
»Oder wißt ihr selbst, wo das Älteste Nargun haust?« fauchte er sie an. »Wo in seinem großen Reich werden wir es finden? Könnt ihr mir das verraten?«
Sie konnten es nicht, denn sie wußten es nicht.
»Aber diese kleinen, dummen Geister wissen Bescheid!« brüllte der Anführer ihnen zu. »Sie, die hier leben, hätten uns alles verraten können. Aber ihr habt sie dem Eis geopfert und damit das Ziel unserer Reise preisgegeben!«
»Sie wissen alles«, knurrte eine Stimme, »aber das heißt nicht, daß sie auch alles sagen. Kein Wort hätten sie uns verraten.«
»Nicht aus Liebe zu uns oder zum Eis«, knurrte der Anführer

zurück. »Aber aus Angst, aus Angst ums nackte Überleben. Schafft mir einen Geist dieses Reiches her, statt euch immer nur in einer Höhle zu verkriechen. Schafft ihn mir her, und ihr werdet sehen, wie ich ihn zum Reden bringe.«

Sie steckten die Köpfe zusammen und tuschelten heimlich. Schließlich wagte einer aus der Schar offen zu murren:

»Der mächtige Anführer der Ninya hat behauptet, das Älteste Nargun kommt von selbst. Er hat gesagt, es wird sich uns in den Weg stellen, hier und jetzt, und diese kalten Felsen werden feuerrot glühen. Hat uns der große und mächtige Anführer etwa belogen?«

Sie kicherten eisig. Der Anführer musterte sie in kalter Wut. »Habe ich etwa nicht recht behalten? Habe ich euch etwa nicht ohne sinnloses Herumsuchen in zahllosen Höhlen geradewegs hierhergebracht?«

»O doch, das wohl, Erlauchter. Wir zweifeln auch jetzt nicht an deinen Worten. Also werden wir nicht erst umständlich im Reich des Narguns Umschau halten, sondern statt dessen fernab von den Menschen ein stilles Plätzchen an der Küste suchen. Dort bauen wir einen großen Eisklotz hin, halten gut Wacht und warten, bis das Älteste Nargun auftaucht und uns in die Arme läuft.«

Einen Augenblick lang zog der Anführer die Stirn kraus, dann warf er den Kopf in den Nacken. »Was für ein Wunder, gewaltiger noch als Schnee und Eis! Wahrlich, da denkt und redet einer wie ein echter Ninya und nicht wie ein Kind aus dem Volk. Ja, so, wie er sagt, soll es geschehen!«

Sie heulten vor Freude, stampften mit den Beinen und beruhigten sich erst wieder, als ihr Anführer weitersprach:

»Trotzdem solltet ihr euch einen dieser kleinen Geister schnappen und ihn mir bringen. Denn die Höhlen bedrücken euch, und ihr könnt weder gut Wacht halten noch warten. Daher dürfen wir keine Gelegenheit ungenützt lassen, unser Wissen zu mehren. Und nun: vorwärts, so rasch uns die Beine tragen!«

Und weiter folgten die Ninya dem Pfad der eisigen Winde. Die

Höhlen und Gänge im Berg waren vielfach verwinkelt; sie mündeten in abgrundtiefen Klammen oder vor unterirdischen Klippen; sie verengten sich zu steilen Schluchten, die am Grund wilde Wasser führten; sie weiteten sich zu reglosen Seen; sie starrten von schwerem Eis - aber immer führten sie letztlich nach Süden, dorthin, wo auch Wirrun und die Mimi entlang der Küste wanderten.

Der junge Mann aus dem Volk und der Felsgeist aus dem Norden kamen in jener Nacht gut voran. Solange der Mond schien, fiel das rasche Gehen leicht, und als er verschwunden war, reflektierte die See das Licht der Sterne, und Wirrun hielt vorsorglich die Hand über den Zauber, denn man konnte schließlich nie ganz vor dem Überfall eines Erdwesens sicher sein.

Sie hatten soeben kurz Rast gehalten, gegessen und getrunken. Jetzt führte der Pfad ein Stück landein, mit Heidekraut und Banksien zur Linken und einem bewaldeten Hang zur Rechten.

Die beiden schwiegen beim Gehen, wie fast immer. Nur das Stöhnen des Meeres drang in die Stille - und dann, plötzlich, ein dreimaliges lautes Schnalzen.

Überrascht und verdutzt schaute Wirrun die Mimi an.

»Das muß ein Geist sein«, sagte sie.

Sie blieben stehen und spähten ringsum in die Nacht. Aber der Dulugar kam von oben, vom Berg, geflogen. Hätten sie ihn gekannt, hätte sein Erscheinen ihnen auch verraten, daß unter den Geisterwesen Unruhe und Angst herrschten, denn im allgemeinen hauste der Dulugar tiefer und höher in den Bergen, und seine Angriffe galten fast ausschließlich den Frauen aus dem Volk. Er stürzte herab, mitten in den Weg, und warf sich angriffslustig Wirrun und der Mimi entgegen. Aber Wirrun hielt den Zauber, und die Mimi hielt die Fellschlinge.

Der Dulugar zögerte und ließ die Schultern hängen. Er war groß und stark, hatte Menschengestalt, aber zu lange Arme und zu kurze Beine und war behaart wie ein Hund. Erst blinzelte er Wirrun an, dann die Mimi, kam einen Schritt näher, blinzelte

noch einmal und brach zuletzt in rüdes Gelächter aus. Die zaundürre Mimi mit ihren großen Ohren und den runden Rattenaugen bot nicht gerade jene weiblichen Reize, die der Dulugar gewohnt war.
Die Mimi platzte beinahe vor Wut. »Frag ihn rasch aus und schick ihn gleich wieder fort!« zischte sie.
Auch Wirrun war verärgert, denn das Lachen klang rauh und gemein, und das unerwartete Auftauchen des Dulugar hatte ihn erschreckt. Er trat einen Schritt vor und ließ den Zauber sehen, und die große schwarze Gestalt hörte auf zu lachen und wich einen Schritt zurück.
»Wer immer du bist«, sagte Wirrun, »bleib stehen, wo du bist, und sprich mit uns. Uns schickt das Land, denn das Eis kommt.«
Der Dulugar äugte nach allen Seiten, als werde er verfolgt. Am liebsten hätte er sich jetzt aus dem Staub gemacht, doch hatte ihm Wirrun befohlen, an Ort und Stelle zu verharren.
»Nichts da!« warnte ihn Wirrun erneut. »Hier an meiner Seite ist eine, die mißt nicht einmal ein Zehntel deiner Größe, aber sie ist quer durch das Land auf dem Wind geritten, um gegen das Eis zu kämpfen. Wenn du riesiger schwarzer Klumpen schon nicht kämpfen kannst, so kannst du wenigstens sprechen. Sag uns, wo das Älteste Nargun ist, das eine, das Feuer machen kann.«
Das haarige Wesen schnaufte wie ein Pferd. »Der alte Felsen?« sagte es mit dicker Stimme. »Der läßt sich nicht mehr blicken. Das Klotzding hat sich ins Meer verzogen.«
Also doch ins Meer? Wirrun runzelte die Stirn. »Und wo?« fragte er. »Ist es weit von hier?«
»Hier an der Küste. In seinem Reich«, sagte der Dulugar. »Ganz in der Nähe.«
»Ganz in der Nähe?« wiederholte Wirrun lebhaft. »Hier? Sind wir hier also bereits im Reich der Narguns?«
Der Dulugar schnaubte. »Ihr seid im Reich der Dulugar!« sagte er. »Die Narguns leben ebenfalls hier«, fügte er gnädig hinzu.

Nur mit Hilfe der Karte und bei Tag hätte Wirrun genau feststellen können, wo sie sich nun befanden; wahrscheinlich hatten sie im Laufe der Nacht die Grenze nach Victoria überschritten und näherten sich der Stelle, wo die Küste nach Westen zurückweicht. Wenn dieses Geschöpf im Reich der Narguns lebte, mußte es wohl auch wissen, wo sie das Älteste finden konnten.
»Nenne mir den genauen Ort!« forderte er. »Die Eismänner sind hinter ihm her, und ich muß es vor ihnen erreichen.«
Der Dulugar schüttelte bloß den Kopf. »Ich geh nicht ins Wasser«, sagte er. »Ich hab keine Ahnung, wo der alte Felsklotz steckt.«
Wirrun war bitter enttäuscht und starrte den Dulugar durchdringend an; aber mehr als er selbst wußte, konnte der wirklich nicht verraten. »Nun gut«, brummte Wirrun schließlich. »Mach, daß du fortkommst, und benimm dich! Und wenn du diese Eismänner siehst, die Ninya, dann verstecke dich nicht wie ein feiger Riesenlümmel, sondern hilf uns - und nicht ihnen.«
Auch dazu schnaubte der Dulugar bloß und schlug sich seitlich in die Büsche. In sicherem Abstand brach er erneut in rüdes Gelächter aus, und immer noch lachend flog er davon, den Bergen zu.
»Komm endlich weiter!« sagte die Mimi steif und zerrte an der Fellschlinge, denn Wirrun war schon wieder in tiefe Gedanken versunken. Gehorsam setzte er sich in Trab und murmelte: »Im Meer. Im Meer . . .«
»Es läßt sich nicht ändern«, sagte die Mimi. »Was du weißt, läßt sich nicht ändern. Aber immerhin weißt du es, und wer weiß, ob es die Ninya ebenfalls wissen.«
Das stimmte und war tröstlich zugleich, und etwas Trost konnte Wirrun dringend brauchen. Seit die Mimi gehört hatte, daß der Wind bereits durch den Berg der Wa-tha-gun-darl heulte, war ihm bei jedem Schritt bewußt, daß die Ninya ihnen dicht auf den Fersen blieben.
»Wie dem auch sei«, sagte er, »eines steht fest: wir sind schon im richtigen Reich. Das ist nicht zu verachten.«

»Ein Reich kann groß sein«, gab die Mimi zu bedenken. Auch das stimmte, war aber gar nicht tröstlich. Der Einwand spornte Wirrun nur zu noch rascherer Gangart an und ließ ihn noch aufmerksamer in die Nacht spähen; denn wenn sie bereits im Nargun-Reich waren, durfte er keine Gelegenheit zur Aussprache mit einem Geist versäumen. Es hatte keinen Sinn, planlos und auf gut Glück an der Küste auf und ab zu laufen und nach etwas Unbekanntem zu suchen.

Der Pfad lag jetzt zwischen den Bäumen im Dunkeln. Als Wirrun merkte, daß die Mimi offenbar etwas entdeckt hatte, blieb er stehen und lauschte. Vor ihnen, dicht am Boden, bewegte sich eine schwarze Gestalt. Noch während Wirrun angestrengt hinstarrte, verschwand sie jedoch im Unterholz.

»Wahrscheinlich ein Hund«, raunte Wirrun der Mimi zu, die dem Schatten ebenfalls mit den Augen gefolgt war.

Sie gingen weiter. Der Himmel schimmerte wie schwarzes Glas; die Sterne waren scharfe, spitze Punkte; die Luft war kühl und frisch: Mitternacht war vorbei, allmählich ging es dem Morgen zu.

Plötzlich zog die Mimi warnend an der Fellschlinge. Wirrun folgte ihrem Blick, und wenig später sah auch er, daß sich abermals eine schwarze Gestalt auf den Weg duckte. Erst dachte er, der Hund sei zurückgekommen, aber dann begriff er, daß das Wesen ihn erwartete, und beim Näherkommen erkannte er es als einen dieser kleinen grauen Wichte, die er am Nachmittag bei ihrer Flucht aus dem Felsen gefangengenommen hatte. Es war ein Nyol.

»Wartest du auf mich?« fragte Wirrun, und der Nyol nickte.

»Botschaft«, sagte er mit seiner Rumpel-Pumpel-Stimme. »Von Wa-tha-gun-darl.«

Und so setzten sich Wirrun und die Mimi auf den taunassen Weg, um dem Nyol besser lauschen zu können; und so erfuhren sie, wie das Eis auf den Berg der kleinen tapferen Kämpfer gekommen war.

4. Kapitel

Mit bleichem Gesicht saß Wirrun auf dem Weg, starrte in die Nacht und rief ein paarmal gequält: »Oh, verdammt!« Er dachte an die streitbaren kleinen Männer, die ihn erst den Bullenbeißerameisen vorwerfen wollten und ihm dann statt dessen Wasser geschenkt hatten. Wie entschieden hatten sie doch gefordert: »Kein Feuer!« Und nun waren sie dem Eis unterlegen! Aber bestimmt nicht, ohne ihm zuvor eine bittere Schlacht geliefert zu haben.

Die Mimi und der Nyol hatten ihn in die Mitte genommen und betrachteten ihn aufmerksam aus ihren uralten Geisteraugen. Dafür, das wußten sie, waren die Menschen seltsamerweise geschaffen: dafür, daß sie sich Sorgen machten und Kummer litten. Auch Geister sorgten oder kümmerten sich gelegentlich um etwas - wenn es erforderlich war. Sie waren im allgemeinen durchaus bereit, ihresgleichen in Not und Gefahr zu helfen. Es gab sie, sie wußten mancherlei, sie erinnerten sich, sie taten, was zu machen war - aber die Menschen sorgten und kümmerten sich auch dann, wenn es nichts mehr zu tun und zu machen gab. Nur die Erde selbst mochte wissen, wofür das gut sein sollte - vielleicht hatte sie ein unsichtbares Band aus solchen Gefühlen gewebt und nützte es nun dazu, alle Geschöpfe miteinander zu verknüpfen. . . . Also saßen die Mimi und der Nyol da und warteten geduldig darauf, daß Wirrun wieder aus seiner tiefen Bedrückung fand. Irgendwo in der Dunkelheit schnüffelte ein Hund.

Endlich wandte sich Wirrun wieder an den Nyol. »Vier Tote, sagst du?«

Der Nyol nickte. »Mitten im Eis«, berichtete er. »Oder mehr. Haut weg, ganz viel zerschnitten, ganz kalt.«
»Schlimm. Sehr schlimm. – Gehst du zurück?«
Wieder nickte der Nyol.
»Wie lang brauchst du?«
Der Nyol richtete die hellen Sternenaugen zum Himmel. »Kommt Tag, bin dort«, sagte er.
»So schnell wie du wollte ich reisen können!« Wirrun seufzte.
»Dann schnell nicht gut«, widersprach der Nyol. »Du Nargun finden. Hier schauen, da schauen; nur schauen, schauen.«
»Ja, ich weiß. Aber auch ihr müßt die Augen offenhalten und mir alles melden, was euch zu Ohren kommt.« Der Nyol nickte. »Und sag deinen Leuten . . . sag ihnen, daß ich mit ihnen fühle; und daß es mir leid tut, nicht bei ihnen gewesen zu sein, als . . . Und daß wir mit diesen Eisriesen schon noch abrechnen werden. Sag ihnen das.«
Ein letztes Mal nickte der Nyol, dann verschwand er in der Dunkelheit. Wirrun schaute ihm lange nach, ehe er sich wieder dem Weg zuwandte. Sie gingen weiter, sie folgten ihrem eigenen Ziel.
Der Pfad wurde steil, und aller Müdigkeit zum Trotz behielt Wirrun das rasche Tempo bei. Die Botschaft, die der Nyol überbracht hatte, machte ihm mehr denn je bewußt, daß Gefahr und Verderben ihnen bereits dicht auf den Fersen waren. Bisher hatte er heute nacht nur den Nyol und das haarige Mannsbild getroffen, und keiner von beiden hatte ihm sagen können, wo das Älteste Nargun anzutreffen war.
»Ebensogut hätten wir gleich auf dem Wind bleiben können«, grollte Wirrun und schritt noch rascher aus, um die verlorene Zeit wettzumachen.
»Nur weil wir zu Fuß gingen, hast du gehört, daß das Nargun im Meer lebt«, stellte die Mimi fest.
»Und ebenso mußte ich hören, was den Wa-tha-gun-darl widerfahren ist. Das hätte ich mir gern erspart.«
Zornig ließ sie ihr Katzenniesen hören. »Ich wiederum habe

eine Menge über die Menschen gelernt. Wenn ihr Magen leer ist, ist auch ihr Kopf ler, und das geschieht recht oft. Du mußt wieder essen und schlafen.«
»Im Vergleich zu dir und deinesgleichen komme ich wirklich kaum vom Fleck«, sagte Wirrun. »Wir müssen also noch möglichst lang weiter und den Schutz der Dunkelheit nützen.«
»Bald wird es Tag, und dort vorn sind Menschen, sind Weiße. Schau doch selbst!«
Der Kletterpfad hatte eine Stelle erreicht, an der der Wald plötzlich zurückwich und der Hang zur Linken steil abfiel. Voraus war nichts zu sehen als schwarze Tiefe und nichts zu hören als das leise Schwabbern von Wasser zwischen den Bäumen. Zuerst glaubte Wirrun bloß, wieder einmal einen kleinen Teich vor sich zu haben, eine der zahlreichen Lagunen in Küstennähe; aber als sich seine Augen an das graue Dunkel gewöhnt hatten, nahm er noch in der Ferne Baumgruppen wahr, und dahinter erstreckte sich wiederum die glatte Schwärze: Ein breiter Wasserlauf wand sich weit durch das Land. Die drei hellen Lichtpünktchen am Horizont waren wohl Dörfer an seinen Ufern.
Wirrun versuchte, sich die Karte in Erinnerung zu rufen; ja, er glaubte zu wissen, wo sie sich jetzt befanden. Die Mimi hatte recht: Hier waren nicht nur zwei oder drei Dörfer. Um diese Jahreszeit wimmelte es hier bestimmt auch von Zelten und Wohnwagen und all dem, was die Weißen brauchten, um dem Glück hinterherzujagen. Es würde schwer sein, irgendwo einen ruhigen Platz zum Schlafen zu finden.
»Wir müssen landeinwärts und das Wasser umrunden«, sagte er.
»Das wäre ein großer Umweg«, gab die Mimi zu bedenken.
»Hier können wir jedenfalls nicht bleiben. Ich muß vor diesen Wandervögeln in Deckung bleiben, sonst habe ich sie die ganze Zeit am Hals. Und du kannst dich nicht länger tief in den Felsen zur Ruhe legen, denn die Ninya sind nahe. Für dich müssen wir einen hohlen Baum finden, einen vereinzelten großen Stein oder dergleichen. Das heißt fürs erste einmal: weiter!«

Sie setzten den Aufstieg fort und hofften, auf gut Glück einen geeigneten Schlupfwinkel zu finden. Bald hatten sie den höchsten Punkt erreicht, und jenseits des Kammes neigte sich der Boden wieder. Nur zögernd folgte die Mimi Wirrun hangabwärts und packte die Fellschlinge fester.
Vor ihnen schien ein Hohlweg zu sein; schwarz und dunkel schnitt er ins Walddickicht. Erneut zögerte die Mimi, und diesmal blieb auch Wirrun stehen. Kälte faßte nach seinen Füßen. Sie gingen wieder ein kleines Stück und hielten abermals an. Wirruns Kniegelenke schmerzten vor Kälte.
Er wandte der Mimi das Gesicht zu, sah nichts als große, runde Augen im Dunkeln, spürte aber, wie sie am ganzen Leib zitterte. Da packte er mit beiden Händen den Zauber und zeigte ihn der Mimi, um ihr Mut zu machen. »Vorwärts!« flüsterte er. »Aber leise!«
Lautlos schlichen sie dahin; das Tapsen der Mimi konnte man ohnedies nicht hören, und Wirruns Schritte wurden vom Zauber gedämpft.
Je tiefer sie kamen, um so spürbarer wuchs ringsum die beklemmende Kälte. Immer wieder hielten sie an, und die Mimi spitzte die Ohren. Selbst Wirrun meinte, ein Geräusch zu hören: ein tiefes Knurren und ein helles Sausen, weiter unten, hinter der Biegung, im Hohlweg.
Sie erreichten den Einstieg, und die Kälte wurde hier zwischen den Steinen intensiver und biß in die Haut. Der Zauber begann unter Wirruns Hand zu pulsen. Nun gab es kein Zurück mehr; er mußte weiter, in den Hohlweg hinein, den seltsamen Lauten entgegen. Als Wirrun sich einmal kurz an den Felsen abstützte, fühlte er blanken Frost unter den Fingern.
Das Knurren und Sausen war unterdessen nicht verstummt; jetzt steigerte es sich sogar schlagartig zu einem wütenden Bellen und Aufheulen, das ihre Schritte lähmte: Wirrun wagte sich nicht weiter, weil er noch nie einen so furchtbaren Schrei gehört hatte; die Mimi hielt an, weil sie ihn wiedererkannte.
Der Aufschrei erstarb – aber nur scheinbar. Immer noch lastete

er über dem Hohlweg, als hätte er sich in den Wäldern verfangen oder als hallte er von den Sternen wider ... Aber auch der Zauber in Wirruns Hand pulste immer noch, verbot jedes Zögern. Wirrun mußte weiter, und stocksteif folgte die Mimi.
Im Hohlweg, zwischen den Felsen, war es heller als draußen unter den Bäumen. Es war nicht schwer, die Steinbrocken zu umrunden, die hier und da aus dem Boden ragten; es war nicht schwer, die flachen Rinnen zu meiden, durch die sonst das Wasser floß, in denen jetzt aber das Eis glänzte. Deutlich war zu sehen, daß ein kleines Stück weiter der Weg einen scharfen Knick nach rechts machte. Von dort, hinter der Biegung, war das Knurren und Sausen gekommen. Angstvoll gingen sie darauf zu.
Einmal schaute Wirrun kurz vom Boden auf, um zu sehen, wie weit sie es noch hatten, und in diesem Augenblick entdeckte er neben sich die schwarze Öffnung im Felsen. Er erstarrte, wie zuvor die Mimi, wurde aber zugleich von diesem Felsspalt geradezu angezogen; und obwohl Wirrun schon bisher gefroren hatte, lief ihm nun erst recht der kalte Schauer über den Rükken. Nur zwei Schritte, nur ein wenig mußte er sich bücken, und schon konnte er hineinspähen ...
Tiefe Schwärze, die sich in das Innere des Berges zog. Davor: zwei undeutliche Gestalten, reglos und stumm; weiße Gestalten, glitzernd weiß, wie Salzkristall. Grüne Augen, die unter Brauen aus Eisnadeln glühten. Frostgesichter – und grüne Augen, kälter als der Tod.
Wie eine Spinne in ihr Versteck huscht, so rasch zuckten die beiden zurück; und schon war es im Felsen wieder finster und leer.
Immer noch zutiefst erschrocken, drehte sich Wirrun nach der Mimi um, und sie konnte aus seinem Gesicht lesen, was er gesehen hatte. Angstschlotternd starrte sie ihn an.
Weiter vorn setzte jetzt wieder das Gröhlen und Heulen ein und riß die beiden aus ihrer Erstarrung. Das Pulsen des Zaubers trieb sie an. Mit äußerster Überwindung gingen sie dem nächsten Schrecknis entgegen.

Sie kamen um die Biegung. Der Hohlweg mündete in einen großen Tümpel, in dem sich sonst wohl tröpfelnd und plätschernd das Wasser aus der steilen Rinne sammelte. Nun aber war es von seltsam milchigem Eis bedeckt und mit gefrorenen Farnen gesäumt.

Und etwas steckte im Eis.

Der Kopf des Wesens ragte heraus – als sei es unversehens vom Eis überrascht worden, als es eben aus dem Wasser steigen wollte. Gebieterisch rollte es seine roten Augen. Durch das milchige Weiß schimmerten die Konturen eines mächtigen Leibes. Nicht einmal mit der Hand auf dem Zauber vermochte Wirrun in diese roten Augen zu blicken . . .

Er entdeckte einen stämmigen Ast, packte ihn und hieb damit auf die Eisdecke ein. Sie war dick und steinhart. Mit voller Wucht prallte der Ast gegen seinen Körper zurück.

»Feuer!« keuchte Wirrun der Mimi zu. »Rasch!«

Sie ließ die Fellschlinge los und blieb verängstigt und unschlüssig stehen, während Wirrun in höchster Eile Reisig und Zweige zusammenraffte und damit in größtmöglicher Entfernung von dem schrecklichen Haupt eine Spur legte, die vom Ufer quer über die Eisplatte reichte. Dann zerrte er aus dem Hohlweg Zweige und Äste herbei und häufte sie über das Reisig. Jetzt endlich faßte sich die Mimi wieder, und als Wirrun mit der nächsten Ladung Holz kam, brannte das Feuer bereits an einem Ende.

»Ein zweites!« befahl Wirrun, schleppte eiligst noch mehr Holz heran und ließ die Äste neben den anderen aufs Eis fallen. Als er erneut Nachschub brachte, leuchteten ihm schon beide Feuer entgegen. Wirrun schichtete das Holz so auf, daß die Flammen rasch Nahrung fanden. Einzelne Zweige lösten sich und brannten zischend auf schmelzendem Eis weiter.

Das mächtige Haupt zuckte; das Wesen begann zu heulen und zu bellen – gegen das Eis? Gegen das Feuer? Aus blinder Wut? Zum ersten Mal fand Wirrun Zeit, es genauer zu betrachten. Es glich allem und vielem und ließ sich nicht genau erkennen; aber seine roten Augen waren wie der Tod, und sein bellendes Heulen war wie die pure Angst. Es glich einem Stier, einem Seehund, einem Menschen; es war weiß und es war schwarz – erst das eine, dann das andere, und doch alles zugleich, alles vereint in einer ungeheuren Bestie, die schon über das Land ging, als es noch jung war, und die es bis heute heimsuchte. Die roten Augen rollten. Wirrun wußte, wen er vor sich hatte; er hatte es von Anfang an gewußt: Es war das Mu-ru-bul Tu-ru-dun Bunyip, das die Menschen packte und in Wasserlöcher zerrte oder ihnen geduldig in den Weiden auflauerte. Es tötete die Menschen und fraß sie auf. Es umschlang sie und preßte sie an seinen Leib und quetschte sie zu Tode . . .

Wirrun schleppte jetzt Steinbrocken heran, stemmte sie hoch und ließ sie auf das Eis fallen, bis es knisterte und knackte und querüber Risse zeigte. Ächzend neigten sich die Schollen; Wirrun sprang zurück, die Hand auf dem Zauber; und die Mimi drängte sich an seine Seite.

Am gegenüberliegenden Ufer wuchtete das Monster den unförmigen Leib aus der Umklammerung und schob sich halb auf die Felsen. Es hatte breite Schultern und kräftige Arme oder Flossen. Sein Leib war mit Federn oder Fell oder Schuppen bedeckt, wer hätte sagen können, womit; aber der Anblick war schrecklich.

Und es hauste im Wasser! In Lagunen oder Sümpfen oder Flüssen oder im Meer. Und es war alt und stark und allwissend.

Und der Dulugar hatte Wirruns Fragen nicht beantworten können, weil er nie ins Wasser ging.

Und auch der Zauber in Wirruns Hand war alt und stark und allwissend.

Also suchte Wirrun mühsam nach Worten und sprach das Mu-ru-bul Tu-ru-dun Bunyip an:

»Uns schickt das Land, das Eis zu bekämpfen. Ich muß so rasch wie möglich das Älteste Nargun finden. Angeblich lebt es nicht weit von hier im Meer. Kannst du mir sagen, wo?«

Das Bunyip hob das Haupt und starrte Wirrun und die Mimi

an. Es gab keine Antwort. Seine Geisteraugen waren geisteralt und verrieten Einsamkeit und Angst. Diesem Blick konnte Wirrun nicht standhalten, und er senkte die Augen auf das geborstene Eis. Aber auch die Augen der Mimi waren geisteralt und voll Einsamkeit. Fest erwiderte sie den Blick, und nach einer kleinen Weile flüsterte sie Wirrun zu:

»Das Erhabene ist sehr böse, denn die Ninya haben gewagt, es wie einen kleinen Wicht zu behandeln. Es kann sein, daß das Erhabene das Älteste Nargun im Meer aufsucht.« Sie zögerte. »Und ich glaube, du brauchst das Erhabene nicht zu fürchten.«

Aber Wirrun fürchtete, daß alle Wesen, sogar das Bunyip selbst, sich vor dem Bunyip fürchten mußten.

Das Mu-ru-bul Tu-ru-dun Bunyip reckte seinen geheimnisvollen, unfaßbaren Leib und richtete den Blick hinauf zu den Bäumen, deren Wipfel in das Gold des Sonnenaufgangs getaucht waren, richtete ihn höher, bis in den kristallhellen, den nun opalblauen Himmel. Dann wandte es den Kopf und betrachtete lange den Hohlweg. Zuletzt ließ es sich auf das schwankende Eis zurückgleiten und versank.

»Es ist untergegangen! Es ist unter den Grund gegangen!« rief Wirrun verstört. Er zitterte noch immer - weil er fror und auch aus anderen Gründen.

»Komm!« sagte die Mimi. »Hier darfst du nicht bleiben.«

Er war vor Kälte, Erschöpfung und Angst fast gelähmt; erst als die Mimi ihn herausfordernd anzischte, trat er auf den geborstenen Eisschollen des Tümpels die Feuer aus und schleppte sich kraftlos den jenseitigen Hang hinauf.

Der Frost war geschmolzen; bald würde auch das Eis schmelzen; die Kälte der Ninya strömte durch den Hohlweg und auf das Meer zu.

Sie kletterten langsam höher, hinauf in die Wärme des Morgens, zu einem Hügelkamm, wo es neuerlich Wald gab, wo das Laub auf dem Boden moderte. Nur ein paar Schritte in den Wald, und sie standen vor einer Gruppe von drei Felsnadeln.

»Das kommt wie gerufen«, sagte Wirrun zur Mimi. »Der ideale Platz. Viel weiter wäre ich ohnedies nicht mehr gekommen. Ich bin wie gerädert.«

Zwar war er zu müde, um den Marsch fortzusetzen; schlafen konnte er jetzt aber noch nicht. Die Mimi fing immer wieder an zu zittern. Also baute Wirrun zwischen den drei Felsen eine Feuerstelle, um endlich die Kälte aus den Knochen zu tauen; und als auch ihre Angst abgetaut war, fühlte Wirrun sich wohlig warm und wieder ein wenig gekräftigt und röstete Kartoffeln im Feuer. Er teilte sie mit der Mimi und ließ das Feuer niederbrennen, denn das brauchten sie jetzt nicht mehr, und auch die Luft wurde immer wärmer.

»Zum ersten Mal haben wir eine Mahlzeit geteilt«, sagte Wirrun beim Vergraben der Asche. Er machte sich auf ein Zischen oder Katzenniesen gefaßt; aber als sie nicht reagierte und er zu ihr aufblicken wollte, sah er, daß sie bereits verschwunden war. Sie hatte sich offenbar in eine der drei Felsnadeln zurückgezogen.

Wirrun streckte sich zwischen ihnen aus und hoffte, müde, wie er war, jetzt endlich einschlafen zu können, obwohl so vieles seine Gedanken beschäftigte: Vor seinen Augen waren zwei Gewalten dieser Erde aneinandergeprallt. Er hatte die grünäugigen Ninya zwar nur für den Bruchteil einer Sekunde gesehen, aber noch in der schwülen Wärme des Morgens fröstelte ihn, wenn er an die Kälte dachte, die von ihnen ausgegangen war. Und sie mußten sich ihrer Sache sehr sicher sein; wie sonst hätten sie es gewagt, das Bunyip in die Falle zu locken - ganz so, wie sie auch das Nargun in die Falle locken wollten. Und er fragte sich, warum sie das nicht bereits getan hatten.

Schlaf jetzt! sagte das Land, und es faltete die Hitze des Sommers und das Schweigen des Waldes um ihn auf.

Wirrun wälzte sich auf die Seite. Nicht die Ninya sah er im Einschlafen, sondern die uralten roten Augen des Mu-ru-bul Turun-dun Bunyip.

Den schwarzen Hund, der hinter den Felsnadeln in der Sonne lag, hatte er nicht gesehen. Auch der Hund schien zu schlafen.

Im Reich der Narguns

1. Kapitel

Und so schlief Wirrun also auf dem Hügel über dem Hohlweg, in dem das Eis das Bunyip überrumpelt hatte; und während er schlief, wuchs der Tag und breitete seine Wärme über die Hügel und Hohlwege und über den Wald. Und die Wasserläufe räkelten sich zwischen ihren sandigen Ufern und lagen still.
Nur im Wald gab es reges Treiben, herrschten Unruhe und Angst, konnte man ein stetes Rascheln und Trippeln und Flüstern hören: die kleinen Erdgeister waren auf der Flucht, suchten ein Versteck. Die Nyols, winzige Schatten mit Sternenaugen, huschten aus ihren Felsen; die haarigen Net-Nets stürzten aus ihren Höhlen und Spalten; Potkuroks kamen aus dem Wasser, die sonst so verschmitzten Gesichter traurig wie das Weinen eines Clowns. Heimatlos geworden, gejagt und gehetzt, waren sie alle auf der Suche nach einem neuen Unterschlupf. Und wenn sie einander begegneten, wechselten sie ein paar hastig geflüsterte Worte, ehe sie wieder davonstoben:
»Der kalte Wind bläst.«
»Das Eis kommt.«
»Es ist schon da.«
Die Turongs verbargen sich in ihren Blätternestern und hielten Augen und Ohren offen. Fürs erste fühlten sie sich hier sicher; sie versuchten, nicht weiter aufzufallen, und hofften, daß das Eis nicht bis in die Baumkronen hochkriechen würde.
Und während die kleinen Erdwesen furchtsam und planlos herumirrten, machte sich ein großes und uraltes Geschöpf unbeachtet auf die Suche nach einem noch größeren und älteren: Das Bunyip jagte das Älteste Nargun.

Lautlos stellte es ihm nach. Der Schrei des Bunyip läßt jedem, der ihn hört, vor Angst den Atem stocken; aber gerade dann ist Angst unbegründet. Denn wen das Bunyip jagt, den jagt es still und leise; und die Angst kann warten – bis zum letzten Augenblick.

Unbemerkt ging das Bunyip durch schlammige Sümpfe, unbemerkt strich es die steilen Ufer der Flüsse entlang; und wo es hinkam, wurde das Wasser milchig-trübe. Das Bunyip stieg in die Tiefe und ins Dunkel und folgte dort dem heimlichen Lauf der unterirdischen Ströme durch Schluchten und Grotten, die so verborgen lagen, daß nicht einmal der Eiswind der Ninya sich in sie verirrte. Ein geheimes Labyrinth mündete ins andere, und zuletzt führten sie zu den Felsenklippen an der Küste. Wer hätte von sich sagen können, die dunklen Tiefen besser zu kennen als das Bunyip? In ihnen hatte es sein Leben zugebracht, seit das Volk in alle Winde zerstreut worden war.

Von allen alten Geisterwesen war es das einzige, das sich nicht nur dem Volk sondern auch dem Weißen Mann gezeigt hatte. Als die Wälder zu schrumpfen begannen und sich überall die Schafherden ausbreiteten, wagte nur Mu-ru-bul Tu-ru-dun-Bunyip in Schmerz und Wut dagegen anzuschreien. So bekamen es die Weißen zu sehen und zu hören. Die wollten daraufhin allerlei wissen, und das Volk sagte ihnen, wie es das Schreiende nannte. Doch ein Name genügte ihnen nicht. Für die Weißen gab es eine Sache erst dann wirklich, wenn sie für sie und ihren Namen ein Wort aus der eigenen Sprache gefunden hatten. Das suchten sie nun. Sie legten lange Listen von Wörtern an und stritten darüber. Sie verglichen sie mit den Wörtern, die das Volk kannte, und beleidigten das Wissen und Können der von ihnen doch so verachteten »Abos« mit dummen Fragen. Und während sie so das geheimnisvolle und unerkennbare Mu-ru-bul Tu-ru-dun Bunyip eifrig studierten, zog es sich mit seinem Schmerz und seiner Wut in die Weite des Landes zurück. Da endlich wußten die Weißen – die Vorfahren der heutigen Glücksjäger und Inländer –, daß sie am Ende ja doch recht behalten hatten: Etwas, für das sich kein Wort finden ließ, gab es eben gar nicht. Hier war der Beweis: ein Geschöpf, das sie zwar gehört und gesehen hatten, aber nicht beim rechten Wort nennen konnten; daraufhin war es verschwunden.

Seitdem hatte das Tu-ru-dun die unterirdischen Tiefen und die geheimen Wasserläufe erkundet. Am frühen Morgen oder am späten Abend kam es manchmal herauf ins stille Dämmerlicht, um wieder einmal das Land zu sehen, um über sich die verwirrende Schaukel des Himmelsbogens zu ahnen und den Geruch von Wald und Sonne einzuatmen.

Und so war es auch heute bei Tagesanbruch auf seine Weise aus dem Inneren des Berges gekommen und in einem Tümpel bei einem Hohlweg aufgetaucht.

Es hatte den Stachel des Eises wohl gespürt, ihm aber keine Bedeutung beigemessen, denn es begegnete ihm auch sonst hin und wieder. Aber diesmal packte das Eis plötzlich zu und schloß sich wie eine Faust, und der Schrei des Bunyip ließ den Hohlweg erzittern, und die Ninya flohen vor ihrer Beute, und der zornige Haß des Mu-ru-bul folgte ihnen, den Fremden, die gewagt hatten, es in seinem eigenen Reich in die Falle zu locken ...

Und nun zog das Tu-ru-dun lautlos durch Schlamm und Sumpf, folgte dem Flußufer und der Küste, in praller Sonne und im Schutz der Dunkelheit – und suchte das Älteste Nargun.

Und in den zugigen Kavernen, aus denen die Nyols geflohen waren, saßen die Ninya, ahnten nichts von alledem, und nur ihr Anführer war aufs höchste verärgert.

Sie hatten sich trotzig in einem frostigen Winkel zusammengerottet, während er am Eingang der Höhle auf und ab stapfte. Am liebsten hätten sie seine bösen Worte mit ebenso bösen Worten erwidert, aber sie fürchteten seinen Jähzorn. Auch waren sie selbst zutiefst erschrocken, denn sie hatten doch nicht absichtlich ein Bunyip gefangen, und noch nie zuvor hatten sie eins schreien hören. Sie wagten es nicht, ihrem Anführer in die Augen zu blicken, der sie mit Spott und Hohn überschüttete.

»Nun kommt schon!« sagte er jetzt, als wolle er gütlich einlenken. »Schließlich seid ihr keine Kinder aus dem Volk, sondern Männer der Ninya. Gewiß hattet ihr eure Beweggründe, so zu handeln; es muß eine Absicht dahintergestanden haben. Nennt mir also eure Absicht, damit ich die Gründe begreife. Laßt hören.«
Sie zogen die Schultern hoch und schwiegen.
»Der Auftrag war leicht: ihr solltet mir einen Geist dieses Reiches bringen, damit ich ihm aus der Nase hole, wo das Älteste Nargun zu finden ist. Tag für Tag treffen wir auf diese Schwächlinge, und sie sind uns Ninya so hilflos ausgeliefert wie eine Eidechse dem Volk. Um ihre Freiheit zu bewahren, müssen sie uns alles verraten. Ihr aber habt ein Großes, ein Mächtiges in die Falle gelockt, eines, das so groß und mächtig ist wie die Ninya und älter als uralt. Warum?
Sie scharrten mit den Füßen und wandten das Gesicht ab.
»Wir haben diese lange Reise unternommen und unsere Pläne sorgfältig abgewogen, um das Nargun zu fangen. Ein Bunyip zählt nicht geringer als ein Nargun, und doch habt ihr es geradezu im Vorübergehen, im Handstreich, genommen. Aus welchem Grund?«
Nichts war zu hören als das Knistern des Frosts, wenn sie die Zehen bewegten.
Der Anführer breitete zornig die Arme aus. »Ich frage nach euren Absichten und Beweggründen! Warum habt ihr das Bunyip gefangen? Und wenn ihr es schon fangen mußtet, warum habt ihr es dann wieder laufenlassen? So läßt sich der Schaden nicht gutmachen. Statt dessen hättet ihr es natürlich im Eis festhalten müssen, so wie wir das mit dem Nargun vorhaben. Wer weiß denn, ob es sich nicht im Zorn gegen uns wenden wird? Aber ihr laßt es frei und rennt davon. Was habt ihr euch dabei gedacht?«
Er hatte sie zu sehr unter Druck gesetzt; sie knurrten trotzig und ließen nicht länger die Schultern hängen, sondern reckten die Köpfe. Gleich würden sie ihrem Ärger Luft machen, vorein-

ander Ausreden finden, einen Kampf vom Zaun brechen oder sich gar gegen ihn verbünden. Er wechselte den Tonfall.

»Also gut, ihr habt eben eine Dummheit begangen. Und wenn *ihr* mir keine Gründe nennen könnt, dann will *ich* euch einen nennen: eure Kräfte erstarken. Ihr habt Hoffnung geschöpft, und das Eis wächst schnell; es wächst augenblicklich. Noch hattet ihr das Bunyip kaum entdeckt, war es auch schon gefangen. Wir sind die Ninya; wir schaffen das Eis; das ist unsere Bestimmung. Und gerade jetzt ist es an der Zeit, eine Probe unserer Kunst zu geben. Laßt uns einen hochgelegenen Hang suchen, der sich über dem Meer erhebt und den das Älteste Nargun selbst aus der Ferne sehen muß. Dort errichten wir ein weißes Wunderwerk aus Schnee und Eis, um das Älteste gegen uns aufzubringen. Und dann geht uns das Nargun ebenso rasch in die Falle wie zuvor das Bunyip.«

Sie brüllten nicht und sangen nicht, wie sie es an jedem anderen Morgen getan hätten, an dem sie weder ein Bunyip gefangen noch es schreien gehört hatten; aber der Trotz wich aus ihren Gesichtern, und sie setzten ihren Weg durch die Höhlen und Gänge fort und suchten nach Abzweigungen, die zum Meer führten.

Draußen, hoch über ihnen, warf das Blätterdach des Waldes grün gesprenkelte Schatten auf den Boden. Die Zikaden zirpten, hart grenzte ihr schwirrender Ton an die Stille; in der Ferne rauschte verträumt das Meer; und da und dort lärmten in der Bucht die Glücksjäger. Sie genossen ihren Urlaub: Autos wimmerten über die Pisten durch den Busch und schleppten Wohnwagen; Motorboote klatschten jaulend durch stille Seitenarme und schleppten Wasserskifahrer. Glückliche Stimmen zwitscherten und brabbelten, wenn die Schwimmer oder Bergsteiger einander etwas zu sagen hatten. Und der Sommer sammelte die verschiedenen Geräusche ein und gab sie, schläfrig und träge, als Echo wieder aus.

Aber bereits im Laufe des Vormittags bekamen die Stimmen der Glücksjäger einen neuen Klang.

Es begann damit, daß im Dorfladen die Morgenausgabe der Zeitung angeliefert wurde. Die Verkäuferin, ein zungenfertiges und drahtiges Persönchen, schnitt die Bündel auf, zerrte den Inhalt aus der Verpackung und knallte die Zeitungsstapel auf den Ladentisch. Da leuchteten ihr die Schlagzeilen entgegen:

EIS AUF DEM VORMARSCH NACH VICTORIA
GLETSCHER IN TILBA-TILBA

Das große Foto war grau und detailarm. Die Stammeshöhle der Wa-tha-gun-darl und die Eismauer der Ninya, die bei Mondlicht so hell geschimmert hatte, waren kaum zu erkennen.
Der Verkäuferin schoß vor Wut und Angst die Röte ins Gesicht. Seit der letzten Meldung war keine Woche vergangen, und damals hatte man das Eis weit oben im Norden, also in sicherer Entfernung, beobachtet. Jetzt auf einmal sollten zwischen ihrem Ladentisch und dem riesigen Eiswall kaum noch hundert Meilen liegen? Das war ja nicht zu fassen!
»Es ist eine Schande!« schimpfte sie. »Warum unternimmt man nicht endlich etwas dagegen? Und ausgerechnet zu Saisonbeginn! Wie sollen wir da auf unsere Rechnung kommen?«
Der Fahrer ließ die Kisten mit den Waren stehen, die er abzuladen hatte, kam herein, beugte sich über die Theke und las die Überschriften. Er pfiff durch die Zähne. »Sieht schlimm aus«, sagte er.
»Eine Frechheit ist das, eine bodenlose Frechheit! Man macht die Leute verrückt und stiehlt uns das Geld aus der Tasche! Wenn das ein Gletscher sein soll, bin ich die Königin Elizabeth! Diese Zeitungen! Eine wie die andere! Immer nur Staub aufwirbeln, immer nur für Unruhe sorgen! Hauptsache, man hat etwas zu bekritteln.«
»Na ja«, wandte der Fahrer stirnrunzelnd ein, »ich kann mir nicht vorstellen, daß jemand nur für so ein Foto eigens einen riesigen Eisblock fabriziert und auf den Berg karrt. Das kann ich mir nicht vorstellen.«

»Nein? Denen traue ich das durchaus zu.« Sie hieb mit der flachen Hand auf den Zeitungsstapel, daß es klatschte. »Alles nur vom Hörensagen! Und keiner überlegt, welche Auswirkung solche Gerüchte auf den Tourismus haben – der ihnen doch angeblich so sehr am Herzen liegt! Man darf sich das nicht länger bieten lassen!«

Der Fahrer war ein friedfertiger Mann, ein Optimist, und der Tourismus war ihm so gut wie gleichgültig. »Ach was«, sagte er, »dieses Tilba-Tilba liegt weit hinter der Grenze. Ich glaube nicht, daß wir deswegen Schererein bekommen werden.«

»Eine solche Sache schadet uns allen!« erklärte die Verkäuferin rundheraus, aber ihre Laune besserte sich ein wenig. »Ich weiß nicht, was sich die da oben in Neusüdwales dabei denken, aber sie sollen ihr Eis gefälligst behalten. Hier bei uns können wir es jedenfalls nicht brauchen.«

Im Laufe des Tages schmolz der Zeitungsstapel dahin, und die Nachricht verbreitete sich in Windeseile. Gäste mit Sonnenbrand und in Shorts oder Bikinis erörterten sie ausführlich in den Booten und in den Bars, am Strand und im Busch. Und weil sie allesamt Glücksjäger waren, bildeten sich sofort Parteien und Gruppen, und jede lachte die anderen aus.

Die einen, vorwiegend junge Leute, machten sich aus den mysteriösen Vorgängen einen Urlaubsspaß. Sie bildeten Spähtrupps und suchten verbissen überall nach Eis. Zwar wurden sie nicht fündig, aber sie trugen immerhin »Zonen verminderter Temperatur« und »Isothermen« in ihre Landkarten ein, trafen einander zum Erfahrungsaustausch und verteidigten hitzig ihre Theorien. In allen Läden in Stadt und Land waren bald die Thermometer ausverkauft, und noch die kleinste Höhle wurde zur Attraktion. Die Glücksjäger wetteiferten darum, wer die meisten entdeckt und durchstreift hatte.

Eine kleine, zutiefst betroffene Gruppe erforschte nicht die Höhlen, sondern das eigene Bewußtsein. Was hatten sie – vielmehr: was hatte die Menschheit an sich – getan, um diese Landplage heraufzubeschwören? Sie hockten in schwermütigen Ge-

sprächsrunden beisammen und zählten alle bislang von Menschenhand verursachten Katastrophen auf. Daß ihnen so viele einfielen, machte sie glücklich und gab ihnen das Gefühl, selbst geläutert zu sein.
Die überwiegende Mehrheit aber erklärte rundheraus, man glaube einfach nicht ans Eis, und wollte es auf diese Weise aus der Welt schaffen. Zum Beweis, daß es gar kein Eis gäbe, lachten sie besonders laut und besonders oft und machten sich über sämtliche Zweifler lustig. Und sie beriefen sich auf Experten aller Art: auf Wetterforscher und Psychologen, auf Physiker und Statistiker. Von dem, was in den Zeitungen stand oder was das Land zu sagen hatte, ließen sie sich doch nicht für dumm verkaufen.
Auch jene Glücksjäger, die Campingplätze und Motels und Läden betrieben, Boote und Wohnwagen vermieteten oder Touren organisierten, hatten sich in Gruppen zersplittert. Die meisten hielten den Mund, preßten die Lippen zusammen und gaben sich verschlossen. Sie verweigerten den Gästen, auch solchen, die eigens deshalb gekommen waren, jede Auskunft über das Eis. Von einem Touristen erwarteten sie nicht, daß er durch die Gegend lief und leidenschaftlich nach Katastrophen suchte. Ein Tourist war dazu da, gehorsam alle Sehenswürdigkeiten aufzusuchen, möglichst viel Geld auszugeben und im übrigen keine Umstände zu machen. Als ein junges Pärchen behauptete, erst heute früh in einem Hohlweg auf Eis gestoßen zu sein, warf es der Eigentümer eines Wohnwagen-Parks kurz entschlossen hinaus. Die beiden sagten, sie seien auf ihrem Morgenspaziergang auf einen Tümpel gestoßen, in dem schmelzende Eisschollen und verbranntes Holz trieben, als habe jemand dort Feuer gemacht.
»Sie müssen sich beim Buchen geirrt haben«, erklärte der Mann. »Ihr Platz ist ab morgen leider bereits vergeben – an Gäste, die darauf verzichten, dumme Gerüchte zu verbreiten und andere in Unruhe zu versetzen.«
Aber die klügsten Leute in der Tourismus-Branche schlugen aus der ganzen Sache Kapital. Sie organisierten Sonderfahrten zu

den Höhlen von Tilba-Tilba. An den Tankstellen wurden an glückliche Zweifler in speziellen Behältern Eisklumpen mit der Aufschrift »*Original Tilba-Tilba*« verkauft und erwiesen sich bald als Party-Hit. Einige Motels inserierten in den Zeitungen mit dem Slogan: »*Wollen Sie schwimmen oder eislaufen? Wir bieten beides!*« Dieser Verlockung mochten viele Glücksjäger nicht widerstehen.

Und niemand gab sich die Mühe, auf das Land zu hören. Keiner hatte in seinen Gedanken Platz für die Vorstellung, daß das Eis groß und schrecklich sein könnte. Keiner war auch nur insgeheim bereit, das Kommende schlicht abzuwarten.

Mit einer Ausnahme, einem Inländer namens George Morrow, der in der Gegend wohnte. Er machte sich seine eigenen Gedanken und beschloß, auf der Hut zu bleiben. Morrow hatte seinen Traktor zur Reparatur in die Stadt gebracht und mußte warten, bis er ihn wieder abholen und zum Rücktransport auf der Plattform seines Lastwagens verfrachten konnte. Einstweilen ging er bedächtig die Einkaufsliste durch, die seine Frau ihm mitgegeben hatte, und so bekam er zu hören, was die Glücksjäger über das Eis zu sagen wußten.

Als Inländer wußte er über die Größe und Gegebenheiten des Landes Bescheid. Als ihm die ersten Meldungen zu Ohren gekommen waren, hatte er die Stirn in Falten gelegt und seitdem jeden Bericht aufmerksam verfolgt. Er las alles, was die Glücksjäger an Argumenten und Vorwürfen, an erbosten Forderungen oder zungenfertigen Erklärungen vorbrachten, und fand, daß sie wie immer das Wesentliche übersahen. Das Wesentliche war nicht, ob das Eis möglich oder unmöglich war, eine Frechheit oder ein Heidenspaß, auch nicht, ob es von Menschen oder von fliegenden Untertassen verursacht wurde und dem Fremdenverkehr nützte oder schadete. Das Wesentliche war viel einfacher und lag auf der Hand; jedes vierjährige Kind konnte es begreifen: Worauf es wirklich ankam, war, daß das Eis überhaupt auftrat. Eis, Frost, Schnee, mitten im Sommer, ein ums andere Mal, entlang einer Route, die sich genau verfolgen ließ.

Sobald George Morrow ohne eigenes Zutun das Wesentliche erfaßt hatte, ergaben sich auch ein, zwei Folgerungen wie von selbst. Erstens: daß er nichts von der ganzen Sache verstand. Zweitens: daß es den anderen um nichts besser ging. Und drittens, logischerweise: daß daher alle bisher vorgebrachten Argumente am Ziel vorbeigingen. Wie er es sah, gab es nur zwei Möglichkeiten: Entweder mußte man ernsthaft versuchen, alles über das Eis herauszubekommen - und das konnte zwanzig Jahre dauern -, oder man mußte jemanden finden, der sich besser auskannte; jemand, der mehr wußte als ein Glücksjäger oder ein Inländer.

Und nun wartete George Morrow geduldig und aufmerksam darauf, daß sich eine dieser beiden Möglichkeiten ergab. Und inzwischen brüteten Wald und Wasser unter der Sonne. Und die kleinen Erdgeister huschten durchs sonst so stille Land. Und die großen gingen unbeirrbar ihren Weg. Und die Glücksjäger schwärmten aufgeregt durch die Gegend. Und Wirrun, der Jüngling aus dem Volk, schlief zwischen den Felsen. Und in der Mittagshitze, als die Stille vom schnarrenden Gesang der Zikaden dröhnte, erwachte er, denn er hatte genug geschlafen.

2. Kapitel

Wirrun erwachte zwischen den Felsen, weil er genug geschlafen hatte. Zum ersten Mal seit der langen Bahnfahrt war er aus diesem und keinem anderen Grund aufgewacht, und das verwirrte ihn. Er blieb noch ein wenig liegen, ließ den Tag und die Stunde und die Landschaft auf sich zukommen; und dann wandte er rasch den Kopf, um nach der Mimi zu schauen; vielleicht hatte sie ihn ja doch wieder mit einem Zweig wachgekitzelt.

Die Mimi saß auf der Spitze der höchsten der drei Felsnadeln, hielt eine tote Buschratte an der Schwanzspitze, ließ sie zwischen den Fingern baumeln und starrte aus ihren großen dunklen Geisteraugen auf den Hund, der hinter den Felsen lag. Der Hund suchte schnaufend in seinem dichten Fell nach Flöhen und schenkte ihr keine Beachtung. War sie verärgert, weil der Hund etwa versucht hatte, ihr die Buschratte abzujagen?

»Möchtest du essen, bevor wir aufbrechen?« rief Wirrun zu ihr hinauf. »Ich wollte eigentlich noch ein Stück weitergehen, solange es hell ist, und erst später essen, wenn es kühler wird; ich richte mich aber gern nach dir. Wir finden uns auch im Dunkeln zurecht; es gibt hier bestimmt viele Wege.«

Sie staunte, denn sie hätte nie erwartet, daß Wirrun eine Mahlzeit verschieben würde. Nach kurzer Überlegung reichte sie Wirrun die Buschratte hinunter und sagte: »Du mußt sie aber auf dem Rücken tragen.« Sie sah zu, wie er sein Bündel schnürte, die Ratte in ein Stück Papier wickelte und in einer Seitentasche verstaute.

»Ich habe viele Geister gesehen«, berichtete die Mimi. »Nicht nur Nyols; auch eine Menge kleinerer Wesen kommen aus den Felsen. Sie sind ganz verstört.«

»Kein Wunder. Da drinnen ist jetzt wahrscheinlich alles pures Eis.« Er seufzte betrübt. »Wir kommen nicht gerade schnell weiter, was?«

»Ein Größeres als wir geht uns voran. Wir brauchen ihm nur zu folgen.«

»Ich hoffe, du hast recht. Nun, dann wollen wir einmal sehen, welchen Weg wir nehmen.«

Im Gegensatz zu dem, was er der Mimi gesagt hatte, war ihm daran gelegen, noch vor Einbruch der Dunkelheit das andere Ufer der Bucht zu erreichen. Nachts kamen sie selbst bei Vollmond nur auf einer Straße oder ausgebauten Pisten rasch vom Fleck. Aber hier, in den Hügeln und Wäldern, waren die Pfade wahrscheinlich eng und vielfach gewunden. Bei Tag hingegen genügte es, wenn Wirrun sich hin und wieder an einem höhergelegenen Aussichtspunkt orientierte, und schon konnten sie querfeldein über die Hänge und durch die Rinnen weiterziehen, die Bucht umrunden und wieder das Meer erreichen.

Der Marsch durch den Wald machte der Mimi Spaß. An der Küste lag immer der Wind auf der Lauer und zwang sie, stets in Reichweite des Zaubers zu bleiben, denn auch die Felsen boten ihr keine Zuflucht: Durch sie gingen die Ninya. So hing die Mimi nun schon seit Tagen an Wirruns Gürtel, die Hand immer in der Fellschlinge, und das war nicht die Art, in der ein Erdgeist zu reisen pflegt. Hier jedoch war es herrlich still, der Wald war dicht und bot Schutz. Große Steine lagen auf dem Boden, überall war Gestrüpp, hing Rankenwerk von den Bäumen. Wenn hier ein Wind aufkam, verriet er sich schon von ferne her im warnenden Rascheln des Laubes. Das gab der Mimi Zeit, einen sicheren Unterschlupf zu finden. Unbeschwert und frei hüpfte und stelzte sie dahin und genoß es, sich Wirrun vom Leib halten zu können.

Manchmal versteckte sie sich zum Spaß im Unterholz oder hinter dem wilden Wein. Dann blitzte in ihren großen, runden Augen wie ein Funke die Schadenfreude auf, wenn sie sah, wie Wirrun plötzlich stehenblieb und sich ängstlich nach ihr umblickte. Als Wirrun den Schwindel endlich durchschaute, unterdrückte er ein Grinsen und tat möglichst oft so, als hätte er sie aus den Augen verloren. Das fiel ihm nicht gerade schwer, denn ihre hagere Gestalt, diese Kombination aus dürren Zweigen und einem Insektenleib, verlor sich wie von selbst zwischen den Bäumen. Und wenn die Mimi nicht an seinem Gürtel hing, fehlte sie ihm tatsächlich; so sehr hatte er sich mittlerweile an sie gewöhnt.

Kein Säuseln in den Blättern zwang sie, sich sprungartig in Sicherheit zu bringen. Nur der Hund, der sich ihnen offenbar angeschlossen hatte und immer wieder dahergetrottet kam, schien sie zu beunruhigen. Es war der schwarze Hund, der bei den drei Felsnadeln gelegen und nach Flöhen gesucht hatte. Er nahm kaum Notiz von ihnen, ging mit gesenkter Schnauze und halb eingeringeltem Schwanz seiner eigenen Wege durch den Wald, kreuzte aber doch gelegentlich ihren Pfad. Sprach Wirrun den Hund an, streifte der ihn bloß mit einem abwesenden Blick, spitzte kurz die Ohren, wackelte ein bißchen mit dem Schwanz und trollte sich wieder. Nichtsdestoweniger hielt ihn die Mimi mißtrauisch im Auge.

Sie waren eben der Fährte eines Wallaby gefolgt und hatten so eine bequeme Abkürzung durch einen Hohlweg gefunden, da hörten sie plötzlich weiter unten am Hang Stimmen. Die Mimi blieb ruckartig stehen und starrte Wirrun an. Der verließ sofort den Pfad und tastete sich zu einer Stelle vor, von der aus er die Böschung überblicken konnte. Eine Gruppe junger Glücksjäger drängte sich um einen überhängenden Felsblock. Sie beugten sich über die Karte und stritten sich.

»Das zählt nicht!« rief eins der Mädchen. »Wenn überhaupt, bekommt dieser Platz bestenfalls gegen Abend eine halbe Stunde Sonne. Natürlich ist es hier kühler.«

»Wir sind nicht hier, um vorschnell zu urteilen«, wies sie ein junger Mann zurecht, »sondern um Isothermen festzulegen. So-

viel wir wissen, tritt das Eis gerade an Orten wie diesem auf, die nur wenig Abendsonne haben. Trag ihn ein!«
Das Mädchen malte murrend einen kleinen Kreis in die Karte. Dann brach die Gruppe auf und war bald hinter dem Hang verschwunden.
Wirrun schaute den jungen Leuten stirnrunzelnd nach. Daß die Glücksjäger sich ein Spiel daraus gemacht hatten, der Spur des Eises zu folgen, würde ihm bestimmt zu schaffen machen. Die Zeit drängte, auch ohne daß er Scharen übereifriger jugendlicher Entdecker ausweichen oder sie aus gefrorenen Tümpeln retten mußte. Das Uralte, das Bunyip, hatte Anspruch auf Rettung gehabt, denn das gehörte zum Krieg gegen die Ninya; aber die Glücksjäger gehörten nicht dazu. Am liebsten hätte er sie alle an sichere Orte tief im Landesinneren verfrachtet.
Schon wollte Wirrun wieder zurückkehren, da fiel ihm auf, daß sich beim Felsüberhang etwas bewegte. Jetzt standen zwei kleine, haarige Erdwesen dort unten, machten betroffene Gesichter und warteten wie er darauf, daß die Menschen außer Sichtweite kamen und ihre Stimmen verklangen.
Wesen dieser Art waren Wirrun bisher noch nicht begegnet: kleine, graue, dicht behaarte Geschöpfe mit Klauen. Er rief sie an, hielt dabei den Zauber hoch und rutschte und glitt ihnen seitlich über den Hang entgegen. Die beiden erschraken, blickten sich wie gehetzt um und starrten Wirrun schließlich abwartend an. Ihre Augen glichen denen der toten Buschratte.
Die Mimi hatte sich mittlerweile Wirrun angeschlossen.
»Das Eis kommt!«, sagte er, als sei es eine Parole.
»Eis schon da!« erwiderten sie heiser.
Wirrun nickte. »Aber ein größeres Eis wird kommen, Eis über das ganze Land. Ich suche das Älteste Nargun, damit es das Eis mit dem Feuer bekämpft.«
Sie sahen ihn unverwandt an. »Eis schon da«, wiederholten sie.
»Wißt ihr, wo sich das Älteste Nargun aufhält?«
Jetzt verdunkelten sich ihre Augen vor Ehrfurcht, und sie wandten den Blick ab. Sie murmelten etwas mit heiserer Stimme, ver-

stummten, stammelten weiter: »Das sehr groß . . . sehr groß . . . sehr stark, sehr alt . . . Das sehr großes Nargun, das Älteste . . . Nicht da.«

»Und ihr wißt nicht, wo es ist?«

Sie schüttelten den Kopf und verdrückten sich. Wirrun ließ sie ziehen.

Die jungen Glücksjäger hatten offenbar unter dem Felsen eine Zeitung vergessen. Da lag sie, noch ganz neu, und die Schlagzeilen leuchteten ihm entgegen. Jetzt wußte Wirrun, was die Leute zu ihrer spielerischen Jagd nach dem Eis veranlaßt hatte. Er ließ die Zeitung liegen; sie konnte ihm nichts Neues bieten. Aus ihr würde er bestimmt nichts über das weitere Schicksal der tapferen kleinen Kämpfer von Tilba-Tilba erfahren, ob sie sich wieder erholt hatten oder unterdessen weitere Tote beklagen mußten. Die Zeitung berichtete den Glücksjägern jedenfalls nichts darüber, wie die Wa-tha-gun-darl sie und das Land verteidigt hatten. Schweigend gedachte er ihrer, während er und die Mimi den Abstieg fortsetzten. Erst nach einiger Zeit fiel ihm auf, daß die Mimi sichtlich beunruhigt war.

»Was hast du?« fragte er.

»Diese kleinen haarigen Wesen . . .« begann sie unsicher. »Während du geschlafen hast, sind viele vorbeigekommen. Es sind Net-Nets. Sie sind keine richtigen Felsgeister, denn sie leben nicht in, sondern zwischen den Felsen.«

»Ja, und? Viel scheinen sie leider nicht zu wissen. Aber was darf man von solchen Winzlingen auch schon erwarten?«

Sie strafte ihn mit ihrem Katzenniesen. »Wenn der Magen leer ist, ist auch der Kopf leer. Du hast ihnen gesagt, daß das Eis kommt, und sie haben geantwortet: ›Es ist schon da!‹, obwohl sie doch nicht in den Felsen leben, durch die die Ninya gehen. Wo wollen sie dann das Eis gesehen haben?«

»Sie werden mit den Nyols gesprochen haben. Die irren doch auch in der Gegend herum.«

»Du hast ihnen gesagt, daß ein großes Eis über das Land kommen wird, und wieder antworteteten sie: ›Es ist schon da!‹«

Wirrun blieb stehen und schaute sie nachdenklich an. »Es ist eben noch nicht da, oder? Das siehst du doch!«
»Ich kann von hier aus nicht das ganze Land überblicken«, bemerkte sie bissig.
»Es wird ein bißchen viel auf einmal«, seufzte Wirrun. »Nun, wir werden im Auge behalten, was die Net-Nets gesagt haben. Mehr können wir vorläufig wirklich nicht tun.«
Sie gingen weiter. Der schwarze Hund kam aus dem Wald und beschnüffelte Wirruns Beine. Die Mimi zischte und zog sich auf den untersten Ast eines Lillipilli-Baums zurück.
»Geh nach Haus!« befahl Wirrun dem Hund ernst. Das Tier schenkte ihm einen abwesenden Blick, wedelte einmal kurz mit dem Schwanz und ließ sich weiter nicht stören. Wirrun gab nach, denn irgendwie spürte er, daß der Hund wahrscheinlich kein Zuhause hatte – er trug auch kein Halsband –, und wenn, dann war er jetzt weit fort von daheim. Wie lange begleitete er sie eigentlich bereits? Jetzt erinnerte sich Wirrun wieder: ja, schon gestern abend war ihnen ein Hund auf der Straße begegnet ... »Er tut dir nichts!« rief Wirrun der Mimi zu. »Nimm einfach keine Notiz von ihm, dann trollt er sich schon von selbst.«
Die Mimi schnaubte unwillig und schwang sich aus dem Baum.
Sie kletterten einen Steilhang empor, der sich bis zu einer nackten Felsklippe hinzog. Von oben konnte Wirrun die weitere Route bestimmen. Die Bucht hatten sie offenbar mittlerweile hinter sich gebracht, denn von hier führten alle Rinnen und Einschnitte zur Küste. Wirrun wählte einen Weg, der sie direkt ans Meer bringen würde, und sie gingen durch den Wald darauf zu. Einmal waren in der Nähe die Stimmen von Glücksjägern zu hören, aber es war nicht schwer, ihnen auszuweichen.
Als sie den Einstieg in die Scharte beinahe erreicht hatten, entdeckte Wirrun auf dem Hang eine junge Frau, die ihnen ganz allein entgegenkam.
Die Mimi war gerade wieder zum Spaß zwischen den hohen

Farnen verschwunden. Wirrun hielt an, suchte, um eine Begegnung zu vermeiden, nach einem Umweg, überlegte es sich dann aber und ging entschlossen weiter. Dieses Mädchen war nicht wie die anderen; sie war dunkelhäutig wie er; eine junge Frau aus dem Volk. Sie trug Jeans und ein Sweatshirt, ging barfuß, und als sie Wirrun erkannte und sah, daß er sie beobachtete, lächelte sie ihm fröhlich zu. Er konnte sich nicht erinnern, jemals einem so bezaubernden Mädchen begegnet zu sein.

Als sie in Hörweite kam, rief er ihr einen herzlichen Gruß zu und trat zur Seite, um sie vorbeizulassen. Dabei fragte er sich, wer sie wohl sein mochte. Die junge Frau schenkte ihm erneut ihr Lächeln. Jetzt war sie schon ganz nahe und kam direkt auf Wirrun zu. Da trottete plötzlich der Hund herbei und stellte sich ihr in den Weg. Sie mußte stehenbleiben und warten, daß das Tier den Weg freigab. Während sie wartete, kam die Mimi aus ihrem Versteck und stellte sich neben Wirrun. Das Mädchen zuckte zusammen, starrte die Mimi kurz an und wandte sich dann wieder Wirrun zu.

Der wurde plötzlich hellhörig. Keine halbe Sekunde war vergangen, der Hund blockierte noch immer den Weg, die junge Frau lächelte noch immer - aber ohne Zweifel hatte sie die Mimi gesehen! Rasch legte Wirrun die Hand auf den Zauber und spürte sein Pulsen. Das Lächeln des Mädchens verhärtete sich ein wenig, aber nach wie vor war sie hübsch und liebenswert und wirkte ganz natürlich; nur ihre Hände und Füße waren etwas klein geraten - und jetzt erst sah Wirrun, daß sie statt Fingern und Zehen Klauen hatte, feste, starke Klauen! Wenn nicht zufällig der Hund dazwischengekommen wäre, wenn dieses Mädchenwesen sich nicht durch den Blick zur Mimi verraten hätte, die doch für Menschen unsichtbar war - ob ihn wohl der Zauber von selbst gerettet hätte?

Noch immer war keine Sekunde vergangen, und noch immer fragte er sich, wer sie wohl sein mochte, aber nun stellte er die Frage eine Spur anders:

»Was bist du?«

»Ein Bagini«, erwiderte das Erdwesen. Es sah, daß er ihre Klauenhände anstarrte, und lachend hielt sie sie ihm entgegen. Ihr Lachen ähnelte dem krächzenden Ruf eines Kakadus. »Ich hätte dich schon nicht gefressen, Mensch!« sagte es.

Wirrun nannte die Parole: »Das Eis kommt!«

Das Mädchenwesen hörte schlagartig auf zu lachen und wirkte auf einmal trotzig und verdrossen, und Wirrun fragte sich, wie es eben noch so liebenswert scheinen konnte.

»Das Eis ist bereits da«, krächzte es. »Und es wird weiter wachsen.«

Wirrun warf der Mimi einen Blick zu. Ihre großen, runden Augen waren auf das Bagini gerichtet. »Wo ist das Eis?« fragte sie.

Das Bagini feixte. »Dort, wo sogar ein wandelnder Strohhalm es sehen kann. Es hängt über dem Reich.«

»Über deinem Reich!« erwiderte Wirrun. »Es wundert mich, daß ihr es nicht fortjagt. Es sollte doch genügend viele Wesen wie dich und deinesgleichen geben. Warum stellt ihr euch nicht gegen das Eis? Und was ist mit den Narguns? Sind denn keine mehr da?«

Das Bagini ließ sein schrilles Kakadu-Lachen hören. »Sei auf der Hut, Mensch! Halte dich fern von Höhlen und dunklen Plätzen!«

»Mach dir um mich keine Sorgen«, sagte Wirrun. »Mich schützt das Land und der Zauber des Volkes. Ich suche das Älteste Nargun. Laß hören, was du von ihm weißt!«

Das Bagini zuckte mit den Schultern; aber solange Wirrun den Zauber festhielt, mußte es, wenn auch widerwillig, Rede und Antwort stehen.

»Alle Narguns sind alt«, krächzte es, »aber das Älteste ist uralt, unsagbar alt. Es ist ein Großes, mächtig an Gestalt und Kraft. Es sah das Land entstehen und hütet das Geheimnis des Feuers. Es stellt sich der See in den Weg und hält die Fluten des Ozeans von seinem Reich ab.«

»Es muß die See verlassen«, sagte Wirrun. »Es muß das ganze Land vom Eis befreien. Sag mir, wo ich es finden kann.«

Das Bagini schüttelte den Kopf. »Ich weiß nur, daß du weiterziehen mußt. Nach Süden und nach Westen.«
Wirrun nickte müde. »Also gut. Dann eben weiter.«
Das Mädchenwesen wandte sich dem Wald zu, blieb aber noch einmal stehen. »Folgt ihr der Küste?« fragte es. Wieder nickte Wirrun. »Geht hier vorne weiter, dann kommt ihr geradewegs hin«, sagte das Bagini.
Die Mimi musterte sie scharf. »Weiß ich«, brummte sie. »Trotzdem: vielen Dank.«
Das Mädchenwesen verschwand zwischen den Bäumen, und Wirrun und die Mimi stiegen in die abschüssige Rinne ein. Im Schatten der Ranken stand das Bagini und schaute ihnen mit verschlagenem Blick nach.
Die Scharte war einer jener tiefen Einschnitte, wie man sie manchmal zwischen steilen Hängen antrifft. An ihrem Grund wurde sie ganz eng, und dünne Wasserfäden rannen über den steinigen Boden. Um hinunterzukommen, mußten Wirrun und die Mimi zwischen rauhen Klippen absteigen, und als ihnen das gelungen war, erwies sich, daß sie auf dem schmalen Pfad zwischen den Steinbrocken nur hintereinander gehen konnten. Der schwarze Hund folgte ihnen und hüpfte dabei zwischen den Steinen und Felsrändern hin und her. Wirrun war überrascht. Obwohl die Sonne noch ziemlich hoch stand, hatte er das Gefühl, als sei es bereits später Abend. Aber die Scharte erstreckte sich von Süden nach Osten, und ihre Flanken waren so steil und hoch wie die einer Klamm. Wirrun schätzte, daß sie bestenfalls eine Stunde am Tag im direkten Sonnenlicht lag.
Der Weg war mühsam und beschwerlich und von der Nässe schlüpfrig glatt. Wirrun fragte sich, ob es hier unten nicht schon vor Sonnenuntergang ganz dunkel wurde, und ob sie wohl rechtzeitig den Ausstieg erreichen würden. Jedenfalls mußte er das Tempo möglichst beschleunigen, ohne gleich Gefahr zu laufen, sich den Hals zu brechen.
»Bleib immer dicht hinter mir!« riet er der Mimi. »Dann kannst du notfalls jederzeit nach der Fellschlinge greifen. Es wäre

denkbar, daß plötzlich von der Küste her ein Windstoß kommt. Wenn ich gewußt hätte, was uns hier bevorsteht, wären wir über den Kamm abgestiegen. Das wäre zwar auch nicht gerade bequemer gewesen, aber dafür hätten wir mehr Licht gehabt.«

»Das Bagini hat es gewußt«, sagte die Mimi. Das Ganze gefiel ihr nicht, denn sie ahnte, daß das Bagini noch mehr wußte. Auf Wirrun und sie warteten schlimmere Gefahren als schlüpfrige Steine und Düsternis. Der verschlagene, abwartende Blick des Bagini mußte etwas anderes zu bedeuten gehabt haben.

3. Kapitel

Wirrun ging so schnell, wie dies gefahrlos möglich war, durch die Scharte voran; die Mimi blieb dicht hinter ihm. Manchmal war der Boden uneben, dann wieder mußten sie von Stein zu Stein balancieren, sich eng an den Hang drücken und auf naßglattem Grund einem Tümpel ausweichen oder über Felsblöcke und quer über den Weg liegende Baumstämme klettern. Von Zeit zu Zeit kam der Hund von hinten gelaufen, turnte geschickt über die Hindernisse und verschwand. Wenn er so plötzlich im Dämmerlicht auftauchte, erschraken sie, aber nicht einmal die Mimi zischte ihn an, denn er hatte ihnen bei der Begegnung mit dem Bagini einen guten Dienst geleistet.

Gelegentlich blieb Wirrun stehen, schaute zu dem schmalen Himmelsstreifen hinauf, der sich zwischen den Felswänden zeigte, und vergewisserte sich, daß dort oben noch immer die Sonne schien. Dann erkannte er, daß das Land ihn fest im Griff hatte, und er fühlte, wie es langsam die Faust um ihn schloß.

Sie umrundeten eine große, vorspringende Felswand und sahen, daß sich auf der meerwärts gelegenen Seite eine Höhle weitete. Die Mimi machte einen großen Bogen um die dunkle Öffnung und zerrte an der Fellschlinge, die von Wirruns Gürtel hing. Er spähte beim Vorbeigehen in die Höhle, nahm aber nur schattenhafte Umrisse von Gestein wahr. Weiter vorn saß der Hund und rastete mit hängender Zunge. Sie gingen an ihm vorbei.

Dreh dich um! sagte das Land.

Wirrun drehte sich um, die Hand auf dem pulsenden Zauber. Er stand vor der Höhle und spähte hinein: nur Finsternis und Fels und verstohlen zurückweichende Schatten. Er sprach sie an:

»Mich hat das Land gegen das Eis geschickt. Wo ist das Älteste Nargun, das mit dem Feuer? Es muß aus dem Meer steigen, um das Eis zu bekämpfen.«
Keine Antwort. Niemand kam aus der Höhle. Nur die Schatten bewegten sich. Und doch pulste der Zauber unter Wirruns Hand. Das verstand er nicht. »Da drinnen ist nichts als ein großer Felsblock«, sagte er zur Mimi.
»Ein Nargun!« flüsterte sie und zerrte noch heftiger an der Fellschlinge. »Komm fort!« Ihre Augen waren vor Ehrfurcht verdunkelt, denn sie war ein Erdgeist, und für sie war der lebende Stein das größte Geheimnis von allen. »Auch das hat das Bagini gewußt! Komm endlich fort!« Wieder zerrte sie an der Schlinge.
»So warte doch! Wenn das ein Nargun ist, kann es uns bestimmt Auskunft über das Älteste geben. Ich muß es noch einmal versuchen.«
»Was immer es weiß, würde dir nicht nützen. Es ist älter als die Sprache und wird dir keine Antwort geben.«
Er fügte sich halb und halb, wich ein paar Schritte zurück, war aber noch immer nicht überzeugt. »Ich wurde aufgefordert, mich umzudrehen!« wandte er ein. »Warum, wenn es angeblich nichts nützt?«
»Dummkopf!« zischte sie. »Doch nur, damit das Große deinen Zauber erkennt und dich nicht zerschmettert!«
Sie drängte ihn weiter und flatterte wie ein Zweig im Wind voran. Der Hund folgte ihnen. Angst steckt an, und Wirrun spürte beim Gehen ein Prickeln im Nacken. Einmal noch drehte er sich um, aber der Höhleneingang war dunkel und leer.
Der Hund hatte sich offenbar entschlossen, Wirrun als seinen Herrn anzuerkennen, und hielt sich jetzt gehorsam dicht hinter ihm.
Die Scharte machte einen Knick, und plötzlich war es wieder später Nachmittag, und vor ihnen, draußen über dem Meer, hing tief die Sonne. Der Einschnitt wurde breiter und flacher, und bald hatten sie ihn ganz verlassen und kamen auf ebenes

Heideland. Vor ihnen lag die Küste, hinter ihnen lagen die Hügel und Berge.

»Geschafft!« sagte Wirrun, zutiefst erleichtert. »Das hätten wir überstanden – und es bleibt uns sogar noch Zeit, vor Sonnenuntergang zu essen. Dann können wir weiter, ehe es richtig Nacht wird, und der Mond wird uns leuchten.«

Sie zündeten am Ausgang der Scharte, wo sie vor fremden Blikken und vor dem Wind sicher waren, ein Feuer an. Der Hund verharrte in einigem Abstand, und während die Mimi ihre Buschratte röstete, behielt sie ihn argwöhnisch im Auge. Wirrun wunderte sich, daß sie den Hund nicht mochte, aber das war eben nicht zu ändern. Sie aßen, ruhten sich aus und lauschten auf das Meer.

Sie konnten nicht wissen, daß sich in ihrem Rücken, im Halbdunkel der Felsscharte, etwas an den Eingang der Höhle geschoben hatte; dort lag es nun, höckrig und plump, und wartete darauf, daß sich der Himmel verfinsterte.

Der junge Mann und der Felsgeist löschten das Feuer, fanden eine Wallaby-Fährte und folgten ihr durch das Heidekraut. Die Mimi klammerte sich wieder an die Fellschlinge. Der Trampelpfad mündete in einen Weg, der sich der Küste entlangzog. Im satten Licht der untergehenden Sonne gingen sie in Richtung Südwest, zur Linken das Meer – so wie am Tag zuvor, ehe die Bucht ihnen den Weg abgeschnitten hatte. Rechts wellten und falteten sich die Ausläufer der Berge. Wie vorher durch den Wald, lief und jagte der Hund jetzt durch das Heidekraut und kreuzte nur hin und wieder ihre Bahn. Entgegen Wirruns Befürchtungen stießen sie auf keine Urlauber. Falls es in der Gegend überhaupt Glücksjäger gab, waren die wohl längst zu ihren Campingplätzen und Wohnwagen und Motels zurückgekehrt. Wirrun und die Mimi waren allein mit dem Hund – und dem Nargun, das oben in den Felsen sein Gewicht von einer Seite auf die andere verlagerte und sich auf diese Weise langsam und schleppend aus der Höhle bewegte ...

Die nahen Berge verstellten den Sonnenuntergang, aber sein

Schimmer lag auf der See, und im Südosten hing er als Widerschein am Himmel. Später führte der Weg am Ausgang eines engen Tals vorbei, und Wirrun folgte mit den Blicken seiner Kontur bis hinauf zu den Bergen, die dunkel, wie mit schwarzer Tinte gemalt, vor dem Purpur und Gold des Abends standen. Er konnte die Augen nicht von ihnen abwenden; und als der nächste Höhenzug heranrückte und immer fordernder den Blick verstellte, mußte Wirrun wie unter Zwang über die Schulter nach den zurückweichenden Bergen schauen.

Da erkannte er etwas, das ihn anhalten und sich umwenden ließ.

»Schau dir das an!« rief er der Mimi zu. »Siehst du es? Dort, in den Bergen, hinter denen die Sonne untergeht! Ganz oben, ziemlich genau nach Südwesten, ist eine große, kahle Stelle. Schau einmal, wie die leuchtet! Sie fängt die ganze Sonne ein! So etwas habe ich noch nie gesehen!«

Die Mimi folgte mit den Augen seiner ausgestreckten Hand und zischte nachdrücklich. »Du hast recht«, sagte sie. »So etwas hast du bestimmt noch nie gesehen!«

Ihr Ton machte ihn stutzig, und er spähte genauer hin.

Ein Feuer leuchtete aus dem Berg, wunderbar in reinem Rot und Gold. Aber Wirrun begriff, daß diese Reinheit der Farben unnatürlich, daß sie falsch war. Auch die Schatten an ihren Rändern waren falsch. Kein anderer Berg leuchtete wie ein Spiegel mit solchem Feuerglanz und einem derartigen Verlauf ins Grau und Weiß . . .

»Das ist ja Eis!« rief Wirrun. »Eis und Schnee. – Was mache ich jetzt? Sie haben es wachsen lassen.«

Hilflos stand er mitten im Heidekraut und starrte hinauf zu dem fernen, hohen Gipfel, der in falscher Schönheit erstrahlte.

»Was du jetzt machen sollst?« sagte die Mimi, als er sich von diesem Anblick nicht losreißen konnte. »Du allein kannst nicht zerstören, was die Ninya errichtet haben. Du mußt das Älteste Nargun aus dem Meer holen.«

»Aber keiner kann mir verraten, wo es ist. Und während ich ihm nachjage, bauen die Ninya das Eis weiter. Ein ganzer Berg an einem einzigen Tag – wieviel dann erst in einer Woche? Dieses Nargun wird sich gewaltig anstrengen müssen.«

»Es hat das Eis schon einmal bezwungen. Vor langer Zeit hat es gegen mehr als eine Handvoll Ninya und einen läppischen Eishang gekämpft. Du kamst, weil du einen Auftrag hast; glaubtest du denn nicht an ihn? Hast du mit den uralten Kindern der Erde ein Kinderspiel getrieben?«

Wirrun ging ein paar Schritte weiter, aber es hatte keinen Sinn. Er mußte einfach wieder stehenbleiben, sich umdrehen und auf den Berg schauen.

»Ich weiß nicht, was ich geglaubt habe«, sagte er. »Ich wußte allerdings, daß das Eis irgendwie groß und schrecklich sein würde; aber ich weiß nicht, ob ich auch wußte, was das wirklich bedeutet. Wie schnell das kam! Und warum? Was ist da passiert? Sie wollten doch das Eis erst wachsen lassen, sobald sie das Älteste Nargun gefangen hatten. Heißt das, sie haben es schon?«

Der Hund trottete heran und beschnüffelte Wirruns Fersen. Die Mimi sagte: »Die Geister wußten, daß das Eis gekommen ist; sie wußten um das Älteste Nargun; sie wußten aber nicht, ob es bereits gefangen wurde. Um das zu erfahren, mußt du selbst auf die Suche gehen.«

»Nein!« widersprach Wirrun. »Nein und abermals nein. Laß mich erst einmal überlegen. Es geht ja nicht nur um das Nargun. Da sind auch noch die Männer vom Mount Conner, die Männer mit ihrem Gesang. Vielleicht habe ich hier gar nichts zu suchen. Vielleicht hätte ich abwarten und die Männer herbringen sollen.«

»Du bringst sie doch her. Glaubst du denn nicht, daß sie bereits unterwegs sind?«

»Ich sagte doch schon, ich muß erst einmal überlegen . . . Sie werden nach Tilba-Tilba gehen, denn über das Eis dort steht eine Menge in den Zeitungen. Aber der Berg da? Hier ist es ziemlich einsam an der Küste; ein Gipfel steht neben dem anderen. Wer wird ausgerechnet diesen einen beachten?«

Die Mimi ließ den Blick über die Hänge schweifen. »Man sieht den Berg nur von der Küste – und vom Meer aus; bestimmt auch von ganz weit draußen. Als ob man ihn eigens deshalb ausgewählt hätte.«

»Von der Küste und vom Meer aus ... Nun, irgend jemand wird das Eis schon früher oder später entdecken, sogar, wenn es sich nicht ausbreiten sollte, um so rascher also, wenn es weiterhin wächst. Demnach ist zu hoffen, daß die Männer den Weg finden werden – aber wie bald? Es dauert eine ganze Weile, bis die Zeitungen etwas erfahren und es auch drucken ... Wie auch immer, es hat keinen Sinn weiterzusuchen. Ich glaube nun ernsthaft, daß die Ninya das Älteste Nargun gefangen haben. Warum sonst hätten sie das Eis errichtet?«

Er ließ seinen Rucksack in das Heidekraut fallen, setzte sich darauf und zog die Stirn in Falten. Der Hund kam angetrottet und machte einen weiten Bogen um sie.

Mit den schwarzen Augen des Volkes und unter den buschigen Brauen des Volkes sah Wirrun das Feuer auf dem Berg sterben. Die rauhe, vielfach gezackte Kontur des Höhenzugs hob sich scharf vom goldenen Himmel ab. Wie einen Mantel hatten sich die Gipfel den dunklen Wald um die Schultern gelegt. Und hinter Wirrun schäumte immer und immer wieder die See gegen die Klippen.

Befreie mich! sagte das Land. *Denn ich muß frei sein.*

»Andererseits«, gab Wirrun zu bedenken, »wenn ich hierbleibe, richte ich ebensowenig aus. Ich weiß jetzt nur noch eines ...«

Er stand auf und schulterte den Rucksack. Die Mimi faßte nach der Fellschlinge und kam mit.

Die Welt wurde dunkel; nur am Himmel glühte es noch nach. Vom Meer her kam kreischend eine Schar großer, weißer Vögel geflogen und kreiste im rotgoldenen Licht hoch über dem Land.

»Das sind keine Habichte«, stellte Wirrun fest und folgte ihnen mit den Augen.

»Es sind die Vogelgeister«, sagte die Mimi. »Die Yauruks, die nach den Walen jagen.«

Die Yauruks zogen in weitem Bogen dem Berg entgegen, dessen Feuer jetzt nur noch ein verlöschendes Flackern war. Wirrun und die Mimi schauten ihnen nach, bis sie hinter den steilen Hängen verschwanden.

Der Pfad in der Heide mündete in einen anderen, und dieser in einen dritten, und der wieder in einen breiten Weg. Das Heidekraut hatte hügeligen Wiesen und Baumgruppen Platz gemacht. Der Hund kam und ging. Aus dem Abend wurde Nacht, und die Nacht war mondhell.

Wirrun ertappte sich wiederholt dabei, daß er sich heimlich umschaute. Die Schatten schienen sich zu bewegen, als lauerten sie auf etwas. Manchmal, meinte er, nahmen sie Gestalt an: hier starrte ein langarmiges, pelziges Wesen in gebückter Haltung den Mond an; dort glich der Schatten einem schlanken, geschmeidigen Mädchen; dann wieder war er ein regloser, fast unbeweglicher steinerner Klotz mit flachgedrückter Schnauze. Und alle waren sie wachsame Beobachter.

»Da ist jemand«, sagte Wirrun schließlich zu Mimi.

»Es ist immer jemand da«, gab sie zur Antwort. »Wir und nicht sie sind unterwegs.« Aber Wirrun meinte zu spüren, daß auch die anderen unterwegs waren: eine Gesellschaft von Schatten, die an seiner Seite blieben.

Am deutlichsten spürte er sie im Unterholz, denn dort gab es nichts als Schatten, und im Mondlicht wirkten sie nur noch schwärzer als sonst. Dann lastete die Vorahnung wie ein Gewicht auf ihm, und bald fand er es fast unmöglich weiterzugehen; Schritt um Schritt begleiteten ihn Angst und Kälte. Da aber preßte sich etwas warm und körperhaft und zitternd gegen sein Bein. Überrascht bückte er sich, um die Gestalt zu berühren; es war der Hund. Er blieb an Wirruns Seite, immer dicht an seinem rechten Bein.

Zur Linken sagte die Mimi leise: »Wir sind um einen zuviel. Ein drittes geht mit uns.«

Erst dachte er, sie hätte den Hund gemeint, aber dann erkannte er, daß ihnen neben dem Hund eine große, hagere Gestalt folgte und im Dunkeln ganz nahe war. Wirrun schloß die Hand über den Zauber, aber die Angst und die Kälte blieben. Schon hatte er sich der Gestalt zu seiner Rechten halb zugewandt, da mahnte die Mimi hastig:

»Stell ihm keine Fragen; halte nur den Zauber fest. Dies ist kein Kind der Erde. Man muß es mit Sorgfalt und auf die rechte Weise ansprechen.«

»Was ist es also?« flüsterte Wirrun.

»Ein Mrat. Der Geist eines Toten. Er hat böse Kräfte, aber du bist beschützt. Geh einfach weiter.«

Das tat er und schwieg, die Mimi zur Linken, den Hund zur Rechten. Er ließ die Hand nicht vom Zauber, und die große, kalte Schwärze ging mit ihnen.

Sie verließen das Unterholz und traten ins volle Mondlicht hinaus. Ein Gewirr von Schatten folgte ihnen, aber der Mrat blieb im Dunkeln zurück.

»Auf diese Begleitung hätte ich verzichten können«, sagte Wirrun. Der Hund setzte sich und suchte kratzend nach Flöhen.

Sie rasteten eine Weile unter dem hellen Mond und lauschten auf das eine, langgezogene Wort, das die See unentwegt seufzte. Dann gingen sie weiter, neben dem rastlosen Silberglanz des Meeres, dann wieder zwischen Bäumen, ganz, wie der Weg sie führte. Wirrun sah, daß sich die Küste, die lange zwischen dem Süden und dem Westen gezaudert hatte, immer mehr nach Westen drehte. Er erinnerte sich an Ko-in, so weit oben im Norden, auf einem anderen Berg; wie lange war das nun schon her . . .

Die Küste verlief jetzt fast ganz in westlicher Richtung, und auch der Mond strebte dem westlichen Horizont zu. Der Pfad senkte sich zu einem Flußufer, um dort plötzlich zu enden. Keine Brücke, keine Furt war in Sicht. Da waren sie also einem Weg in die Falle gegangen, der sich bloß als Straße ausgegeben hatte.

Sie wandten sich nach Norden und folgten dem Flußufer auf der Suche nach einem Übergang.

»Auf diese Weise vergeuden wir am Ende bloß eine Menge Zeit«, sagte Wirrun. »Wenn wir nicht bald etwas Besseres finden, müssen wir durchs Wasser.«

Der Fluß lag weit und offen im Mondlicht, nur die Ufer wurden von Schilf und Bäumen beschattet. Der Hund streifte schnüffelnd durch das hohe Gras, und Wirrun hörte ihn hin und wieder ins Wasser tapsen.

»Ich schaue mir das einmal an«, sagte er zur Mimi. »Es ist Ebbe – vielleicht ist das Wasser so seicht, daß wir hinüberwaten können. Halte dich einstweilen hier an diesem Baum fest.«

Er trat ganz ans Ufer und spähte nach dem Hund aus. Der stand, schien es, ein Stück draußen im flachen Flußbett. Wenn sich der Grund nicht später allzusehr senkte, würde Wirrun die Mimi also tragen können.

Er setzte sich neben einem Schilfbündel auf den Boden, um die Schuhe auszuziehen und die Tiefe auszuloten. Im Mondschein konnte er nicht erkennen, daß das Wasser am Ufer trübe und milchig war.

Etwas Schweres raschelte im Schilf. Rote Augen glühten auf. Mächtige Kiefer schnappten zu und zerrten mit aller Kraft. Wirrun schrie. Schimmernd schlug das Wasser über ihm zusammen.

Das Bunyip hatte ihn gepackt.

4. Kapitel

Als die mächtigen Kinnbacken ihn von hinten am Gürtel packten, hatte Wirrun aus Gewohnheit nach dem Zauber gefaßt. Was dann geschah, war ihm nicht ganz klar: ob er vom Zauber oder vom Bunyip gehalten wurde, ob sie unter oder auf dem Wasser dahinzogen, ob er die Augen geöffnet oder geschlossen hielt. Auch später konnte er sich an dieses Erlebnis nur bruchstückhaft erinnern: daß er hilflos und bewegungsunfähig gewesen war wie ein Küken in der Eischale; daß er der Kraft, die ihn einhüllte und trug, nicht entkommen konnte; daß er das vorbeifließende Wasser prickelnd auf der Haut gespürt hatte. Und eins noch: daß da ein Geruch nach Jod und Schlamm und Moder gewesen war, vor allem aber ein Geruch nach Alter.

Er wußte nicht, wie lange, wie schnell und wohin er getragen wurde. Manchmal glaubte er den Mond scheinen zu sehen; doch meist blieb alles stockfinster. Jedenfalls war es mondhell, als er endlich wieder zu Bewußtsein kam und erkannte, daß er unweit einer Flußmündung in seichtem Wasser lag. Das Bunyip schnüffelte und schnaubte, versank vor seinen Augen und war fort.

Wirrun stützte sich auf die Ellbogen: Er lag in Ufernähe in einer Bucht, den Rucksack an der Seite. Das Wasser war spiegelglatt, nur weiter drüben ragten Felsen auf, gegen die unermüdlich die Wellen tanzten.

Er schleppte sich auf den Strand, fühlte sich dabei seltsam warm und trocken und blieb benommen liegen – bis ihn die Mimi fand.

Als sie ihn schreien hörte und sah, wie er unter Wasser gezogen wurde, rang sie weder erschrocken die Hände, noch begann sie verzweifelt zu heulen. Zunächst fühlte sie nach dem Wind. Sobald sie sich vergewissert hatte, daß ihr von ihm keine Gefahr drohte, kletterte sie auf den Baum und hielt die großen, kalten Geisteraugen offen. Sie sah, von wem Wirrun überwältigt worden war, und sah das Bunyip flußaufwärts fliehen. Gleich hielt sie nach dem schwarzen Hund Ausschau: der folgte den beiden am Ufer.

Die Mimi blickte kurz hinauf in die Wolken und zum Mond, dann kletterte sie wieder aus dem Baum und versuchte sich über die Ninya klarzuwerden.

Die Ninya ließen auf dem Berg das Eis wachsen. Folglich war sie in den Felsen entlang der Küste vor ihnen sicher. Sie trat auf den nächstbesten zu, blies ihn an, und als er sich blinzelnd spaltweit öffnete, verschwand sie darin.

Mühelos gelangte sie durch das Gestein ans Meer und bis unter die Flußmündung. Mit Geisterschnelle huschte sie die Küste entlang, spähte dabei immer wieder aus höhergelegenen Felsen und behielt stets den Hund im Auge. Sie war sicher, daß er Wirrun folgte, und sie wußte, daß auch er schließlich zur Küste nachkommen würde, denn für sie stand zweifelsfrei fest, zu welchem Zweck das Bunyip Wirrun entführt hatte.

Nur ihr, einer Mimi, deren schwarz-grüne Rattenaugen von der Finsternis in den Felsen geschärft waren, blieb selbst im schwachen Mondlicht nichts verborgen. Sie sah von Zeit zu Zeit den Hund und heftete sich ihm über zehn, zwölf Meilen entlang der Küste an die Fersen – und sie sah mehr, viel mehr als er:

Sie sah die Ratten in den Baumwipfeln und die schemenhaften Wesen, die durch die Nacht glitten und Wirrun auf ihre eigene Weise und auf ihren eigenen Wegen folgten. Sie sah den großen, lastenden Schatten, der sich von einer Seite auf die andere wälzte, nur Zentimeter um Zentimeter voranzukommen schien und doch schnell genug vorankam – und als sie ihn sah, ging ihr ein Zittern durch ihre Glieder. Einmal flogen kreischend die

Yauruks vom Meer her über sie hinweg, und sie sah, wie die großen dunklen Schwingen silberhell wurden, als die Schar sich aus dem Mond fallen ließ und landeinwärts weiterzog. Nachdenklich blickte die Mimi ihnen nach, denn als die Yauruks aus dem Meer gekommen waren, waren sie um einen mehr gewesen.
Und ein anderes Mal schaute die Mimi nach Norden, zu den Bergen, und sah den einen nicht weniger gleißend schimmern als den Mond. Und da sah sie auch, daß das Eis nicht gewachsen war, sondern nach wie vor nur die Flanke bedeckte.
Die Yauruks, die kreischend durch die Nacht geflattert waren, wußten, wie wahrhaft gefährlich das Eis sein kann. Sie hatten es schon immer als ein Schrecknis urdenklicher Zeiten gefürchtet. Aber sie sahen es auch seit urdenklichen Zeiten als Schnee auf den Bergen kommen und gehen, mehr nicht, und hatten alles Schlimmere vergessen. Als sie auf ihrem Heimflug vom Meer den brennenden und glühenden Berg entdeckten, sahen sie daher nur seine Schönheit. Sie wiesen einander staunend auf die Pracht hin, flogen auf das Eis zu, kreisten kreischend über der Bergflanke – und gingen so freudvoll den Ninya ins Netz.
Die Ninya betrachteten das alles aus kalten, grünen Augen. Ein jäher Wandel war über sie gekommen. Noch vor wenigen Stunden hatten sie einen läppischen Fehler begangen; sie hatten dummerweise ein Uraltes gefangen und wieder laufenlassen, so daß es Rache nehmen konnte. Aber nun hatten sie dem Ältesten Nargun selbst eine Falle gestellt. Sie hatten einen ganzen Berg in Eis gehüllt und mit Schnee bestäubt; sie hatten ihn blau und grün in der Sonne schimmern sehen und feuerrot im Sonnenuntergang. Sie hatten die zarten Muster von Tau und Frost gemalt; sie fühlten sich jetzt selbstbewußt und gestärkt und gar nicht mehr läppisch. Als die Yauruks kamen, ließen die Ninya im rechten Augenblick einen eisigen Hauch aufkräuseln und holten ein Opfer vom Himmel.
Wie ein Funke stürzte der Yauruk im roten Licht der untergehenden Sonne herab, stürzte in das kalte und sterbende Feuer des Berges. Seine Gefährten kreischten auf, verharrten, stoben

kreischend davon. Später kehrten sie zurück, riefen nach ihrem Bruder, suchten ihn, flohen erneut, voller Angst. So kamen und gingen sie die ganze Nacht, und ihre Schwingen waren schwarz im Dunkeln und silberhell im Lichte des Mondes.
Der stürzende Yauruk landete in einer Schneewächte und blieb benommen und hilflos mit hängenden Flügeln liegen. Jetzt, da er aus der Sonne gefallen war, war auch kein Feuer mehr auf dem Berg, nur ein weißes, kaltes, verdämmerndes Licht. Die Kälte griff nach dem Yauruk und umklammerte ihn, bis er vor Schmerz heiser aufstöhnte. Er blickte in grüne Augen, die ihn aufmerksam beobachteten. Eismänner standen vor ihm, Ninya. Und einer sprach ihn mit klirrender Stimme an:
»Wann wirst du wieder die Sonne spüren?«
»Die Sonne . . .« piepste der Yauruk.
»Wann wirst du dich wieder in den Wind schwingen und zu deinen Gefährten heimkehren?«
Die Flügel des Yauruks zuckten auf dem Schnee wie der Schwanz eines Hundes, der von einer Katze träumt.
»Erst mußt du sprechen, dann darfst du weiter. Antworte auf unsere Fragen.«
»Kann . . . nicht . . . sprechen«, keuchte der Yauruk. »Ersticke.«
Die weiße Glitzergestalt hob die Hand, und die anderen wichen zurück. Die eisige Umklammerung lockerte sich ein wenig; der Yauruk atmete leichter, und nach einer kurzen Weile hob er den Kopf und faltete schützend die Schwingen eng an den Körper.
Der hünenhafte weiße Ninya betrachtete ihn stumm. Endlich fragte er: »Kennst du das Älteste Nargun? Das älteste von allen, das mit der Kraft des Feuers.«
»Es nützt sie nicht mehr«, sagte der Yauruk zitternd. »Es ist ins Meer gekrochen.«
»Ins Meer?« Die grünen Augen des Ninya verengten sich zu schmalen Schlitzen. »Wo ins Meer? Sprichst du aus eigenem Wissen, oder plapperst du bloß nach, was du von anderen gehört hast?«

Der Yauruk plusterte sich ungehalten auf und reckte den Kopf noch höher. »Ist denn das Meer nicht unser Tummelplatz? Versammeln wir uns denn nicht dort draußen zur Jagd? Aber keiner von uns wüßte zu sagen, welcher der Felsen das Nargun ist. Es hat sich zwischen die anderen gelegt, Zeitalter um Zeitalter, bis sie vergaßen, welcher von ihnen das Älteste ist. Wir kennen nur den Ort, an dem sie sich alle befinden. Den haben wir schon immer gekannt.«

»Dann mußt du ihn uns zeigen«, sagte der Frostige mit strengem Blick, »oder du fliegst nie wieder in der Sonne, sondern siehst sie nur noch durch das Eis.«

»Und wie soll ich euch den Ort zeigen, ohne in der Sonne zu fliegen?« begehrte der Yauruk auf. »Es soll schon vorgekommen sein, daß jemand höflicher um Hilfe bat.«

Der Anführer der Ninya runzelte die Stirn. »Und es soll schon vorgekommen sein, daß jemand den Beherrschern des Eises die Hilfe versagen wollte. Du bist kein guter Kämpfer, mein Freund. Liebst du überhaupt das Eis?«

Die Frage überraschte den Yauruk, denn er hatte sie sich nie gestellt und fand sie gerade jetzt besonders unpassend. »Ich kenne Eis und Schnee«, sagte er knapp. »Sieht hübsch aus, aber ich möchte nicht darin begraben sein. Verschone mich und meine Brüder von eurer frostigen Umarmung, und ich werde am Himmel dreimal über dem Ältesten Nargun kreisen. Dann könnt ihr uns sehen und habt eure Antwort.«

»So ist es recht. Aber jetzt scheint keine Sonne. Die Nacht kommt, und beim Mondlicht gleicht ein Felsen und ein Yauruk dem anderen. Du wirst also hierbleiben und warten, und der Schnee wird dir ein warmes Nest bieten, in das du dich betten kannst. Morgen werden alle Fragen Antwort finden.«

Der Yauruk sträubte das Gefieder, aber es nützte ihm nichts. Er mußte die Nacht als Gefangener im Schnee verbringen, während seine Gefährten über ihm kreisten und wieder davonflogen; und er sah sie und hörte sie rufen – so wie die Mimi sie rufen hörte.

Der Mimi war weder das Glitzern im Eis noch das Kreischen und Flattern der Yauruks entgangen; auch hatte sie bemerkt, daß einer aus der Schar fehlte. Aber sie hatte keine Zeit, sich darüber Gedanken zu machen und die Bedeutung dieser Anzeichen zu ergründen. Sie nahm sie nicht als Hinweis dafür, daß die Ninya den Wettlauf zum Ältesten Nargun gewonnen hatten, und empfand bei der ganzen Sache nur ein gewisses Unbehagen. Ihre Aufgabe war es, Wirrun, dem jungen Mann aus dem Volk, zu dienen und zu helfen. Daher achtete sie jetzt nur auf den schwarzen Hund, denn der konnte ohne Furcht vor dem Wind frei herumlaufen; ihm folgte sie der Küste entlang; er würde sie sicher auf Wirruns Spur bringen.

Der Mond sank hinter den Berg, und von einer Klippe aus überblickte die Mimi im grauen Widerschein des Meeres das Ufer. Sie sah den weiten Strand; es war Ebbe, und die Wellen schwappten heran und wieder davon. Weiter hinten lag die nächste Landzunge über einem breiten Klippenstreifen, gegen den schäumend die Gischt klatschte. Landeinwärts, erkannte die Mimi jetzt, führte eine versteckte Öffnung in eine lange, schmale Bucht – und am Strand dieser Bucht beschnüffelte der schwarze Hund eine hagere, dunkle Gestalt. Er hatte Wirrun gefunden! Jetzt eben richtete Wirrun sich auf, als sei er aus dem Schlaf erwacht, und halb tätschelte er den Hund, halb stieß er ihn fort.

Wie der Blitz legte die Mimi das letzte Stück Weg zurück. Als Wirrun sich wieder mit wachen Sinnen umschauen konnte, hatte sich der Hund bereits auf die übliche Distanz zurückgezogen, und neben Wirrun saß die Mimi auf einem Felsblock und starrte ins Land.

Wirrun hatte das Rauschen der See im Ohr und musterte die beiden ungläubig im fahlen, grauen Licht. Er war noch immer benommen von der Gewalt und der rasenden Eile des Bunyip; er hatte noch immer den Geruch von Schlamm und Alter in der Nase; und auf seiner Haut spürte er immer noch wie im Nachklang das seidige Prickeln des Wassers. Daß der Hund dem Tu-ru-dun gefolgt war, daß ihm auch die Mimi über das windoffene Land oder durch das von den Ninya verwunschene Gestein nachgekommen war, ließ ihn sein Abenteuer zum ersten Mal als einen Traum erscheinen. Dann aber fiel ihm auf, daß die Mimi mit angespannten Sinnen ins Dunkel spähte und daß ihre Augen Angst verrieten. Er ließ den Traum Traum sein und fragte wie einer, der endlich erwacht ist:

»Was hast du?«

Er folgte ihrem Blick, sah aber nur einen Grasstreifen am Ufer und dahinter die Schattenwand der Bäume.

»Leg die Hand auf den Zauber!« flüsterte die Mimi. »Etwas kommt aus dem Wald.«

Er faßte nach dem Zauber und fühlte ihn pulsen, konnte zunächst noch immer nicht mehr sehen als den dunklen Strand, nahm jedoch dann eine Bewegung wahr, ein heimliches Rucken in den Schatten – und zuletzt erkannte Wirrun, was sich da bewegte: Es war ein Stein, ein großer Klotz, der sich bedächtig zwischen den Bäumen dahinwälzte. Und für den Bruchteil eines Augenblicks verwandelte sich der Stein in ein Lebewesen, in ein plumpes, gebeugtes Monster auf Stummelbeinen, in eine Bestie mit dunklen Augenhöhlen und einer unförmigen, platten Schnauze.

»Das ist der Schatten aus der Höhle!« flüsterte Wirrun. »Ein Nargun!«

Die Mimi nickte, ohne den Blick abzuwenden.

Das Monster schob sich weiter, steif und alt und unendlich langsam. Es schien die beiden nicht zu bemerken, obwohl ihm der Hund mit gesträubtem Fell entgegengelaufen kam. Wirrun hielt den Atem an.

Das Nargun starrte mit leeren Augen über die Bucht hinweg auf die Klippen, gegen die das Meer brandete, reckte die platte Schnauze und stieß einen Ruf aus: *»Nga-a-a!«*

Nichts war zu hören, kein anderer Laut; nur der Schrei des Narguns lag über dem Wasser. Sogar die Wellen schienen innezuhalten; jeder Hauch erstarb – bis der Ruf verklungen war.

So lange wartete das Nargun. Es wartete, bis die See wieder rauschte, ein Vogel aufflatterte, Wirrun zu atmen wagte. Dann zog es sich verstohlen in die Schatten der Bäume zurück. Seinem Ruf war keine Antwort beschieden gewesen.
Die Mimi sah dem Nargun unbeweglich und mit großen, dunklen Augen nach. Wirrun wartete, bis sie sich aus ihrer Erstarrung gelöst hatte, dann flüsterte er: »Was hat das zu bedeuten? Was wollte das Nargun?«
»Halt den Zauber fest!« flüsterte sie zurück. »Es ruft nach dem Ältesten. Es ruft ihm entgegen; eines spricht zum anderen.«
Wirrun wandte sich nach ihr um. Er wirkte beherrscht, aber die Mimi kannte die Augen des Volkes. »Das Älteste?« fragte er gepreßt. »Dort draußen?«
»Hat dich nicht das Uralte, das Wassergewaltige an diesen Ort gebracht? Hier endet deine Reise. Das Älteste Nargun ist dort draußen, zwischen jenen Felsen.«
Wirrun betrachtete das Tosen und Schäumen der Wellen gegen die Klippen am Ende der Bucht. Welcher dieser Felsen war es? Das Licht wurde allmählich ein wenig wärmer, und Wirrun konnte die einzelnen Klötze und Brocken deutlich erkennen. Sie ragten stolz und gerade oder krumm und gebeugt aus dem Wasser, glatt oder rauh, einer an den anderen gelehnt oder in erklärter Einsamkeit . . . Es würde mindestens einen Tag kosten, sie der Reihe nach zu untersuchen, vielleicht sogar zwei Tage.
Im Osten wurde das Licht pfirsichfarben, und eine vereinzelte Wolke leuchtete auf. Die Sonne kam. Die Klippen standen schwarz und geheimnisvoll vor der Helle des jungen Tages. Welcher dieser Felsen war es?
»Die Flut kommt«, sagte Wirrun. »Je höher das Wasser steigt, um so wilder wird es da draußen zugehen.«
»Schau zu den Bergen!« sagte die Mimi.
Wirrun drehte sich nach ihnen um. Der dunkle Waldstreifen und die dahinterliegenden Hänge verstellten die Sicht auf die Bergkette, aber da und dort ragte ein einzelner Gipfel auf und

fing mit seiner Ostflanke das goldene Licht ein. Nur auf einem blitzte das Feuer.

»Das Eis«, sagte die Mimi. »Die Ninya können jede geringste Bewegung zwischen den Klippen verfolgen.«

»Laß mich überlegen!« bat Wirrun.

Die Mimi nickte. Jetzt war es an der Zeit, zu überlegen – und dann ans Essen zu denken. Sie stahl sich davon, warf dem Hund einen finsteren Blick zu, machte einen großen Bogen um ihn und fing an, aus Treibholz eine Feuerstelle zu bauen.

Wirrun starrte auf die Klippen. Die Sonne stieg höher, tauchte die Küste ins Licht, und die Ostseite jedes einzelnen Felsens fing an zu leuchten, als hätten sie alle der Sonne ihr Gesicht zugewandt. Aus den Bergen kam ein Schwarm großer weißer Vögel geflogen. Kreischend zogen sie über der Bucht ihre Kreise. Wirrun erkannte sie wieder: es waren die Yauruks.

Auch die Mimi beobachtete sie, aber voll Mißtrauen. Es entging ihr nicht, daß sie nun wieder vollständig waren.

Wirrun sah nicht, daß die Mimi nachdenklich die Stirn runzelte. Er sah den Yauruks nach, die noch einmal und noch einmal über der Bucht kreisten, ehe sie auf die offene See hinausstrichen. Dann starrte er wieder auf die Klippen.

Welcher dieser Felsen war es? Sie standen Seite an Seite wie eine Leibwache des Landes vor dem Meer; aber nur in einem von ihnen war die Gestalt eines Monsters verborgen; nur einer von ihnen konnte sich bewegen; nur einer von ihnen war ein Wesen der Urzeit und hatte das Land wachsen sehen; nur einer von ihnen war mächtig an Gestalt und Kraft und hütete das Geheimnis des Feuers. Wie würde dieser eine ihm begegnen, ihm, Wirrun, dem Fremden mit dem lächerlichen Zauber, der dem Monster von Anbeginn vertraut war? Gab es Gesänge, die Wirrun jetzt kennen müßte? Das hatte Ko-in bestritten; aber Ko-in hatte auch eingestanden, daß er kein Lehrmeister war und bloß den Zauber in Wirruns Hände legte. Was sonst hatte Ko-in ihm verraten? *Ich habe alles gesagt, denn ich habe gesagt, daß es das Volk geben muß.*

Wirrun stand auf, streckte sich und schaute sich nach der Mimi um. Sie hockte versunken am Feuer, wie immer, seit sie es erstmals nach langer Zeit wieder nähren durfte. Er ging zu ihr und setzte sich, dankbar für die Wärme, denn er hatte gefroren, obwohl sowohl er wie sein Rucksack bei der Reise mit dem Muru-bul trocken geblieben waren.

Die Mimi hatte keine Beute gefunden, die es zu rösten gab, und auch seine Vorräte waren bis auf wenige Kartoffeln geschrumpft. Er legte eine Handvoll in die Glut, das würde für sie beide reichen.

»Gut, daß unsere Reise hier endet«, sagte er und schnitt eine Grimasse. »Aber bald geht es uns wieder besser. Sobald wir gegessen haben, brechen wir auf und machen uns auf die Suche nach Helfern.«

»Schon wieder fremde Leute«, knurrte die Mimi. »Hast du nicht bereits genug Scherereien mit ihnen gehabt?«

»Scherereien, das stimmt. Ich sollte jetzt in Tilba-Tilba sein, um meinem Volk den Weg zu zeigen; und zugleich muß ich ins nächste Dorf an der Küste, um sie dort zu erwarten und sie zum Ältesten Nargun zu bringen. Ich müßte mich also teilen können, aber das ist unmöglich.«

»Noch wächst das Eis nicht weiter. Deine Leute werden zur rechten Zeit da sein. Und für das Älteste Nargun hast du doch deinen Zauber.«

»Ich bin nicht der rechte Mann dafür, seine Kraft auszuschöpfen; nicht, wenn es um das wahrhaft Große geht – und das Älteste ist ein wahrhaft Großes. Ihm kann man nur mit den Gesängen begegnen. Außerdem: wenn ich da draußen nach dem Nargun suche, können mich die Ninya dabei beobachten und in aller Eile das Eis wachsen lassen. Mein Volk aber kann geradewegs auf das Nargun zugehen, ohne die Ninya damit auf die richtige Spur zu bringen.«

Die Mimi ließ ihr Katzenniesen hören. Nicht etwa, wie er dachte, weil sie sein Volk nicht leiden mochte, sondern weil sie insgeheim ahnte und fürchtete, daß die Ninya längst auf die richtige Spur gebracht worden waren.

5. Kapitel

Auf seinen ausgedehnten Wanderungen und in den Gesprächen mit den Leuten seines Volks hatte Wirrun vieles kennengelernt, ohne es je selbst zu sehen. So wußte er auch, daß sie hier in Ansiedlungen untergebracht waren, und die Karte verriet ihm, wo er die nächstgelegene finden konnte: ein Stück weiter im Landesinneren; die Mimi und er würden sich den Weg dorthin querfeldein und über rauhe Pfade bahnen müssen.
Sie wandten sich nach Westen und gingen Seite an Seite, wie schon über viele Meilen bisher. Der Hund trottete hinterdrein oder lief voraus oder preschte durchs Gestrüpp, blieb aber stets in der Nähe.
Obwohl Wirrun alles genau überlegt hatte, ehe er seinen Entschluß faßte, war er keineswegs davon überzeugt, die richtige Entscheidung getroffen zu haben. Wie Mäuse huschten die Fragen durch sein Hirn. Er kannte die Männer in dieser Ansiedlung nicht; wie würden sie ihn aufnehmen, einen Fremden, der ihnen etwas von Narguns vorfaselte? Aber vom Eis mußten sie immerhin gehört haben. Ob sie auch schon den weißen Berg in ihrer unmittelbaren Nachbarschaft entdeckt hatten? Er glaubte nicht, daß in den Zeitungen bereits ein Bericht darüber stand. Das hieß andererseits, daß auch die Männer vom Mount Conner noch nichts davon wußten, und sie konnten längst in der Nähe sein. Er stellte sie sich vor: Auf einem alten Lastauto oder in einem Lieferwagen, müde und durchgerüttelt von der langen Reise, kamen sie nach Tilba-Tilba, hielten dort an und fielen aus allen Wolken – der ganze Berg war von Glücksjägern umlagert, Autos säumten die Straßen, vielleicht trafen bereits die ersten Sonderbusse ein . . .

Auch die Mimi an Wirruns Seite war in brütendes Schweigen versunken. Sie fühlte sich außerstande, den Menschen Sympathie abzugewinnen; obwohl sie für sie unsichtbar blieb, mußte sie sich vor ihnen verstecken. An Wirrun hatte sie sich immerhin im Verlauf der langen Reise durch die Reiche der Geister gewöhnt - aber jetzt würden viele Fremde kommen und auf eigene Faust handeln; das Volk, also die Menschen und nicht mehr die Geister, würden das weitere Geschehen bestimmen, und ihre eigene Mission war beinahe erfüllt. Zu allem Unglück hatte sie einen letzten Blick auf den schneebedeckten Gipfel der Ninya geworfen und den Eindruck gewonnen, daß er zu tauen begann. Es war ihr ohnedies unverständlich, daß die Ninya das Eis nur an einer einzigen Stelle errichtet hatten, noch weniger begriff sie aber, daß sie es hinterher wieder schmelzen ließen. Hieß das, daß die Ninya bloß einen bestimmten Zweck verfolgt hatten, der nun erfüllt war? Wieder fielen ihr die Yauruks ein, und sie erinnerte sich daran, wie die Vogelwesen über den Felsen gekreist waren, zwischen denen sich das Nargun verbarg.

So kam es, daß die Mimi und Wirrun auf der Abkürzung durch den Wald ihren Gedanken nachhingen, ohne auf den Weg zu achten. Und so sahen sie auch die Netze nicht, die vor ihnen ausgelegt waren: Fußangeln aus Rindenstreifen und Lianen, geschickt unter Blattwerk getarnt, und dazu bestimmt, daß sich die beiden in ihnen verfingen. Sie sahen sie nicht, aber der Hund sah sie; es war seine selbstgewählte Bestimmung, alles zu sehen.

Der Hund wußte, womit er zu rechnen hatte, denn dies hier war sein Reich. Er war auf der Suche nach möglichen Gefahren durch den Wald gestreift, eilte den beiden Wanderern jetzt entgegen, erkannte aber gleich, daß er sie nicht mehr rechtzeitig aufhalten konnte. Also entschied er sich für das einzig Mögliche: er lief vor ihren Augen selbst in die heimtückische Falle.

Wirrun blieb wie angewurzelt stehen. Eben noch hatte der Weg vor ihm offen und frei dagelegen - und plötzlich war er in ein zappelndes Gespinst aus Stricken und Bändern verwandelt, die den Hund rettungslos gefangenhielten.

»Verdammt!« rief er und rannte los, um das Tier zu befreien. Und wieder prallte er zurück und rief abermals: »Verdammt!« Denn da war kein schwarzer Hund mehr im Netz, nur eine blauzüngige Eidechse, die sich mühelos mit eigener Kraft aus der Falle gelöst hatte und flink über die Lianen huschte. Verständnislos starrte Wirrun die Mimi an.

»Er ist ein Geisterhund«, sagte sie knapp. »Oder ein Eidechsengeist. Er bewacht dich, seit du sein Reich betreten hast; mir wollte er nicht trauen. Das mußt du doch bemerkt haben.«

»Ich?« Wirrun schüttelte verwundert den Kopf. »Nichts habe ich bemerkt! Wie dumm von mir! Aber jetzt begreife ich, warum er dem Bunyip folgen konnte.«

»Er hat sich zwischen dich und die Klauen des Bagini gestellt; und zwischen dich und den Mrat aus dem Reich der Toten; und zweimal zwischen dich und das Nargun aus der Höhle. Und er brachte dich an den Ort, an dem das Tu-ru-dun dich erwartete. Aber was er wirklich ist, kannst du nicht erkennen, denn er ist ein Wesen ohne Gestalt und ändert sein Aussehen nach Belieben.«

Aus der blauzüngigen Eidechse war unterdessen ein Knabe geworden, einer aus dem Volk. »Ich bin ein Yabon«, sagte das Wesen. »Unseresgleichen hat dem Volk dieses Reiches schon oft geholfen; warum sollte ich da nicht auch dem helfen, den das Land selbst gegen das Eis ausgesandt hat? Dem, der den Zauberstein von Erde und Himmel trägt. Ja, es stimmt: ich komme in vielerlei Gestalt.«

»Ich danke dir«, sagte Wirrun. »Es sieht ganz danach aus, als hättest du uns wirklich geholfen. Was war denn das wieder? Was hatten diese Netze zu bedeuten?«

»Sie sollen dich nicht beunruhigen«, sagte das Yabon. »Aber bleib auf der Hut. Halte stets nach allen Seiten Ausschau, so wie es der Hund tat. Das Volk in dieser Gegend kennt die Pfade und die Geister; keiner von ihnen hätte es wie du gewagt, unbegleitet diesen Weg zu betreten. Hier legen die Thinan-malkia ihre Netze aus, um Menschen darin einzufangen und sie zu verspeisen. Sie wissen, daß du unterwegs bist; sie haben den Zauber gesehen, den du trägst, und sie wissen auch, daß sie dir nichts anhaben dürfen. Aber du kamst allein, da unterlagen sie der Versuchung. Sie hätten dir nichts getan, sie gaben nur ihrer Vorliebe nach.«

Wirrun hatte bloß mit halbem Ohr zugehört, denn ihm war plötzlich eingefallen, wie sich vielleicht alle Probleme lösen ließen. »Stimmt es, daß du jede beliebige Gestalt annehmen kannst?« rief er. »Wirklich jede?«

Das Yabon lächelte. »Du brauchst eine Gestalt?« fragte es.

»Ja«, sagte Wirrun. »Ich brauche ein zweites Ich. Eines, das bereit ist, eine Botschaft zu überbringen.«

Sofort begann der Knabe vor ihm zu wachsen und wurde Wirrun: er trug sein eigenes Hemd und die von der langen Reise verschmuddelten Shorts, und er hatte seinen eigenen Rucksack von der Schulter hängen. Es war, als sähe sich Wirrun mitten auf dem Weg selbst in einem Spiegel. Nur um das Kinn herum stimmte anfangs nicht alles; aber noch während Wirrun genauer hinsah, trübte sich der Spiegel ein wenig, wurde wieder klar, und nun glich auch das andere Kinn dem seinen und wies die richtigen Bartstoppeln auf.

»Was kann Wirrun aus dem Volk für Wirrun aus dem Volk tun?« sagte das Yabon mit Wirruns Stimme.

Sie grinsten einander zu.

»Kennst du Tilba-Tilba?« fragte Wirrun. »Das ist das Reich der Wa-tha-gun-darl.«

»Ich werde es finden.«

»Die Nyols werden dir bestimmt helfen. Es ist ein großer Hügel, und die Hauptstraße führt daran vorbei. Auf dieser Straße müßten jetzt bald Männer aus dem Volk kommen. Sie sind auf der Suche nach den Ninya, die das Eis machen. Sie kommen von weit her, um die Ninya in ihre Höhlen zurückzusingen. Wenn die Männer rechtzeitig hier eintreffen, wird es bald kein Eis mehr geben.«

»Dann muß ihnen geholfen werden«, sagte das Yabon ernst.

»Ja, sie brauchen dringend Hilfe. Sie fahren nach Tilba-Tilba, weil sie erfahren haben, daß das Eis dort aufgetreten ist; aber sie wissen wahrscheinlich nicht, wie es von dort weitergehen soll. Sie werden mich suchen, vielleicht kennt mich der eine oder andere sogar. Ich bitte dich, ich zu werden und die Männer herzubringen. Führe sie zum Eis auf dem Berg.«
Die Mimi unterbrach ihn. »Ich habe mir vorhin den Berg noch einmal angesehen«, sagte sie. »Ich glaube, das Eis schmilzt. Es ist nicht mehr so weiß wie bisher; es hat einen grauen Schimmer. Zwar könnte kein Mensch den feinen Unterschied erkennen, aber es ist denkbar, daß die Ninya den Berg bereits verlassen haben.«
Wirrun riß die Augen auf. »Den Berg – verlassen? Was führen sie dann eigentlich im Schilde? Erst klotzen sie in aller Größe das Eis hin, und dann lassen sie es wieder schmelzen? Wozu das?«
Die Mimi wirkte betroffen. »Ich weiß es nicht. Aber es könnte sein, daß auch die Ninya mittlerweile das Älteste Nargun gefunden haben. Die Yauruks, die Vogelgeister, sind bei Sonnenuntergang über den Klippen gekreist. Das könnte ein Zeichen gewesen sein.«
»Die Yauruks?« rief Wirrun in ungläubigem Staunen. »*Sie* sollten dem Eis helfen? Sie wollten mit mir nicht einmal darüber sprechen!«
Die Mimi nickte ihm traurig zu, denn sie wußte, daß er sich von allen Geisterwesen, die ihnen begegnet waren, am stärksten zu den Yauruks hingezogen fühlte. Sie hatte ja versucht, es ihm zu erklären, aber was konnte ein Mensch schon begreifen? »Wer weiß, wohin der Wind bläst?« sagte sie. »Hättest du sie nach dem Nargun gefragt, wären sie auch dir die Antwort nicht schuldig geblieben. Bei Sonnenuntergang flogen die Yauruks zu dem Berg hin, und als sie zurückkamen, fehlte einer. Die ganze Nacht flatterten sie um den Gipfel und kreischten, und erst seit heute früh ist die Schar wieder vollständig. Könnte es nicht sein, daß der eine den Ninya in die Falle gegangen war?«

Wirrun scharrte mit den Füßen und überlegte mit gerunzelter Stirn. Von den Ninya gefangen; die großen weißen Schwingen steifgefroren . . .

Das Yabon wartete geduldig, und schließlich wandte sich Wirrun ihm zu: »Führe die Männer zu dem Ort, an dem wir heute morgen die Feuerstelle errichtet haben. So wird es am besten sein. Wir wissen nicht, wer zuerst am Strand aufkreuzen wird, aber wir wissen, daß vor der Bucht das Älteste liegt. Dort treffen wir einander wieder.«

»Dann gehe ich«, sagte das Yabon und war auch schon wie vom Erdboden verschwunden. Obwohl Wirrun mittlerweile wußte, wie rasch die Geister sich bewegen konnten, war er sprachlos; und stumm gingen er und die Mimi weiter.

Getreu der Warnung, die das Yabon ihnen erteilt hatte, achteten sie sorgsam auf den Weg. Bei Tag konnten sie nicht, wie in der Nacht zuvor, erkennen, ob sie von Schemen und Schatten begleitet wurden. Wohin immer sie schauten, wartete nur der schweigende Wald. Und doch hatte Wirrun stets das Gefühl, daß ihnen heimliche Augen folgten.

»Keine Frage, wir sind noch immer nicht allein!« sagte er, und die Mimi spähte einmal mehr in alle Richtungen.

Sie kamen aus dem Wald und stießen auf die Straße, die ihnen die Karte versprochen hatte. Zwei Autos preschten knapp hintereinander vorbei, und ehe Wirrun und die Mimi die erste Kehre erreicht hatten, wurden sie von drei weiteren Wagen überholt. Hinter der Biegung liefen sie in eine Gruppe von Wanderern, die lautstark miteinander stritten und dabei ihre Notizblöcke schwenkten. Wie gehetzt warf die Mimi den Kopf herum, als suche sie verzweifelt nach einem Fluchtweg. Selbst Wirrun fand die Wanderer lästiger als die heimlichen Augen im Wald. Die Geisterwesen blieben wenigstens stumm; sie wußten, was es zu sehen gab, und waren ihrerseits ein Teil des Ganzen. Wirrun konnte nur hoffen, daß die Glücksjäger nicht dabeisein würden, wenn es Zeit war, die Gesänge anzustimmen, um zuzuhören und mitzuschreien und ihre Kassettenrecorder einzuschalten.

Er und die Mimi wichen dem Dorf der Inländer aus und folgten einem Pfad zur Siedlung des Volkes. Die verstreut liegenden Hütten und Schafställe sahen hier nicht anders aus als überall, wo sich die Ureinwohner niedergelassen hatten. Trotzdem kam die Mimi immer langsamer vom Fleck, und ihr Blick wurde scheu und störrisch zugleich.

»Man kann dich doch nicht sehen!« gab Wirrun zu bedenken, aber die Mimi ließ die Fellschlinge los und blieb schlichtweg stehen. Da mußte er nachgeben. »Also meinetwegen! Ist hier irgendwo ein Stein oder ein Felsen, in dem du einstweilen warten kannst? Ich hole dich dann auf dem Rückweg wieder ab.«

Die Mimi ließ ihr Katzenniesen hören. »Ich bin nicht dein Grabstock«, zischte sie, »daß du mich nach Belieben aufheben oder liegenlassen kannst. Ich gehe meiner eigenen Wege und treffe dich wieder, wenn es *mir* paßt.«

»He! So warte doch! Du darfst mich doch nicht einfach im Stich lassen! Jetzt doch nicht! Diese Leute halten mich womöglich für verrückt. Oder, wer weiß, vielleicht sind sie gar nicht erst bereit, uns zu helfen. Wir sind noch lange nicht am Ziel; wir wissen noch lange nicht, was uns bevorsteht, dir und mir; und überhaupt – wie soll ich denn ohne dich auskommen?«

Die Mimi hatte sich zu voller Länge aufgerichtet. Spindeldürr und voll Stolz und Würde stand sie vor ihm. »Habe ich dich nicht sicher und wohlbehalten auf eine lange Reise geführt, wie es der Held der Berge befahl? Habe ich nicht alles getan, was keine andere Mimi tun könnte? Und meinst du, ich würde dich hier stehenlassen, gerade dann, wenn du mich brauchst, und dich an ein Yabon abtreten, an ein Ding, das nicht einmal eine eigene Gestalt hat?«

»Nein, das würdest du nie tun«, sagte Wirrun erleichtert, »du nicht. Du bist ein Kämpfer gegen das Eis! Also dann: bis später!«

Er ließ sie am Tor zur Ansiedlung zurück, öffnete es, und als er sich nach der Mimi umschaute, war sie bereits verschwunden.

Vom Volk war zu dieser Tageszeit nur wenig zu sehen: drei,

vier Kinder spielten unter den Bäumen; eine Frau kam aus ihrem Garten; eine andere lungerte in einem Hauseingang. Wirrun hielt nach alten Männern Ausschau, sah aber keine. Zwei nicht mehr ganz junge hockten im Schatten, mit dem Rücken zur Hauswand, und unterhielten sich. Wirrun ging auf sie zu. Als sie ihn kommen sahen, stellten sie ihr Gespräch ein und saßen nur noch wie zufällig da. Selbst als er bereits vor ihnen stand, grüßten sie nicht, sondern blinzelten bloß abwartend zu ihm hoch.

Wirrun sprach sie höflich an, nannte seinen Namen und sagte, woher er kam. Die beiden Männer nickten stumm und verharrten in ihrer abwartenden Haltung. Wirrun fragte sich, was er ihnen sagen sollte, um ihr Vertrauen zu gewinnen. Wie nur konnte er ohne die üblichen und zeitraubenden Vorreden direkt zur Sache kommen?

»Habt ihr hier in der Gegend so etwas wie ein Yabon?« hörte er sich zur eigenen Überraschung fragen.

Die beiden wechselten Blicke und schwiegen. Also erzählte er ihnen, wie sich das Yabon zuerst für einen Hund ausgegeben hatte, mit ihm durch das ganze Land gezogen war und ihn zuletzt vor den Netzen und Fallschlingen der Thinan-malkia bewahrte. Er machte sich über sich selbst lustig und spielte ihnen seine Entgeisterung vor, als aus dem Hund zuerst eine Eidechse und dann ein Knabe wurde. Jetzt wurden ihre Züge weicher, und sie lachten leise.

»Das Yabon ist schon in Ordnung«, sagten sie.

»Das will ich meinen«, sagte Wirrun. »Es hilft mir nach wie vor, und ich brauche Unterstützung. Zwar ist es wohl kaum seine Art, jedem beliebigen Fremden gleich unter die Arme zu greifen, aber es wußte, daß mich das Land geschickt hat. Das weiß mittlerweile jeder. Das hat sich herumgesprochen.« Da die beiden nicht darauf reagierten und ihn bloß weiterhin abwartend ansahen, setzte er sich zu ihnen auf die Erde und begann zu erzählen.

Das dauerte seine Zeit, obwohl er sich so kurz wie möglich

faßte. Die ganze Vorgeschichte ließ er aus und beschrieb statt dessen seine Begegnung mit den Geistern, die hier in der Gegend lebten, denn so gewann seine Schilderung für die beiden an Glaubwürdigkeit. Als er ihnen den Zauber zeigte, glänzten ihre Augen, und er merkte, daß sie ihn kannten. Und als er auf das Felsmonster in der Höhle und auf das Mu-ru-bul Bunyip zu sprechen kam, grinsten sie und waren erregt. Inzwischen war seine Zuhörerschaft von zwei auf zehn Männer gewachsen; ein paar jüngere und zwei oder drei Alte waren aus den Gärten und Hütten dazugekommen, um Wirruns Bericht zu lauschen.

Sie hatten nicht gewußt, daß das Eis schon so nahe war, und machten große Augen, als sie das erfuhren; doch war ihnen bekannt, daß es weiter oben im Norden Eis gab, und sie hatten ihre Schlüsse daraus gezogen.

»Ich habe es kommen sehen«, behauptete einer, und die anderen nickten weise.

Sie nickten auch, diesmal voll Ernst, als sie hörten, daß die Männer vom Mount Conner unterwegs waren, um die Ninya heimzusingen; aber Wirrun sah, daß sie völlig unsicher wurden, als er das Älteste Nargun erwähnte. Zuerst führte er das darauf zurück, daß er ein Fremder war und noch nicht einmal mannbar, aber dann erkannte er, daß andere Gründe sie bewegten.

»Ja, das Älteste Nargun«, sagte er. »Ich weiß, wo die Felsen sind; aber ich weiß nicht, welcher von ihnen das Nargun ist. Und ich weiß noch weniger, wie ich es wecken und um Hilfe bitten kann. Es ist ein Uraltes – muß man es auf bestimmte Weise ansingen? Das Nargun ist eure Sache.«

Sie wichen seinem Blick aus und bekannten schließlich, daß sie auch nicht mehr wußten als er. Sie waren also so unsicher, weil das Nargun ihre Sache war, und sie doch nicht helfen konnten.

»Für dieses Nargun haben wir keine Lieder«, sagten sie wie zur Entschuldigung. »Wir gehen ihnen nur aus dem Weg. Und überhaupt, dieses eine . . .« Sie schauten einander betroffen an.

»Der alte Johnny Wuthergul!« rief einer der Männer plötzlich. »Wo steckt der denn?«

Auf einmal schienen sie alle aufzuatmen und kramten in ihren Erinnerungen:
»Er kennt das alte Nargun. Sein Vater hat ihm von ihm erzählt, und der hat es wieder von seinem Vater. Ja, der Johnny, der könnte mit dem Nargun reden!«
»Stimmt, das war sozusagen ihre Familiensache. Zumindest haben sie so getan.«
»Der alte Johnny, der ist oben in den Bergen, irgendwo hinter Bairnsdale.«
»Er ist schon recht alt, aber er könnte mit dem Nargun reden.«
Jetzt wußten sie, was zu geschehen hatte, und sie wurden auf einmal fröhlich und geschäftig. Sie hatten einen Wagen, einen Holden. Fred würde damit nach Bairnsdale fahren, und Butcher sollte sie begleiten und den alten Johnny Wuthergul überreden mitzukommen. Schon morgen früh konnten sie alle drei wieder zurücksein, vorausgesetzt, jemand trieb das Geld fürs Benzin auf. Und als sie sahen, daß Wirrun sich Sorgen über so viel verlorene Zeit machte, fanden sie auch dafür eine Lösung: Sie hatten außer dem Holden noch einen alten Lastwagen. Percy würde Wirrun zur Bucht zurückbringen und die übrigen Männer mitnehmen. So konnten sie gemeinsam die Gegend erkunden und nach dem Ältesten Nargun Ausschau halten, bis Johnny nachkam, um mit dem Uralten zu reden. Sie würden dort draußen schon noch draufkommen, worauf sie besonders zu achten hatten. Aber vorher mußten sie sich erst einmal ordentlich satt essen und Decken und Beile und Bierdosen zusammentragen und alles, was sich sonst noch brauchen ließ, wenn man eine Nacht lang ein Nargun bewacht.
Sie nahmen Wirrun mit, damit er sich waschen konnte und etwas in den Magen bekam; und der alte graue, rostzerfressene Holden rumpelte bereits aus der Ansiedlung und fuhr in Richtung Bairnsdale davon.

Das älteste Nargun

1. Kapitel

Seit Tagesfrist überragte nun bereits die Falle der Ninya, der mit Eis und Schnee bedeckte Berghang, die Küste; makellos und streitbar bei Sonnenschein, grau und bedrohlich im Schatten, ein kaltes, glitzerndes Feuer in der Dämmerung - eine Herausforderung an das Älteste Nargun. Aber das Älteste nahm sie nicht an. Es lag in der See, träumte manchmal vom Feuer und schenkte dem stechendweißen Gleißen des Schnees keinen einzigen Blick.

Das Nargun schaute längst nicht mehr landwärts, denn es war müde von der Last seines Alters und seiner Macht. Es kannte und spürte das Land in jeder Pore seines felsigen Leibes: das satte Strömen des Schmelzflusses, das allmähliche Zusammenbacken zur festen Form, den Schliff von Wind und Regen, die Hammerschläge der Sonne und des Frosts. Es kannte das Leben, diese warme und heimliche Fäulnis, die über das Land kriecht. Das Land war aus dem Nargun entstanden und in ihm bewahrt.

Nun hatte es seine Macht gegen das Meer gestellt, und das Meer ritt noch immer gegen sie an. Auch nach so vielen Zeitaltern war diese Schlacht nicht beendet. Es war eine schwere Bürde, das Älteste zu sein, das Geheimnis des Feuers zu hüten und die kleinste Anemone wie die längste Küste gleichermaßen zu nähren.

Die Sonne ließ das Gekräusel der Wellen aufblitzen. Der Schatten eines Vogels zog darüber hinweg. Die Flut schickte die erste Gischt und den ersten Schwall voraus, und das Nargun machte sich breit und schwer und hielt den Wellen stand. Es erinnerte

sich an die Morgendämmerung und den Ruf, der vom Strand her gekommen war und den es beantwortet hatte, und es wärmte sich an dieser Erinnerung. Aber den Berg, auf dem der Schnee spröde wurde und das Eis zu schmelzen begann, den Berg sah es nicht.
Die Ninya waren mit jeder Stunde ruhiger und selbstbewußter geworden. Sie hatten geduldig darauf gewartet, daß sich eine große und träge Gewalt mit der Kraft und Duldsamkeit des Gesteins aus den Schatten lösen würde, um rotes Feuer zu speien und sie, die Ninya, zu vernichten. Sie hatten darauf gewartet, um dann blitzschnell ihre eisige Falle zuschnappen zu lassen. Aber das Älteste war nicht gekommen.
Sie sahen, wie die Sonne über dem Berg aufging und ihn in ihr Licht tauchte, und sie gaben den gefangenen Yauruk frei. Sie sahen eine Schar von Yauruks über felsigen Klippen kreisen. Hinterher zogen sie sich in ihre düsteren Kavernen zurück, durch die wieder der Wind heulte und in denen sich wieder der Frost breitmachte. Und sie ließen den Berg zurück und ließen ihn tauen.
Stolz prahlte ihr Anführer: »Habe ich euch nicht sicher geleitet? Aus dem fernen Herzen des Landes an seine äußerste Grenze – und die lange Küste herab bis hierher, wo wir über dem Schlupfwinkel des Ältesten stehen!«
»Ah!« erwiderten sie. »Aber warum hat es sich uns nicht entgegengestellt?«
»Wer kennt schon die Wege und Schliche eines Uralten? Vielleicht hat das Nargun die Falle erkannt und wollte uns von den Höhen locken. Was tut das zur Sache, jetzt, da wir wissen, wo es liegt. Wir müssen nicht warten, bis es felsenlangsam gekrochen kommt, sondern können ihm windschnell entgegeneilen und es in die frostige Klammer nehmen.«
»Ah!« sagten sie. »Aber das Nargun liegt im Meer. Vielleicht sollten wir unsere Ohren dem Rat einer anderen Stimme leihen? Denn es dauert lang, bis das Meer gefriert.«
Der Anführer runzelte die Stirn. »Es dauert lang. Aber die

Ninya haben an Kraft gewonnen, seit sie frei sind und ihre Fertigkeit üben. Wir sind nur wenige, doch wir sind eine gewaltige Macht. Habt ihr denn eure wahre Stärke noch nicht erkannt? Laßt uns diesen Ort erkunden und laßt uns sorgfältig planen – und in zwei Tagen gehört uns das Land.«

Sie nickten und dachten nach. Und während sie ihre Pläne schmiedeten, rumpelte der alte Transporter aus der Ansiedlung über die Straßen. Sechs Männer hockten im Laderaum, schnatterten aufgeregt durcheinander, lachten und stimmten immer neue Lieder an. In der Fahrerkabine saß Wirrun neben Percy und Waratah, den beiden, die er als erste angesprochen hatte. Percy war hinter dem Lenkrad, und alle drei überlegten schweigend, wie sie das Älteste am besten bewachen konnten, bis der alte Johnny eintraf, um mit dem Nargun zu reden.

Der Lastwagen konnte nicht die Abkürzung durch den Wald nehmen, auf der Wirrun und die Mimi gekommen waren. Er mußte bis zur nächsten Stadt der Hauptstraße folgen und sich dann auf Nebenstraßen und Buschpisten den Weg zur Bucht bahnen.

In der Stadt hielten sie an, um ihre bislang eher kunterbunten Vorräte aufzustocken, denn sie hatten sich für die Nacht in der Bucht mit Eßwaren für zwei große Mahlzeiten und zahlreiche Happen zwischendurch einzudecken.

Die Männer sprangen von der Plattform und zerstreuten sich in alle Richtungen. Sie brauchten mehr Bier, mehr Würste, Kartoffeln und Butter. Waratah kurbelte die Scheibe herunter und rief ihnen nach: »Und bringt Kerosin!«

Sie blieben stehen, drehten sich um und überlegten. Die Ninya fürchteten das Älteste Nargun, weil es die Gewalt des Feuers besaß; also war Feuer die beste Waffe gegen die Ninya. Die Männer begriffen, wozu das Kerosin gut war, nickten, zählten noch einmal das Geld nach und tauschten Scheine und Münzen: Dann mußten sie eben bei den Würstchen sparen.

Die drei in der Fahrerkabine warteten auf die Rückkehr der anderen und schauten sich einstweilen müßig um. Auf Wirrun wirkte die Stadt wie ein Ameisenhaufen. Er runzelte mißtrauisch die Stirn und beobachtete genauer: Die Leute standen in vielen Gruppe beisammen und diskutierten heftig. Wer auf dem Gehsteig vorbeikam, ging kaum je mit einem Nicken oder ein paar flüchtigen Worten weiter, sondern blieb stehen und drängte sich zu den anderen – wie Ameisen, deren Pfade sich plötzlich vereinen. Wirrun war überzeugt, daß irgend etwas sie beunruhigte. Er stieg aus und kaufte im nächsten Laden die Lokalzeitung.

Vor dem Laden blieb er auf dem Gehsteig stehen und blätterte die Zeitung aufmerksam durch. Weder eine Meldung über das Eis auf dem Berg noch eine andere aufsehenerregende Nachricht fiel ihm besonders auf. Und doch merkte er, daß ihn der Verkäufer hinter der Theke immer noch verstohlen musterte – und auch das Grüppchen von Passanten, das sich in der Nähe versammelt hatte, betrachtete ihn stumm beim Lesen. Etwas war geschehen; etwas hätte eigentlich in der Zeitung stehen müssen, war dort aber nicht zu finden ...

Wirrun glaubte zu wissen, was geschehen war: Die Leute hatten herausgefunden, daß nur wenige Meilen von hier ein ganzer Berg mit Eis und Schnee bedeckt war, mit viel mehr Eis und Schnee als anderswo bisher. Und sie hatten beschlossen, ihre Entdeckung für sich zu behalten, weil sie ihren Geschäften schaden konnte. Es war typisch für die Glücksjäger, daß sie eine ihnen unangenehme Wahrheit einfach verheimlichten, weil sie weder eine Erklärung für sie hatten noch wußten, wie sie mit ihr fertig werden sollten. Die Weißen würden also auf der Hut sein, und es war mit ihrem Widerstand oder mit Ablenkungsmanövern zu rechnen.

Immer noch besorgt ging Wirrun zum Transporter zurück. Die Stadtleute folgten ihm offen mit den Augen; scheinbar unbeteiligt blickte ihm nur ein Inländer nach.

George Morrows Traktor war jetzt repariert. Auch die Einkäufe und alles andere Zeug waren auf dem Lastwagen verstaut. George ließ soeben volltanken. Heute abend würde er den

Traktor aufladen und sich morgen früh auf die lange Heimreise machen – sofern nichts Wichtigeres dazwischenkam und ihn bewog, einen weiteren Tag in der Stadt zu bleiben. Neues vom Eis, zum Beispiel, konnte ihn dazu bewegen; denn wenn das Wetter auf so geheimnisvolle Weise aus der Art schlägt, wird ein Inländer wachsam und macht sich seine Gedanken. Und er, George Morrow, machte sich schon die längste Zeit seine Gedanken und wartete darauf, daß jemand ernsthaft den Versuch unternahm, die Sache mit dem Eis aufzuklären oder – besser noch –, daß er auf jemanden traf, der sie bereits aufgeklärt hatte und mehr wußte als die Glücksjäger und die Inländer.
Als George an seinem letzten Abend in der Stadt sah und hörte, wie aufgeregt und betroffen die Glücksjäger sich gebärdeten, hatte er dafür bloß ein verkniffenes Lächeln übrig. Und als er den schäbigen Transporter mit den Abos sah, fiel ihm zunächst nur auf, daß diese Leute offenbar recht aufgekratzt waren. Erst als er sah, auf welche Weise Wirrun die Zeitung las und wie kritisch er daraufhin die Stadtmenschen musterte, wurde George argwöhnisch. War es nicht ungewöhnlich, daß in dieser Stadt anscheinend nur die Leute vom Volk ihren Frohsinn und ihren Tatendrang bewahrt hatten?
Er sah, wie die Abos vollgepackt mit Waren zurückkamen, sah, daß sie auch vier Kanister Kerosin herbeischleppten, spitzte die Ohren und schnappte ein paar Gesprächsfetzen auf, seltsames Gerede über Eis und Feuer. George tat diese Worte aber nicht einfach ab, nur weil sie seltsam klangen; er hatte nämlich einen großen Vorteil: er wußte, daß er so gut wie nichts wußte. »Reden kann man nur über das, von dem man eine Ahnung hat«, war sein Wahlspruch. Also zahlte er jetzt sein Benzin, wartete geduldig, bis der Transporter losratterte, und fuhr ihm nach.
Die Männer im Laderaum lachten und sangen noch immer. Es entging ihnen nicht, daß hinter ihnen wiederholt ein offener Lastwagen auftauchte und in einigem Abstand zurückblieb, aber sie dachten sich nichts weiter dabei – bis er ihnen auch folgte, als sie von der Hauptstraße abbogen und den Weg zur

Küste einschlugen. Da verstummten sie und wurden mißtrauisch. Erst als der Laster endgültig verschwand, atmeten sie erleichtert auf und sangen um so lauter. Ein Weißer wäre mehr als fehl am Platz gewesen, wenn das Volk sich der Sache des ganzen Landes annahm; aber zum Glück war ja die Bucht, der sie zustrebten, einsam und verlassen. Sie waren froh und keineswegs überrascht, daß der Lastwagen ein anderes Ziel hatte. Was sie nicht bedachten, war, daß George Morrow auf dieser Piste bloß der Staubfahne folgen mußte, die sie aufwirbelten, und die ihn seinerseits vor ihren Blicken verbarg.

Auch Percy und Waratah in der Fahrerkabine hatten den Lastwagen schweigend beobachtet und waren erleichtert, als er nicht mehr zu sehen war. Jetzt warteten sie darauf, daß ihnen Wirrun weitere Anweisungen gab. Waratah hatte nach Kerosin gerufen. Das war ein Stichwort gewesen, damit Wirrun es aufgriff. Er spürte, daß sie das von ihm erwarteten.

»Es wird wirklich am besten sein, Feuer zu machen«, sagte er. »Wir brauchen viel Licht, damit wir den Platz im Auge behalten können, und wenn es uns gelingt, ihn mit einem Flammenring einzukreisen, kommt das Eis vielleicht nicht durch. Trotzdem, eines macht mir nach wie vor Sorgen.«

Sie warteten mit unbewegten Gesichtern.

»Und zwar«, fuhr Wirrun fort, »daß wir nämlich die ganze Nacht über ein riesiges Feuer unterhalten müssen, bis der alte Mann kommt.«

»Wir haben den Transporter«, sagte Percy, »und wir sind neun Mann. Und Holz gibt es in Hülle und Fülle. Notfalls karren wir es mit dem Wagen heran.«

»Das läßt sich machen. Nur: man wird das Feuer meilenweit sehen können. Und es wird Gott und die Welt anlocken, bis zum letzten Hund, und dann haben wir die Bescherung. Ein nicht gemeldetes Feuer – Gefahr für die Öffentlichkeit – Eindringen auf fremden Besitz – irgend etwas wird ihnen schon einfallen.«

»Die Bucht liegt günstig«, sagte Waratah. »Keine Menschenseele weit und breit. Schlechte, abgeschiedene Straßen. Und

nach fast allen Seiten von Bergen umschlossen. Dort ist niemand.«
»Mag sein«, räumte Wirrun ein. »Aber man kann von der Bucht aus den Gipfel mit dem Eis sehen. Und so wie es in der Stadt zugeht, hat es ganz den Anschein, als hätten die Leute vom Eis gehört. Sie werden überall auf dem Hang herumschwärmen, wie die Bienen in der Flasche, weil sie herausfinden wollen, ob das Eis auch wirklich da ist. Und sie werden von den Hängen aus unser Feuer sehen.«
Die beiden Männer ließen sich das durch den Kopf gehen. Percy versuchte zu spät, einer ausgewaschenen Kuhle in der Piste auszuweichen; die Stoßdämpfer ächzten; der alte Kasten hüpfte durch das Loch; die Männer im Laderaum schrien zornig auf und schlugen mit den Köpfen gegen das Wagendach.
»Warten wir's ab«, schlug Percy vor. »Wenn wir Verstärkung brauchen, holen wir mehr Männer und ein paar Hunde.«
Wirrun war keineswegs beruhigt, aber er mußte einsehen, daß sich im Augenblick nicht mehr sagen ließ. Es blieb wirklich nur zu hoffen, daß ihre kleine Schar den Kampf gegen die Ninya ohne fremde Einmischung ausfechten konnte.
Als sie ankamen, wirkte der Ort in der Tat wie ausgestorben und zwischen den Berghängen weltabgeschnitten. Nur eine rauhe Piste führte am Ende der Bucht nach Osten und Westen. Percy kam von ihr ab und ließ den Transporter durch das offene Gelände rumpeln, bis sie die Mündung des Flüßchens erreichten. Sie waren jetzt nicht weit von der Stelle, an der das Bunyip Wirrun im Morgengrauen abgeliefert hatte, ehe es wieder im milchigtrüben Wasser versank. Er zeigte sie ihnen, und sie umstanden sie stumm und versuchten sich vorzustellen, daß hier das uralte und schreckliche Monster aufgetaucht war, um sich ausnahmsweise mit ihnen gegen das Eis zu verbünden. Dann ließen sie Sam, einen der jüngeren Männer, zur Bewachung des Wagens zurück und gingen daran, die Bucht zu erkunden.
Sie verlief nach Süden, war lang und schmal und in der Mitte geknickt, wie eine verbogene Flasche mit einem engen Hals.

Das Ostufer war flach und mit Gestrüpp bedeckt, an das beim Flaschenhals eine schmale Sandzunge grenzte. Das Westufer war ein grasbestandener Hügel, der jenseits des Sandstreifens in einem vorspringenden Felsen endete. An diese breite Klippe schäumte und brandete an der Meerseite die Gischt, und dort draußen standen und lagen auch die großen Felsbrocken, über denen bei Sonnenaufgang die Yauruks gekreist waren. Dorthin ging jetzt Wirrun mit den Männern. Bald standen sie auf der Hügelkuppe, die bis an den Steilhang der Klippen ragte. Hinter der gegenüberliegenden Sandzunge rollten die Wellen auf einen langen weißen Strand; aber unter ihnen prallten und wallten sie gegen eine große Felsplatte, die tief ins Wasser reichte. Die Flut war im Kommen. In breiten Streifen lappten die Wellen über die Rinnen, rannen in alle Vertiefungen und wurden wieder zurückgesogen. Vor dem Rand der Klippe stand die felsige Leibgarde. Die Wogen schlugen über ihnen zusammen, brachen sich, spritzten zwischen den einzelnen Brocken hoch und schäumten auf die Felsplatte.

»Einer von ihnen ist das Älteste Nargun«, sagte Percy. »Aber welcher?«

Wirrun schaute geradewegs hinunter zu der Stelle, an der die Felsen an den Hügel grenzten. »Ich möchte wissen, wie weit die Flut hereinkommt. Wir müssen hinuntergehen und das feststellen.«

Sie schauten ihn zweifelnd an.

Einer der jüngeren Männer sagte: »Können wir das Feuer nicht hier oben anzünden?«

»Das wäre sinnlos«, erwiderte Wirrun. »Ich hoffe, wir finden eine bessere Lösung. In diesem Hügel gibt es bestimmt jede Menge von Kavernen. Die Ninya würden einfach unter unseren Füßen durch das Gestein marschieren und sich von unten her bis an das Nargun heranmachen, ehe wir überhaupt merken, daß sie da sind.«

Sie zuckten mit den Schultern. Da hatten sie also eine Menge Holz zu schleppen.

»Wir müssen es nicht erst herauftragen und dann wieder hinunterbringen. Es gibt bestimmt einen direkten Zugang.«

Sie kletterten über den Hang. Er war fast so steil wie die Klippe. Geröllrinnen zogen sich zwischen nackten Felszacken oder krautüberwucherten Steinen dahin. An den Fuß des Hügels schmiegte sich ein schmaler mondförmiger Sandstreifen und reichte bis an das landeinwärts gerichtete Ende der Felsplatte, das hier in flachem Schwung zur See hin abfiel. Ein Saum aus feuchtem Treibholz, angeschwemmten Algen und Muscheln ließ erkennen, daß die Flut bei Höchststand nicht weiter als etwa einen Meter auf den Sandstreifen vordrang, und auch dann nur, wenn hin und wieder eine besonders hohe Woge über die Felsen geschäumt kam. Wie eine Mauer, die allen Senken und Steigungen folgt, reichte der Steilhang des Hügels von einem Ende der Klippe zum anderen.

Die Männer sahen sich um, wiesen nach allen Seiten und diskutierten eifrig.

»Wir werden eine Menge Arbeit haben, aber wir können es schaffen«, sagte Wirrun schließlich. »Weiter hinaus können wir nicht, sonst schwemmt uns die Flut das Feuer weg, doch hier müßte es gehen. Vier große Feuer, in gleichmäßigen Abständen am Fuß des Hügels, das sollte den Ninya den Zugang von der Landseite abschneiden, und ich glaube nicht, daß sie einen Angriff vom offenen Meer her riskieren werden. Es wäre natürlich besser, wenn wir noch mehr Feuer anzünden könnten, aber dazu fehlt es uns an Leuten. Vier also, mehr schaffen wir nicht. Und am besten fangen wir gleich an.«

»Wir haben nicht viel Zeit«, bestätigte Waratah und nickte.

Sie umrundeten den Hügel und gingen unten am Wasser zurück, um zu erkunden, wie weit der Transporter heranfahren konnte, und um genau festzulegen, wo sie die Holzstöße aufschichten wollten. Es ließ sich nicht vermeiden, daß sie die Äste und Stämme über eine gewisse Strecke transportieren mußten, zu den äußeren Feuern sogar ziemlich weit, aber die Männer hofften, auf der anderen Seite des Hügels ebenfalls einen Zugang zu finden, über den sie Nachschub für diese beiden Feuer bringen konnten.

Sie gingen zum Transporter und erläuterten bei einer ersten Dose Bier Sam ihre Pläne. Hinterher drangen sie mit dem Wagen im Schrittempo am Ostufer ins Unterholz vor und eskortierten ihn zu beiden Seiten. Sobald einer der Männer zum Anhalten mahnte, trat der Fahrer auf die Bremse, und alle liefen zusammen. Dann lag ein Baumstamm oder sperriges Astwerk im Weg, oder ein abgestorbener Stumpf. Die Äxte krachten im Takt, und die Späne flogen. Hier ging es nicht um saubere Arbeit; sobald das Hindernis beseitigt war, kam das Holz in den Wagen, und es war erstaunlich, wie bald der voll war. Drei Männer fuhren zum Westufer hinüber, um einen möglichst geeigneten Pfad zu finden - oder ihn sich zu bahnen - und das Holz abzuladen. Die anderen sechs hackten inzwischen weiter, damit eine zweite Ladung bereit war, wenn der Transporter zurückkam.

Als er ihn wieder kommen hörte, stützte sich Wirrun auf die Axt und schaute ihm entgegen. Bald würde er zwei Mann zum ersten Feuer schicken müssen; wie lang durfte er wohl noch abwarten ...? Ein seltsames Geräusch riß ihn aus seinen Gedanken. Da stimmte etwas nicht! Das Winseln des Motors vermischte sich mit einem tieferen Brummen ...

Der Wagen tauchte im Unterholz auf. Percy saß am Steuer, die beiden anderen Männer neben ihm; alle drei wirkten ernst und ernüchtert. Wirrun ging ihnen entgegen.

»Es kommt einer nach«, brummte Percy. »Er sagt, er will uns helfen.«

Wirrun erschrak. Hatte er nicht damit gerechnet, daß sich die Glücksjäger entweder einmischen oder das Ganze für ein Spiel halten würden? Da wollte also offenbar einer spielen.

Das tiefe Brummen wurde lauter. Ein Lastwagen mit offener Ladefläche tuckerte heran. Am Steuer saß ein Weißer, den Filzhut weit in die Stirn gezogen. Der Mann hatte ein fröhliches Gesicht mit tiefliegenden Augen und einem Mund, der sich

rasch verhärten konnte. Der Wagen blieb stehen. Wirrun legte die Hand auf den Zauber und trat näher.
»Tag«, sagte der Fahrer knapp. »Ich dachte, ihr könntet Hilfe brauchen. Meine Karre eignet sich besser als eure. Freut mich, euch so fleißig an der Arbeit zu sehen.«
Jetzt verhärteten sich Wirruns Lippen, denn diese letzte Bemerkung klang nur allzusehr nach den Auseinandersetzungen vergangener Tage.
»Wir nehmen Hilfe an, wenn sie ehrlich gemeint ist«, sagte er, und über George Morrows Gesicht huschte ein Lächeln: da hatte er jetzt eins aufs Dach bekommen.
Wirrun ging zu den Männern, die feindselig herüberstarrten. »Das ist ein Inländer«, gab er zu bedenken. »Leute wie er spielen nicht herum; sein Laster ist genau das, was uns gefehlt hat; wir sind nur zu neunt; wir können den Mann brauchen.«
Im Westen, hinter den Bergen, ging die Sonne unter. Die Zeit wurde knapp. Wortlos nahmen die Männer die Anwesenheit von George Morrow hin. Sie beluden den Kastenwagen ein zweites Mal und schickten ihn zurück. Die drei Männer sollten gleich bei den Klippen bleiben, die Feuer auslegen und Brennholz in Reserve stapeln. Die anderen blieben, um im Wald Holz für Morrows Laster zu schlagen.
Der große Wagen konnte jedesmal die vierfache Menge transportieren, und die Stämme mußten nicht eigens geteilt werden, um auf der Rampe Platz zu finden. Auch machten ihm das Gestrüpp und die Bodenunebenheiten weniger zu schaffen. George Morrow fuhr den Laster seelenruhig über Stock und Stein und brachte ihn näher an die beiden Ausläufer der Klippen heran, als dies ihrem eigenen Klapperkasten gelungen war. Mit dem gleichen Schwung führte er die Axt und vermied jede weitere scharfzüngige Bemerkung. Wenn zwischen ihm und dem Volk eine gewisse Verbitterung bestand, so vergaßen sie das für diesen einen Abend, denn jetzt ging es um das Land; und wenn die Kehlen trocken wurden, teilten sie auch das Bier mit ihm.

Bei Einbruch der Dunkelheit hatten sie an jedem Ende der Klippe einen großen Holzhaufen aufgestapelt und alle vier Feuer in Brand gesetzt. Die Männer aus dem Volk nickten einen stummen Dank, der Inländer nickte ebenso stumm zum Gruß und fuhr durch die Bucht davon. Die Anspannung löste sich, und die jungen Männer lachten wieder und lärmten und achteten nicht auf das Geräusch des Motors. Nur Wirrun, Percy und Waratah hörten genauer hin und merkten, daß George Morrow nur ein kleines Stück zurückgefahren war. Sie zogen die Stirn kraus und sagten nichts dazu.

Die Feuerkette leuchtete rot in die Abenddämmerung, und die Ebbe setzte ein. Aber immer noch schossen die Wellen heran und leckten zischend die Scheite, als wollten sie sie davonschwemmen. Neben jedem Feuer war Reserveholz aufgestapelt, das reichen würde, bis der Mond aufging; die müden Männer hatten also Zeit, zu essen und zu rasten. Sie holten ein paar brennende Äste aus einem der Feuerstöße, setzten sich in die Runde und brieten ihre Würste.

Wirrun nutzte die Gelegenheit, um sich ein wenig von den anderen abzusondern. Bei Sonnenuntergang, als die Feuer noch nicht so hell loderten und sich der Geruch des Kerosins mit dem Geruch der See mischte, hatte er nämlich die Mimi gesehen. Sie hatte oben auf dem Hügel auf einem Stein gesessen und verwundert in die Flammen gestarrt.

Zu diesem Stein ging Wirrun jetzt hin, setzte sich neben ihm ins Gras und wartete.

Gleich darauf war die Mimi da.

»Gefallen dir die Feuer?« fragte er stolz.

Sie rümpfte die Nase. »Wer das Feuer besitzt, hat ein Recht, es brennen zu lassen. Es wird fremde Augen anziehen.«

Wirrun zuckte wortlos mit den Schultern. Er teilte ihre Befürchtung.

»Ich habe dir eine heiße Kartoffel mitgebracht«, sagte er schließlich.

»Und ich habe eine Krabbe gegessen«, erwiderte sie würdevoll,

nahm die Kartoffel aber trotzdem. Als sie sie auseinanderbrach, fügte sie hinzu: »Krabben sind arme Geschöpfe.«
Sie aßen gemeinsam und lauschten in die Dunkelheit jenseits der Feuer.
»Sind andere in der Nähe?« fragte Wirrun.
»Viele. Die Schatten kommen und gehen. Der Wind heult durch die Felsen, und die Kälte kommt.«
»Wo wirst du dann schlafen?«
»In einem Stein, wie du mir letzthin geraten hast.«
Wirrun schaute zu den Klippen hinüber, wo sich schwarze Umrisse vom schwankenden Schimmern des Wassers abhoben. »Und deine Augen können nicht erkennen, deine Ohren können nicht hören, welcher von ihnen das Nargun ist?«
Sie spähte über die lodernden Flammenzungen in die Dunkelheit.
»Es ist keiner von denen, die meine Augen sehen und meine Ohren hören«, sagte sie. »Aber das eine, das Älteste, ist dort draußen.«

2. Kapitel

Die Nacht wurde dunkel und kalt, aber die großen Feuer hielten Dunkelheit und Kälte ab. Wirrun war sicher, daß man sie aus der Entfernung für einen großen Buschbrand halten mußte, der außer Kontrolle geraten war, und er machte sich erneut Sorgen. Die See grollte. Die Sterne waren nahe und warteten auf den Mond. Die Feuer warfen einander die große, rote Hitze zu und sprangen mit goldenen Flammen den Sternen entgegen. Das schwarze Wasser fing und verlor ihr Licht.

Die Männer liefen einstweilen noch planlos zwischen den Holzstößen hin und her, wischten sich den Schweiß aus den Gesichtern und waren froh, zwischendurch ins kühle Dunkel hinter den Feuern fliehen zu können. Wirrun aber lehnte sich an einen warmen Felsen und döste nach den Anstrengungen des langen Tages fast unverzüglich ein. Die Männer stopften ihm eine zusammengelegte Decke unter den Rücken und gönnten ihm die Ruhe. Bald lagen auch fünf andere auf ihren Decken, schliefen – oder versuchten zu schlafen –, um einander später bei der Wache abzulösen. Es genügte, wenn jeweils drei Männer das Feuer versorgten.

Am Ende der Bucht saß George Morrow. Auch er blieb wachsam. Zwar war ihm nicht klar, was dort unten vor sich ging, aber es kam jedenfalls aus dem Land und war daher jede Hilfe wert. Wie gut, daß George sich auf eine frühzeitige Abreise eingestellt hatte und daher alles, was er für die lange Nacht im Freien brauchte, in der Kabine des Lasters finden konnte. So begnügte er sich damit, den Wagen an einer günstigen Stelle zu parken, wo man ihn hinter den Bäumen nicht sehen konnte, ein paar nützliche Sachen mitzunehmen und langsam in die Bucht zurückzuschlendern.

In einem stimmte George mit Wirrun und der Mimi überein: Die Feuer lockten fremde Blicke an. Früher oder später würden die Glücksjäger auftauchen, sich wichtig machen, alles erkunden und ins reine bringen wollen. Warum konnten sie sich nicht mit ihren selbstgefälligen Wundern begnügen und das Volk gewähren lassen? Immerhin, dazu wollte George beitragen, so gut es ging.

Langsam und bedächtig folgte er dem Weg und näherte sich dem Hügel am Westufer und dem Feuerschein hinter den Klippen. Bald fand er die Stelle, von der aus man, nur wenige Schritte neben der Piste, die Feuer und die Männer erstmals voll im Blick hatte. Jeder Neugierige würde hier anhalten, den Weg verlassen und erkennen, daß dort vorn Leute vom Volk waren und Feuer abbrannten.

Zufrieden setzte George seine Last ab und richtete seinen Beobachtungsposten ein: Den kleinen Klapptisch, den Liz sich für das Zelt gewünscht hatte. Die starke, batteriebetriebene Leuchte für nächtliche Arbeiten im Freien oder bei Pannen unterwegs. Den Kassettenrecorder, Bills Geburtstagsgeschenk. Das Schulheft aus dem Lastwagen, das er als Fahrtenbuch führte und in das er auch Reparaturen und Einkünfte aus Lohnfuhren eintrug, die ihm halfen, die Betriebskosten zu senken ...

Er knipste die Lampe an und betrachtete zufrieden das Resultat. Es sah nicht besonders aus, aber doch irgendwie förmlich. Vor allem der Kassettenrecorder war ein Glücksfall. Zuletzt band sich George einen Schlips um. Mehr hatte er nicht, um sich zu verkleiden; trotzdem war die Wirkung beachtlich.

Er machte es sich auf der Wiese bequem, aß den Spezialkäse, den Liz bestellt hatte, und trank aus der Thermoskanne.

Es war noch nicht einmal ganz finster, als das Geräusch eines Geländewagens den ersten Eindringling ankündigte. Zwischen den Bäumen stachen die Scheinwerferkegel in das Zwielicht. Kurz darauf näherten sich schwere Schritte auf dem Weg: da kam jemand ohne Begleitung. Als die Schritte zögerten und die Piste verließen, knipste George die Lampe an und richtete ihren Strahl auf den Besucher. Ein Polizist blinzelte ihm mißtrauisch entgegen. George stellte die Lampe auf den Tisch, ließ sie aber leuchten und ging in ihrem Schein auf den Uniformierten zu.

»'n Abend, Wachtmeister.«

»Guten Abend«, sagte der. Er musterte George von Kopf bis Fuß, betrachtete den gut beleuchteten Tisch, den Kassettenrecorder. Dann wandte er sich ab und starrte zu den Feuern und den tanzenden Schatten der Männer hinüber.

»Keine Gefahr«, sagte George. »Dort unten kann nichts in Brand geraten. Uraltes Brauchtum. Eine Meeresbeschwörung. Dauert wahrscheinlich die halbe Nacht. Sobald es richtig losgeht, nehm ich die Gesänge auf Band auf.«

»Ach ja? Würden Sie mir verraten, wer Sie sind?«

»George Morrow. Anthropologe. Glück muß man eben haben! Eine einmalige Gelegenheit, kann ich Ihnen sagen. Wenn die Aufnahmen gelingen, werden sie weit über alle Grenzen Aufsehen erregen.«

»Ach ja? Hm, leider hat man verabsäumt, uns rechtzeitig zu verständigen. Das hätte Ihnen die Beantwortung meiner Fragen erspart, und außerdem wären wir in der Lage gewesen, Ihnen unerwünschte Zaungäste vom Leib zu halten.«

Damit hatte George nicht gerechnet. Er blinzelte dem Polizisten zu. »Wie? Was? Hat sich denn der junge Clark nicht mit Ihnen in Verbindung gesetzt? Das wäre ja ... nein, das wäre ja entsetzlich. Ich hab mich schon gewundert, warum Sie so plötzlich hier auftauchten. Also, als ich vor einer Woche loszog, hatte der Mann seine ganz präzisen Anweisungen – aber er ist eben noch nicht lange bei uns und überhaupt nicht gerade der Schnellste. Tja, wir werden uns natürlich bei Ihrem Chef brieflich für diese Unterlassung entschuldigen; nur kommt mir das alles jetzt sehr ungelegen – diese Zeremonie findet nämlich nur statt, wenn die Sterne günstig stehen, das heißt: so etwa alle fünfundachtzig Jahre einmal. Deshalb konnte man die Gesänge bisher ja nicht aufzeichnen. Was das für einen Aufschrei geben wird, wenn diese Aufnahmen an einer organisatorischen Panne scheitern sollten!«

Der Polizist wurde unsicher. An einem Aufschrei war niemandem gelegen. Er kramte nach seinem Notizblock, ging zum Tisch, riskierte noch einmal einen Blick auf den Kassettenrecorder und das Logbuch und sagte: »Darf ich mir bitte für einen Augenblick die Lampe ausborgen? – George Morrow, Anthropologe. – Adresse?«

George erfand rasch eine Anschrift in Perth.

»Tut mir leid, Mr. Morrow, aber ich muß natürlich eine Meldung erstatten. Übernehmen Sie die Verantwortung für das Betragen dieser Männer?«

»Aber mit Vergnügen! Lauter prächtige Leute. Warum überzeugen Sie sich nicht selbst und reden mit ihnen? Aber bitte beeilen Sie sich! Sobald der Zauber nämlich losgeht, darf kein Fremder in der Nähe sein, sonst wird das Ritual schleunigst abgeblasen, und dann müssen wir noch einmal fünfundachtzig Jahre warten.« George schaute nervös auf die Uhr.

Der Polizist blieb eine Weile stehen und betrachtete die Feuerstelle – die eine, die man von hier aus sehen konnte – und die Männer. Seiner Ansicht nach trugen sie bloß Holz hin und her. Keine Anzeichen von verbotenen Tänzen oder Saufgelagen. Und diese Wissenschaftler konnten in ihrem Eifer tatsächlich lästig werden . . .

»Ich nehme Sie beim Wort!« sagte er.

Höflich begleitete George den Wachtmeister ein Stück auf den Weg.

Die nächste Störung kam eine halbe Stunde später und diesmal vom anderen Ende der Straße. Ein einzelner Wagen, aber zum Bersten vollgestopft mit Glücksjägern. Alle waren mit Notizbüchern und Thermometern bewaffnet, denn sie kamen gerade vom Berg, auf dem sie Isothermen ausgemessen hatten. Sobald er ihre Stimmen hörte, wußte George, daß eine zeremonielle Meeresbeschwörung für sie das höchste der Gefühle gewesen

wäre. Eilig trug er den Tisch ein Stück näher zum Weg und knipste gleich die Lampe an.
»Schönen guten Abend«, rief er, kaum daß die Schar aus dem Wagen geklettert war. »Die Eintrittskarten, bitte!«
»He, was soll das?«
»Ihr habt noch keine Karten?«
»Aber woher, Mann? Uns hat keiner was von Karten gesagt. Was soll denn der Spaß kosten?«
Sicherheitshalber ging George mit dem Preis ziemlich nach oben. »Sechs Dollar pro Kopf und Nase«, sagte er. »Zehn Personen, das macht sechzig Dollar. Wollt ihr . . .«
»Was? Sechs Dollar für ein lumpiges Lagerfeuer? Was ist denn hier überhaupt los?«
»Experimentelles Schwarzes Freilufttheater. Eine äußerst kostspielige Sache. Wir können es leider nicht billiger machen. Allein die Platzwahl . . . – wir brauchen ja eine Naturkulisse, die nur von den Sitzplätzen aus eingesehen werden kann. Na, und dann die Transportkosten . . .«
Der junge Mann an der Spitze fiel ihm ins Wort und krähte laut: »Hat einer von euch für diesen Scheiterhaufen sechzig Dollar zu verjubeln?« Die anderen buhten und grölten und lachten. »Tut mir leid, Mann, da haben Sie soeben zehn Gönner vergrault. Kommt, Leute!«
»Mir tut's auch leid«, sagte George mit gespieltem Bedauern. »Heutzutage hat alles seinen Preis. Warum will dann jeder ausgerechnet die Kunst geschenkt haben?«
»Sechzig Dollar, das nennen Sie geschenkt?« rief einer zornig. »Dafür, daß wir uns auf ein paar Felsen hocken?« Die Wagentüren knallten zu.
George wischte sich den Schweiß von der Stirn. Beinahe hätte er die Sache versaut. Diese Leute wären womöglich tatsächlich bereit gewesen, für ein Experimentelles Schwarzes Freilufttheater inklusive Lagerfeuer sechzig Dollar springen zu lassen. Diesen Trick behielt er sich besser für ältere Semester vor.
Er widmete sich wieder dem Käse und überlegte. Fürs erste würde

bald Ruhe sein, und er konnte ein Schläfchen riskieren, denn mittlerweile hielt bestimmt eine eifrige Polizeistreife alle Schaulustigen an und schickte sie zurück. Und zu so vorgerückter Stunde würde daraufhin kaum jemand die sichere Straße verlassen und sich auf Schleichwegen in die Bucht wagen. Da war schon eher damit zu rechnen, daß einer die Wachstube anrief und den Feuerschein meldete – so gesehen war es ein Glück, daß man dort nun bereits informiert war. Die größte Gefahr drohte jetzt von einsamen Wanderern, die nicht auf der Straße gingen, sondern auf den zahlreichen Trampelpfaden in der Bucht landen konnten.
Erst um neun Uhr tauchte das nächste Auto auf, und zwar aus der Richtung, aus der die jungen Leute gekommen waren. Im Scheinwerferlicht konnte George ein aufwendig gekleidetes Paar mittleren Alters erkennen. Er knipste die Lampe an, setzte sich in Positur und überlegte fieberhaft, wie er sich nun verhalten sollte, denn er hatte keine Ahnung, was die beiden von einer heidnischen Meeresbeschwörung, von Experimentellem Freilufttheater oder auch nur von einem Saufgelage halten würden. Also beschloß er, auf Nummer Sicher zu gehen.
»Guten Abend!« begrüßte er sie und grinste einladend, als sie nach den Feuern und den Männern die Hälse reckten. »Wollen Sie mitmachen? Gute Idee! Das muß man einfach erlebt haben!«
Das Paar zögerte. Der Mann sagte: »Ich weiß nicht, ob wir so viel Zeit haben. Was gibt es denn hier überhaupt?«
»Schlangenbraten«, sagte George.
»Schlangen?« rief die Frau. »Dort unten? Bei den großen Feuern?«
»Ja, Seeschlangen«, sagte George und dankte seiner plötzlichen Eingebung. »Das Feuer lockt sie ins seichte Wasser. Oft ganz seltene Exemplare, und eines wie das andere höchst gefährliche Biester. Wenn alles gutgeht, bekomme ich ein paar für meine Sammlung. Jammerschade, daß ich nicht selbst sehen kann, wie die Burschen sie abmurksen.«
»Warum gehen Sie dann nicht hin?«

»Tja, wahrscheinlich nur aus einem dummen Vorurteil. Wenn sie Schlangen braten, muß man nämlich mitessen, sonst sind die Leute beleidigt. Nicht, daß mir das etwas ausmachen würde; ich habe schon oft Schlangen gegessen. Aber diese Seeschlangen sind wahnsinnig giftig. Im Dunkeln hat man rasch einen Biß weg, ohne daß es einer sieht. Und dann ist man womöglich geliefert. Aber Ihnen wird das schon nicht passieren. Die Abos da unten überleben's ja auch; also lassen Sie sich nicht von dem Spaß abhalten. Ich habe nur einfach schon zu viele Erfahrungen mit Schlangen gemacht; da wird man vorsichtig.«

»Ich glaube nicht, daß wir Lust haben, uns heute nacht einem derartigen Risiko auszusetzen«, sagte der Mann. »Was meinst du, Schatz?«

Sie nickten ihm einen kühlen Gruß zu und gingen zu ihrem Wagen.

George mußte lächeln, als er ihnen nachschaute. Noch nie hatte er an einem einzigen Abend so viele Glücksjäger vergrault.

Es bot sich ihm auch keine weitere Gelegenheit dazu. Eine Stunde später holte George ein paar leere Säcke vom Laster, suchte ein weiches Plätzchen zum Liegen und rollte sich ein. Er war sicher, daß keine Gefahr mehr drohte. In die Stadt wollte er jetzt nicht zurückfahren, denn es bestand immerhin die Möglichkeit, auf der Straße dem Polizeiwachtmeister zu begegnen. George würde eben in ein paar Stunden steif und durchfroren aufwachen und erst dann aufbrechen.

Von seinem Platz aus konnte er noch immer die Feuer sehen; und wenn die Männer nachlegten, stob eine Wolke roter Funken auf. Die Leute verhielten sich ziemlich ruhig; sie wußten, was zu tun war, ob nun dabei etwas herauskam oder nicht. Wenigstens hatte er ihnen das Spiel nicht verdorben.

Der Mond war aufgegangen. Die See wand sich wie eine silberschwarze Schlange. Immer wieder stieß sie auf die Feuer zu und mußte zurückweichen. Sie war der Urahn aller Schlangen und grollte wie ein zorniger König. George hatte das Pärchen nicht angelogen: Die See war ein höchst gefährliches Biest. Aber die

Männer aus dem Volk traten ihm mit ihren Feuern entgegen, und das Land begegnete ihm mit der unerschütterlichen Ruhe eines allerersten Narguns. George Morrow war bloß ein Inländer, aber sogar er empfand diese unerschütterliche Ruhe, selbst dann noch, als er sich auf dem Land ausstreckte und einschlief.
Die Schatten umringten ihn und zogen weiter. Auch sie sahen dorthin, wo sich die Wellen schlängelten und kringelten; wo sich die Felsen duckten; wo die Feuer aufloderten; wo das Uralte, das Älteste, das Nargun, das Land behütete. Die Schatten wanderten und wachten: ein Zusammenfließen und Auseinandergleiten von Dunkelheit unter dem Mond. Sie sahen, wie die Feuer das Nargun behüteten und der heiße rote Schimmer in die Kälte des Mondlichts drang. Die Thinan-malkia sammelten ihre Netze ein. Die Yauruks flatterten hoch über dem wogenden Leib der See den Walen entgegen. Das große Felsmonster aus der Höhle schleppte sich langsam hügelan. Die winzigen Geisterwesen flohen in die Wälder. Das Bagini, die betörende Weibsgestalt, schärfte lächelnd die Klauen.
Das Älteste Nargun lag unter den Wellen und spürte den Gang der Gezeiten. Es wandte seine leeren Augen vom Mond ab und dem zitternden roten Schein auf den Wassern zu. Er erinnerte das alte Biest an die feuerspeienden Berge und den goldenen Brand der Sonne und die heiße, heimliche Ahnung kommenden Lebens. Das Nargun stemmte sein Gewicht gegen den kalten Sog der See und stieß seinen klagenden Ruf aus.
Die Ninya saßen dichtgedrängt und sammelten ihre Kräfte. »Wie langsam das Meer gefriert!« knurrten sie leise.

3. Kapitel

Wirrun erwachte gegen Mitternacht. Seine Glieder schmerzten vom Liegen auf den harten Felsen. Das rote Licht der Feuer verwirrte ihn zunächst, aber schon im nächsten Augenblick hatte er sich wieder zurechtgefunden und schaute zu den Männern hinüber. Sie arbeiteten zu dritt, schwarze Gestalten vor zuckenden Flammen. Einer bückte sich über die Glut, die beiden anderen schleppten Holz herbei. Als Wirrun sich aufrappelte, gaben sie einander Zeichen, und der Mann am Feuer zog sich auf den Hang zurück und legte sich dort nieder. Sie hatten Wirrun über die Zeit schlafen lassen.

Er ging Holz holen, um nachzusehen, wie es um ihre Vorräte stand. Der Inländer hatte ihnen wirklich einen guten Dienst erwiesen: der Stapel von Stämmen und Ästen war kaum auf die Hälfte geschrumpft. Der Nachschub würde bis zum Morgen reichen, um so mehr, als die Feuer jetzt nicht mehr so hoch brannten, sondern auf hellglühende und am Boden karminrot glosende Haufen geschrumpft waren. Nur wenn frisches Holz nachgelegt wurde, züngelten die goldenen Flammen auf und stoben die Funken. Die Felsränder waren in der Hitze zu Schuppen geborsten.

Wirrun stellte sich zwischen zwei Feuer, dorthin, wo die Männer auf zusammengelegten Decken schliefen. Trotz der beträchtlichen Distanz war selbst hier die Wärme beider Feuer zu spüren.

Die schweren Stämme mußten von den Enden der Klippe über eine weite Strecke herangeschleppt werden. Die Männer arbeiteten bedächtig und gleichmäßig und wechselten nur im Vorbeigehen ein paar halblaute Worte. Wirrun hatte sich Sam und Percy angeschlossen. Leise wies er darauf hin, daß sie vor allem auf die beiden äußeren Feuer achten mußten, denn eher noch als mittendurch würden die Ninya versuchen, an den Rändern vorbeizuschlüpfen. Aber im Laufe der Nacht, als der Mond unterging, machte Wirrun sich immer häufiger an jenem Feuer zu schaffen, das ganz am Ende der Klippe und am Rand der Felsplatte der schmalen Öffnung der Bucht zugewandt war. Zuletzt blieb er ganz dort und überließ die drei anderen Sam und Percy. Manchmal erhaschte er durch die zuckende Röte einen Blick auf eine zaundürre Gestalt: die Mimi ging von Feuer zu Feuer. Flammen hatten sie ja schon immer angezogen.

Hinter den Bergen ging der Mond unter, und die Sterne schwangen sich bis zu den Flammenzungen herab. Die Stunden der Morgenkälte waren angebrochen; das spürte Wirrun trotz der Hitze, die ihn umgab. Die Flut drängte mit breiten, schwarzen Wellen bis an die glosenden Ränder. Sie hatte ihren höchsten Stand erreicht; bald würde sie wieder fallen. Die Kälte nahm beißend zu. Wirrun verdoppelte seine Anstrengungen. Er schaute zu Sam und Percy hinüber, um zu sehen, wie sie auf den Temperatursturz reagierten, aber sie arbeiteten in unverändertem Rhythmus weiter. Einmal rasteten sie kurz, und über das Stampfen der See konnte Wirrun sie kichern hören. Die Kälte war also nur hier so stark. Wirrun schleppte ein paar große Stämme heran und ließ das Feuer erneut hoch auflodern. Die Mimi kam, kniete sich vor die Glut und starrte mit großen, ernsten Augen hinein.

Mich friert! stöhnte die schwer lastende Dunkelheit in seinem Rücken.

»Mehr schaffe ich nicht!« keuchte Wirrun und wuchtete noch einen Stamm in das Feuer. Er schuftete weiter, und die Mimi beschwor mit ihrer ganzen Kraft den Brand.

Nach einiger Zeit schien die Kälte nachzulassen. Auch das Mondlicht hatte sich geändert; der nahende Tag weichte es auf. Wirrun gönnte sich eine kurze Pause und trat einen Schritt vom

Feuer zurück. Sobald der Schweiß auf seinem Gesicht und der Brust getrocknet war, spürte Wirrun nur noch die morgendliche Kühle. Die plötzliche scharfe Kälte war gewichen.
»Sie ist weitergezogen«, sagte die Mimi. Aber sie rührte sich dabei nicht vom Fleck und starrte nach wie vor in die Flammen.
Wirrun setzte sich erschöpft auf einen Stein. Er sah, daß Sam und Percy, ohne ihre Arbeit zu unterbrechen, immer wieder zu ihm herüberschauten. Schließlich kam Percy zum benachbarten Feuer und bemerkte: »Eines brennt aber besonders gut. Frißt eine Menge Holz, was?«
Wirrun wußte, daß das ein versteckter Vorwurf war.
»Allerdings«, sagte er zur Entschuldigung. »Aber auf einmal ist es ganz kalt geworden. Ist euch das denn nicht auch aufgefallen?«
»So ist das nun einmal am Morgen«, sagte Percy und ging zum Holzstapel. Wirrun schloß sich ihm an, um das Ausmaß des Schadens zu erkunden. Die Flut fiel; eine einsame Wasserzunge leckte gemächlich aus der Schwärze heran.
Im ersten Licht der Dämmerung ragte der dunkle Haufen noch immer hoch auf, aber Wirrun hatte tatsächlich in die dem Feuer zugewandte Seite eine tiefe Bresche geschlagen. Er ging um den Stapel herum, um auch die andere Flanke zu betrachten, da rutschten ihm plötzlich die Beine unter dem Leib weg.
Eis! dachte er und verhedderte sich im Sturz. Da war noch etwas auf dem Felsen zwischen dem Holzstapel und dem Wasser! Zornig rief Wirrun nach Percy, während er langsam auf die Knie kam und im Halbdunkel herumtastete.
Die Thinan-malkia hatten ihre Fallschlingen ausgelegt! Aber die Netze waren blankgefroren und zerbrochen.
»Ist das Eis?« fragte Percy über ihm. Wirrun schaute zu ihm auf und sah, wie er sich bückte und auf den Boden griff. Hinter dem Holzstapel tauchte Sam auf.
»Sie haben es geschafft. Sie sind durch!« sagte Wirrun mit schwerer Stimme. »Holt die Männer – aber seid vorsichtig. Hier bricht man sich leicht ein Bein.«

Die Mimi hatte recht behalten; die Kälte war tatsächlich weitergezogen. Sie hatte sich um den Rand der Feuerkette geschmuggelt – hinaus auf die Felsplatte, vor der irgendwo das Älteste Nargun lag. Allen Bemühungen zum Trotz hatten die Ninya gewonnen.

Die Männer kamen, wachten erst im Laufen richtig auf, schauten, tasteten den Boden ab.

»Wer hat diese Netze gelegt?« fragte einer.

»Wir kämpfen nicht allein«, erwiderte Wirrun. »Ihr wißt selbst am besten, wer das war. Rasch, wir müssen so dicht am Wasser wie nur möglich Feuer anzünden! Gebt acht, damit ihr nicht ausrutscht!«

Er kniete am Rand der Felsplatte, über die in langen Wellen die See an die Klippen und in die Öffnung der Bucht brandete. Mit äußerster Anstrengung versuchte er im fahlen Licht etwas zu erkennen.

Kalt war es hier. In den schmalen Rinnen und Ritzen lag Eis. Eine Welle kam, wusch die Eishaut vom Stein und trug sie hinaus aufs Meer. Wirrun war beunruhigt: das Wasser rann zäh und träge, statt rasch und kräftig in den Sog der Ebbe gezogen zu werden. Und weiter draußen, wo die Felsplatte ans offene Meer grenzte, spritzten die Schaumkronen in der Strömung nicht so hoch auf wie sonst.

Wirrun erinnerte sich daran, wie rasch die Ninya ans Werk gehen konnten, und ihre Kälte kroch ihm durch Mark und Bein.

Die Männer schleppten Holz ans Wasser und kamen mit den Kerosinkanistern gelaufen. Drei riefen: »Wir holen Nachschub!« und rannten zum Transporter. George Morrow, der bis in den frühen Morgen geschlafen hatte, hörte das Geschrei, sah den Wagen kommen und spurtete zum Laster. Wirrun fürchtete, daß sie in der allgemeinen Verwirrung nur Arbeitskraft verschwendeten, rief nach Waratah, und gemeinsam schritten sie die Klippe ab.

Sie fanden Eis in Kuhlen und kleinen Tümpeln; auch der Rand der Felsplatte war frostüberkrustet – zum Glück bisher nur der

Rand. Das Eis war in der Mündung der Bucht entstanden und hatte auf seinem Vormarsch zum Meer das Westufer gestreift.

»Wenn sie weiterhin hier durchkommen«, sagte Wirrun grimmig, »nehmen sie uns von der Meerseite her und die Klippe entlang in die Zange. Wir müssen also unsere neuen Feuer unmittelbar ans Wasser bauen und Schritt um Schritt erweitern.«

»Dann sind aber die alten sinnlos geworden«, gab Waratah zu bedenken.

»Sie haben ausgedient. Wir können sie auflösen und die Reste niederbrennen lassen.«

Die Männer nahmen starke Äste zu Hilfe, um die glosenden Stämme der großen Feuer näher ans Ufer zu rollen; und jene, die den Transport über die Wasserlöcher und Rinnen einigermaßen trocken überstanden hatten, wuchteten sie gleich in die neuen Feuerstellen. Wirrun, der mit den anderen hin und her hastete, sah, wie die Mimi von einem Glutnest zum nächsten ging und es anfachte.

Der Lastwagen näherte sich mit röhrendem Motor. Wirrun lief hin, um beim Abladen zu helfen. Die Plattform war kaum bedeckt; die Männer hatten bloß in aller Eile die Überreste vom Vorabend eingesammelt. George Morrow half kräftig mit, und Wirrun nützte die Gelegenheit, ihn anzusprechen.

»Mir ist nicht entgangen, daß Sie in der Nähe geblieben sind.«

»Ich dachte, ihr könntet Besucher bekommen.«

Deshalb also waren die Schaulustigen ausgeblieben! »Sie haben die Leute abgewimmelt?«

George grinste und beförderte mit Schwung einen großen Ast vom Wagen. »Ich hab ganz schön geflunkert.« Seine Augen schlossen sich zu schmalen Schlitzen, als er den Blick über die Klippe streifen ließ. »Ist das Eis? Gib mir drei Mann und vier Äxte mit, und wir sind gleich wieder mit Nachschub da, ehe ich mich endgültig auf die Socken mache. Viel Glück!«

Wirrun gab den Auftrag an Sam weiter, weil er selbst nach dem Eis sehen wollte. Er schritt das ganze Ufer ab, sah sich nach allen Seiten um, rutschte auf dem glatten Boden aus, rappelte sich wieder hoch; und überall dort, wo das Eis besonders stark auftrat, ließ er Feuerstellen errichten. Die Männer beeilten sich, stolperten, trieben einander mit lauten Rufen an. Bald war die Klippe über die gesamte Länge von Rauchschwaden und Dampfwölkchen gesäumt, und die Feuer zischten, wenn die Wellen an sie heranschwappten.

Nur zu bald erkannte Wirrun jedoch, daß sie hier keine wirkliche Schlacht zwischen dem Eis und dem Feuer austrugen, sondern sich bloß auf ein sinnloses Scharmützel an den Flanken eingelassen hatten. Schon erstreckte sich die Eiskruste über die ganze Felsplatte; Eisschollen trieben heran und backten sich fest. Wirrun sah ein, daß sie jetzt nur noch Kraft und Holz verschwendeten, um sich zu verteidigen, statt mutig anzugreifen.

Er erinnerte sich an die beiden grünäugigen salzweißen Gestalten, die ihm aus der Höhle entgegengeschimmert hatten. Das war es! Er mußte die Eismacher selbst aufspüren und mit dem Feuer bannen, bis die Männer vom Mount Conner kamen – wenn sie doch nur schon da wären! Er mußte genauer als bisher und mit mehr Weitblick Ausschau halten. Nein: er mußte endlich Einsicht gewinnen!

Wirrun überließ die Feuer den Männern, kletterte auf einen höher gelegenen Felsen, nahm den Zauber des Volks in beide Hände, hielt die Augen offen und wappnete sich mit Geduld. Vielleicht würde es ihm jetzt gelingen, wenn schon nicht die Ninya, dann doch das Nargun zu sehen ...

Da war nichts in den Rinnen und Wassertümpeln zu seinen Füßen; bis dorthin war das Eis ja noch nicht vorgedrungen. Schwere Schollen trieben zäh auf dem Wasser; aber sie waren längst nicht groß und fest genug, um die Männer oder ein Feuer zu tragen. Und zwischen den großen Felsen vor der Klippe ... was war das? Was glitzerte dort?

»Ich Narr!« rief Wirrun. »Bin ich denn blind gewesen?«

Natürlich! Das war die Stelle! Nur diese Felsen waren groß genug, daß sich ein Nargun oder die Ninya darin verstecken konnten; und um diese Felsen war das Meer am dichtesten mit

Eis bepackt. Aber gerade dieses Eis, das die Felsen bedrohte, gab ihm die Möglichkeit zum Gegenangriff, denn es hielt Wasser und Wellen ab und schloß eine Brücke zum Ufer. Jetzt konnte er auch dort Feuer legen, wo das gestern abend noch nicht möglich gewesen war. Die ersten beiden brannten ohnedies bereits knapp vor der Klippe. Zunächst mußten die Männer also den ganzen Abschnitt mit Feuern abriegeln – und dann konnten sie Schritt um Schritt weiter vordringen. War es ihnen erst einmal gelungen, die Felskante zu halten, konnten sie das Älteste verteidigen, das dort im Verborgenen lag.

Wirrun lief ans Ufer zurück und schickte die Männer ans Werk. Jetzt, da sie einen Plan hatten, schufteten sie mit verdoppeltem Eifer. Die zweite Holzladung traf ein und wurde in die neue Feuerkette geworfen. Dann drangen die Männer zwischen den Feuern vor und errichteten näher an den Felsen die nächste.

Wirrun nahm die Hand nicht vom Zauber und ließ die Augen nicht von den Felsen. Er dachte an das Weben der Schatten und das heimliche Sichbewegen jenes anderen Narguns in jener anderen Höhle.

Es ist groß an Gestalt und Macht. Welcher Felsen war es?

Er nahm nicht an, daß sie mit ihren Feuern den Zorn des Ältesten erregten, das ja selbst die Kraft des Feuers besaß. Aber er wollte auch nicht, daß das Monster ausgerechnet einen jener Männer zerschmetterte, die gekommen waren, es zu retten. Wirrun hielt den Zauber fest und starrte auf die Felsen. Ihre Flanken begannen wie Gold zu schimmern, als wendeten sie ihr steinernes Gesicht der aufgehenden Sonne zu. Die Ebbe hatte ihren tiefsten Stand erreicht, und hinter den Felsen lag träge die glatte See und bedeckte sich immer rascher mit einer Eiskruste. Am Ufer liefen die Männer hin und her und brachten frisches Holz . . .

Da hörten sie aus der Bucht Motorengeräusch. Das war nicht der Transporter, auch nicht der Lastwagen des Inländers. Waren die Männer vom Mount Conner gekommen?

Für einen Augenblick schlug Wirruns Herz höher – aber dann rief Percy ihm zu:

»Das ist der Holden. Sie haben den alten Johnny gebracht!«
Wirrun und Percy gingen ihnen am Fuß der Klippe entgegen. Sie umrundeten die kleinen Tümpel und sprangen von Stein zu Stein über die Rinnen und Spalten, bis sie den Hang am Westufer erreicht hatten. Dort stießen sie auf Fred und Butcher, die sich aufmerksam in die Spuren und Zeichen der Schlacht vertieften – und auf den alten Johnny Wuthergul, der aufmerksam Wirrun betrachtete.
Er war tatsächlich uralt: das Gesicht voller Runzeln und Falten, die Haut braun wie Schießpulver, Haare und Bart schlohweiß. Wie bei den meisten Alten aus dem Volk verrieten sein Lächeln und seine Augen Milde und Weisheit – doch über Wirrun zeigte er sich etwas überrascht. Er sagte aber nichts; erst wollte er hören, was dieses halbe Kind von ihm erbat.
»Das Eis hier«, sagte Wirrun, »hat es auf das Land abgesehen. Aber zuvor wollen die Ninya das Älteste Nargun einfrieren, um zu verhindern, daß es mit der Kraft des Feuers ihre Pläne durchkreuzt. Kannst du mit dem Nargun reden? Kannst du ihm sagen, es soll sein Feuer spucken und die Ninya abschütteln?«
Der alte Johnny lächelte. »Zeig mir den Zauber, den du angeblich besitzt, mein Junge!« forderte er.
Wirrun löste ihn vom Gürtel und legte ihn dem Alten in die Hand. Der schien in einem Traum zu versinken. Langsam und bedächtig rollte er den Zauber zwischen den Fingern, immer und immer wieder . . . Zuletzt gab er ihn zurück.
»Du bittest mich, mit dem Ältesten zu sprechen?« Er schüttelte den Kopf.
»Eis – mitten im Sommer!« beschwor ihn Wirrun. »Da draußen gefriert die See! Wecke das Nargun, rufe es, ehe die Ninya es im Frost erstarren lassen! Hoffentlich ist ihnen das nicht ohnehin längst gelungen.«
»Kaum zu glauben«, sagte der alte Johnny und schüttelte lächelnd den Kopf.
»Heißt das, daß du gar nicht mit ihm reden kannst?«
Der Alte richtete sich würdevoll auf. »Mein Vater hat mir's bei-

gebracht. Und sein Vater ihm. Und so bis in Urväterzeiten. Keiner weiß, wer der erste war . . . Du wartest hier, mein Junge.«

»Aber da unten ist alles vereist«, sagte Wirrun. »Du könntest fallen.«

»Ich muß das allein machen.«

»Soll ich die Männer wegschicken?«

Der alte Johnny schaute geringschätzig auf die Männer und die Feuer und schüttelte den Kopf. »Du wartest hier«, wiederholte er und schlurfte davon.

Wirrun gehorchte, denn im Gegensatz zu den andern aus dem Volk war er nicht von ihrem Stamm; aber er gab Percy und Fred und Butcher heimliche Zeichen, damit sie auf den alten Mann ein Auge hatten. Auch ohne das Eis ging es sich schwer auf den Felsen.

Wirrun lehnte sich neben den Überresten der nächtlichen Feuer an den Steilhang und blickte Johnny nach. Sein Atem ging heftig, sein Herz pochte: wie lange und schmerzlich hatte er auf diesen Augenblick gewartet; nun sollte die Mühe endlich lohnen.

Wirrun war froh, die Mimi an seiner Seite zu finden; aber sie sprachen nicht miteinander; zu sehr waren sie von dem Geschehen gebannt.

Der Alte schritt langsam, aber sicher voran, ging um die Felsblöcke und kleinen Tümpel herum, als fänden seine Füße von selbst den richtigen Weg. Es war ein vielfach gewundener Pfad, und er führte weg von den Felsen, weg von den Feuern und auf die Mitte der Klippe zu. Nach einiger Zeit wandte sich Johnny nach den Männern um, die ihm gefolgt waren, und sie blieben stehen. Er allein ging weiter, hielt manchmal an und schaute auf die wassergefüllten Kuhlen. Vor einer hockte er sich schließlich hin und verharrte so. Dann griff er mit der Hand ins Wasser und stand wieder auf.

Er machte kehrt und kam langsam zu den Männern und den Feuern zurück. Kurz blieb er bei ihnen stehen und ging dann auf einem anderen Weg weiter. Hatte er jetzt mit dem Nargun gesprochen?

Wirrun wartete, aufs äußerste gespannt, aufs äußerste erregt. Ein paar Männer verließen die Feuer und begleiteten den alten Johnny auf dem Rückweg.
Als er endlich in Rufweite war, konnte sich Wirrun nicht länger beherrschen. »Hast du mit ihm gesprochen?« brach es aus ihm heraus.
Johnny kicherte. »Ich habe mit ihm gesprochen, und ich habe es mitgebracht«, sagte er stolz.
Er streckte den braungebrannten Arm aus und öffnete langsam die Faust. In seiner Hand lag ein Stein, ein großer Kiesel, nicht größer als eine Teetasse.
Zuerst dachte Wirrun, die Hand sei leer, denn der Stein hatte nichts mit der Vorstellung zu tun, die Wirrun sich all die Zeit gemacht hatte. Als er den Kiesel endlich erkannte, war es, als hätte man ihm plötzlich einen heftigen Tritt in den Magen versetzt. Er konnte nur keuchen: »Was – was ist ... das?«
»Hüte deine Zunge, mein Junge!« warnte der alte Johnny. »Es ist unsäglich alt. Es ist eines der ersten Dinge.«
»Das kann doch nicht ... Hast du dich auch sicher nicht geirrt? *Das* ist das Älteste Nargun? Das allergrößte von allen?«
»Das ist es. Das größte und stärkste. Es hat lange im Meer gelegen. Es hat sich selbst im Kampf gegen die See aufgezehrt.«
Die Männer waren triumphierend herbeigestürzt, um an Johnnys Heldentat teilzunehmen. Jetzt war ihnen der Stolz vergangen. Sie waren verwirrt, beschämt – und auf einmal müde und zerschlagen von der schweren Arbeit der letzten Stunden. Schweigend standen sie da und starrten den Kiesel an, denn nur so vermieden sie es, einander in die Augen zu sehen. Keiner wandte sich nach den Feuern um.
Und das Älteste Nargun, schwer von der Last des Alters und seiner Macht, spürte erneut die Wärme der Sonne. Noch klebten ein paar Tangfäden an seiner Seite, aber der Fisch war pfeilschnell aus ihnen geflohen, als Johnnys Hand ins Wasser griff. Die winzige Krabbe hatte sich in den Sand der Kuhle gebohrt; die Muscheln und Schnecken hatten sich schon von den ebben-

den Wellen auf die lange Reise durch den kleinen Tümpel tragen lassen, um nach Nahrung zu suchen; und die Anemone hatte Johnny behutsam vom Nargun gepflückt, ehe er es aufhob. Wenn die Flut kam und sie zurückspülte, würden sie alle nach einer neuen Heimstatt suchen müssen; da war kein Großes mehr, das sich an den Grund duckte, um sie vor der Gier der See zu schützen.

Aber das Älteste Nargun fühlte die warme Flut: das Strömen des Blutes in den Adern unter der Haut. Und es machte sich schwer in Johnnys Handfläche und räkelte sich ein wenig. Für den Bruchteil eines Augenblicks konnte Wirrun es erkennen: die platte Schnauze, die leeren Augen, die stumpfen Glieder. Das Erste, das Älteste Nargun. Aus Furcht vor ihm hatten die Ninya die lange Reise angetreten und einen ganzen Berg in Eis geschlagen.

Trotzdem versuchte Wirrun noch einmal, sich und die anderen davon zu überzeugen, daß dies der falsche Stein sein mußte.

»Und es kann das Feuer wecken und rufen?« fragte er.

»Das kann es, mein Junge - wenn es will. Es liegt in seiner Macht.«

Der Alte langte nach einer vertrockneten Alge, glättete sie, legte sie auf den Felsen und bettete behutsam den Kiesel hinein. Er verneigte sich vor ihm, grunzte ihm leise und lockend zu und richtete sich stolz wieder auf.

Ein Funke, ein Glosen - ein Verlöschen. Ein kleines Rauchwölkchen kräuselte von der Alge hoch.

»Ich - ich danke dir«, sagte Wirrun leise. »Danke, Johnny. Eines steht fest: wir haben das Nargun vor den Ninya gerettet. Hoffentlich haben sie es nicht bemerkt . . .« Er wußte nicht weiter und verstummte. Der Alte lächelte mild.

Und jetzt? Was jetzt? fragte sich Wirrun.

Er wußte es. Er mußte die Männer zu den Feuern zurückschikken. Falls die Ninya das Älteste gesehen hatten, wußten sie jetzt, daß es sich nicht lohnte, gegen einen Kiesel zu kämpfen. Sie würden sich durch die unterirdischen Höhlen und Gänge in die Berge zurückziehen und die Menschen an den sinnlos gewordenen Feuern hinter sich lassen. Und wenn dann die Männer vom Mount Conner kamen, waren die Ninya längst auf und davon, um irgendwo in weiter Ferne ungestört ihr eisiges Reich zu errichten.

Aber vielleicht hatten die Ninya nicht mitangesehen, wie Johnny das Nargun gebracht hatte?

Dann würden sie bleiben und die Felsen vor der Klippe mit Eis umhüllen und glauben, sie hätten das Älteste darin gefangen. Und dann würden sie von dort aus das Eis immer weiter und weiter wachsen lassen - solange niemand sie daran hinderte. Ja, er mußte die Männer zu den Feuern zurückschicken.

Aber sie waren alle müde, bis auf die Knochen müde. Schlimmer noch: sie fühlten sich genarrt und betrogen. Sie glaubten nicht mehr an die Schlacht. Auch Wirrun, auch er glaubte nicht mehr daran. Er hatte länger und schwerer als sie alle gekämpft - um einen lächerlichen Kiesel. Und er fühlte sich tiefer gedemütigt als sie. Und leer. Leer von der Ernüchterung, leer von den endlosen Tagen und Nächten, leer von der verschwendeten Mühe.

Er hatte getan, was zu tun war. Sein Auftrag war erfüllt. Alles weitere lag bei den Männern vom Mount Conner; von Anfang an hatte er Ko-in das gesagt. Wirruns einzige, letzte Aufgabe bestand darin, dem alten Johnny irgendwie seine Dankbarkeit zu erweisen, denn der Mann war die ganze Nacht durchgefahren, um ihnen zu helfen.

Und dann sah Wirrun die Mimi.

4. Kapitel

Die Männer konnten die Mimi weder sehen, noch ahnten sie, daß sie da war. Nur Wirrun sah sie: wie eine zu groß geratene Stabheuschrecke stand sie, ängstlich auf gebührenden Abstand bedacht, vor dem Felsklotz, auf dem das Älteste Nargun lag. Aus ihren großen, runden Augen sprachen Ernst und Ehrfurcht. Sie schaute auf den Kiesel und erkannte ihn in seiner vollen Bedeutung, so wie sie das Nargun in der Höhle erkannt hatte. Für sie war die lange Reise nicht vergeblich gewesen.

Wirrun war müde und enttäuscht. Ihr Verhalten überraschte ihn und weckte seine Neugierde. Er legte die Hand auf den Zauber – und jetzt sah auch er mehr:

Obwohl die Männer immer noch stumm dastanden und es vermieden, einander in die Augen zu schauen, blieben die Feuer nicht unbeaufsichtigt. Die Nyols, die kleinen, tapferen Kämpfer aus den Felsen, huschten eifrig hin und her und brachten Holz aus dem Wald. Unten bei der Klippe, vor der die großen Felsen aufragten, schwärmten andere Nyols aus wie große Ameisen – und die Feuer brannten hell.

Auch zwischen den Felsen bewegte sich etwas: eine plumpe, haarige Gestalt mit langen Armen schlich dort herum. Die Netze der Thinan-malkia waren zu schwach gewesen, um die Ninya zurückzuhalten, aber jetzt war der starke Dulugar dazugekommen. Und auf der anderen Seite spähte jemand wachsam hinter den Felsen hervor, eine junge Frau aus dem Volk, lächelte und wetzte ihre Krallen: auch das Bagini war da.

Sie alle erkennen mich, denn sie sind, was ich bin, sagte das Land und reckte sich aus der See. *Aber wo bleiben die Augen der Menschen?*

»Kommt! Wir machen weiter!« rief Wirrun. »Wir haben den Ninya Angst eingejagt – sollen wir sie jetzt einfach entkommen lassen? Das Eis ist noch immer da!«
Das spornte die Männer an und gab ihnen gleich neuen Mut. Sie waren zwar müde, wollten aber die Niederlage nicht auf sich sitzen lassen. Sie grinsten einander zu und kehrten entschlossen zum Holzstapel zurück – und auch die Nyols kümmerten sich jetzt um den Nachschub und nicht mehr ums Feuer.
Wirrun wandte sich an Johnny Wuthergul. »Darf ich das Älteste halten, oder ist das nur dir gestattet?«
Der Alte sah ihm offen in die Augen. »Du hast den Zauber. Greif zu.«
Und so nahm Wirrun das allererste Nargun, das Älteste, das Große mit der Kraft des Feuers, und trug es in die Schlacht gegen die Ninya. Und es war noch immer feucht vom langen Liegen im Wasser und prickelte auf seiner Hand.
Er ging im Licht der Morgensonne die Klippe entlang und erkundete die Lage. Der äußere Feuerring, der ja nutzlos geworden war, vergloste; aber der innere Ring, der näher bei den Felsen lag, brannte gut. Trotzdem bewies ein helles Schimmern, daß sich zwischen den Felsen immer stärker das Eis ausbreitete, vor allem an der dem Meer zugewandten Seite. Die Ninya kämpften mit all ihrer Kraft.
Wirrun sah es salzweiß funkeln: einer der frostigen Gesellen schlich von den Felsen zum Wasser. Ein haariger Arm holte aus, und der Dulugar schleuderte einen Stein. Ein schriller Schrei, berstendes Eis; und weißes Blut rann über den Felsen. Wirrun lächelte grimmig und lief weiter.
Beim Blick aufs Meer machte er sich Sorgen. Selbst jetzt, bei Ebbe, hätte es höher an die Felsplatte heranreichen müssen. Schon im Morgengrauen hatte es nur noch träge geschwappt, statt in schäumenden Wellen anzuprallen; jetzt war es völlig in der Kälte erstarrt. Die Ninya hatten seinen Tiefstand genutzt, um es mit einer Eiskruste zu überziehen; und schon drang das Eis am Rand der Klippe in die Mündung der Bucht vor. Mit der

vorhandenen Mannschaft ließ sich diese ganze Flanke unmöglich durch Feuer schützen. Gelang es den Ninya jedoch, sich endgültig im Meer festzusetzen, konnten sie mühelos jede Feuerkette umrunden.
Es blieb keine Zeit, Verstärkung zu holen. Irgendwie mußten sie auch ohne fremde Hilfe verhindern, daß das Meer weiter zufror. An weitere Feuerstellen war jedenfalls nicht zu denken; denn war die Eisdecke erst einmal dick genug, um die Männer zu tragen, hatten die Ninya schon gewonnen.
Und wenn seine Leute statt dessen Felsbrocken und brennende Zweige hinausschleuderten? Dann würde die dünne Kruste zwar brechen, aber die Ninya waren flink und mächtig. Ritze um Ritze würden sie die Eisdecke ebenso rasch wieder schließen. Nur ein breiter Spalt über die ganze Fläche – den man, zum Beispiel, mit Dynamit sprengte – hätte eine befreiende Wirkung gehabt; dann würden die Wellen die geborstenen Schollen rasch genug aufs offene Meer hinausschwemmen. Die See gefriert langsam; unmöglich konnten die Ninya binnen weniger Minuten wieder zusammenflicken, was sie in stundenlanger mühevoller Arbeit geschaffen hatten.
Aber es blieb auch keine Zeit, aus der Stadt Dynamit zu holen.
Noch während Wirrun sich all das durch den Kopf gehen ließ, hörte er vertraute Rufe: die Yauruks kamen. Er schaute zum Himmel, sah sie aber nicht, obwohl ihr Kreischen schon ganz nahe war. Erst als Wirrun den Blick senkte, entdeckte er sie.
Knapp über dem Wasserspiegel kamen sie auf großen Schwingen. Und vor ihnen schwamm etwas Großes, Dunkles, Glänzendes und teilte die Wellen. Fontänen spritzten hoch. Riesige Leiber wälzten sich durchs Wasser, zusammengeschart vom Flattern und Kreischen der Vogelgeister: Die Yauruks brachten die Wale.
Wirrun war von ihrem Anblick gefesselt. Waren es drei Wale oder vier? Darauf kam es nicht an. Kreischend trieben die Yauruks sie vor sich her. Die Männer ließen von den Feuern ab und verfolgten fasziniert das Geschehen.

Die Wale schossen heran. Aber vor der Mündung der Bucht warfen sie die Leiber herum, flüchteten zurück ins tiefere Wasser und schwammen davon. Sie waren entkommen, und wütend nahmen die Yauruks die Verfolgung auf. Ihr Plan war gescheitert.

Nein, das war er nicht! Das dünne Eis war zersplittert. Wie befreit buckelten in den Rinnen die Wellen auf, luden sich weiße Brocken und Schollen auf den Rücken und spülten sie hinaus aufs offene Meer.

Die Männer tanzten und schrien vor Begeisterung und warfen mit doppeltem Eifer frisches Holz in die Flammen. Wirrun schrie lauthals mit, lief los, blieb aber gleich wieder stehen, weil es Neues zu sehen gab:

Am Rand der Felsplatte kauerten zwei frostige Gestalten. Ihre grünen Augen funkelten; zornig starrten sie den Eisschollen nach, die ihrem Zugriff entglitten. Da trübte sich milchig das Wasser ... darin trieb etwas, groß, fast unbeweglich ... Feucht glänzten die Schuppen oder die Federn oder das Fell; ein Arm oder eine Flosse schlug zu; einer der beiden Ninya wurde ins Wasser gerissen; der andere wich hastig zurück; für einen Augenblick roch es nach faulendem Schlamm und nach Alter: Das Mu-ru-bul Tu-ru-dun Bunyip hatte sich gerächt und war mit seiner Beute entkommen.

Wirrun sprang die letzten Meter über die Felsen und rief den Männern zu, mit den Feuern näher an die Bucht heranzurükken. Er bettete das Älteste Nargun ganz oben auf einen Stein, wo alle Menschen und Geister es sehen konnten, packte selbst mit an und trug brennende Äste von den alten Feuern zu den neuen.

Die Männer kamen und gingen und brachten Nachschub, und die Nyols kamen und gingen mit ihnen. Das Bagini lag auf der Lauer. Heute hielt es nur Ausschau nach eisiger Beute. Sein Kakadu-Lachen schrillte auf: wieder war ein Ninya den scharfen Klauen zum Opfer gefallen.

Die Flammen wuchsen höher, doch auch das Eis rund um die

Felsen war ein Stück gewachsen. Die Kälte wurde bedrohlich; wie ein Schirm wehrte sie die Männer ab – so wie die rissigen Felszacken die Feuer abschirmten. Wirrun konnte die Feuer aber nicht weiter vorantreiben, denn nun war die schmale Wasserrinne endgültig frei, und die Wellen hätten das Holz ebenso weggespült, wie sie die Eisschollen fortgeschwemmt hatten.

Wirrun platzte vor Wut. Er packte brennende Zweige und schleuderte sie auf das Eis zwischen den Felsen. Laut schreiend folgten die jüngeren Männer seinem Beispiel. Doch noch im Flug zischten die Flammen auf und verlöschten; reifbedeckt fielen die Zweige zu Boden.

Das Eis wuchs, und wieder fühlte Wirrun, wie auch ihm selbst die Kälte der Ninya durch Mark und Bein drang. Sie waren furchtbare und übermächtige Gegner. Nirgendwo sonst als hier am offenen Ufer wäre es möglich gewesen, sie auch nur für kurze Zeit in Schranken zu halten.

»Hinter dir!« schrie plötzlich die Mimi an seiner Seite. »Oben, auf dem Hügel! So schau doch!«

Er fuhr herum, sah aber nichts als die klare Kontur der Hügelkuppe vor dem Himmel, die nur von den dunklen Umrissen eines einzigen Felsens unterbrochen wurde. Verwundert kehrte sein Blick zu diesem Felsklotz zurück, da schrie die Mimi von neuem.

»Das Nargun aus der Höhle ist gekommen!«

»Zurück!« brüllte Wirrun. »Percy, bring die Männer in Sicherheit! Sam! Waratah! Hier herüber!«

Er taumelte rücklings von den Feuern zurück. Verständnislos starrten alle ihn an – da ließ das Monster sich fallen. Jetzt allerdings sprangen auch die Männer hastig zur Seite und suchten hinter dem Holzstapel Schutz.

Das Nargun aus der Höhle ließ seinen schrecklichen Ruf über das Meer schallen: *»Nga-a-a!«* – so laut, daß keiner hörte, wie das Älteste von seinem Stein her den Ruf erwiderte: leise; wie ein Kiesel, der in der Flut über den Strand scharrt.

Das andere Nargun löste sich vom Hügel und rollte und taumelte über den Weg; seine unsichtbaren plumpen Beinstummel ruckten und zuckten. Als es hoch über Johnnys Kopf vorbeikam, duckte es sich enger an den Hang, aber dann donnerte es über den Rand der Klippe und schmetterte mitten hinein in die Überreste der nächtlichen Feuer.

Während es sich an Felsnadeln und Kuhlen vorbeiwälzte und über die Rinnen kollerte, war es den Blicken der Männer entzogen; aber sie hörten, wie es mit unheimlicher Geschwindigkeit über die Felsplatte rumpelte und kreischend dahinglitt. Und dann meinten sie das Dunkel der leeren Augen zu sehen, eine weit aufgerissene stumpfe Schnauze; und sie schauten wie gebannt und wagten nicht zu atmen.

Das Nargun kam nicht auf die Männer zu, sondern steuerte zwischen den alten Feuern den Rand der Felsplatte an; es schleuderte da einen großen Stein zur Seite, ließ dort das Eis splittern, durchbrach die äußersten Feuerringe und wälzte sie platt – und kam endlich inmitten seiner ältesten Brüder und vor dem offenen Meer zum Stehen.

An den Klippen war es plötzlich totenstill geworden; für einen Augenblick schien die Erde stillzustehen. Zuletzt sprach die See ein einziges friedvolles Wort.

Auch die Männer schwiegen; aber sie schauten einander vielsagend an, denn sie wußten, was sie soeben in Wahrheit gesehen hatten. Keiner näherte sich den zerschmetterten Feuern. Keiner wagte sich auch nur einen Schritt vor. So konnten sie allerdings nicht erkennen, daß das geborstene Eis zu schmelzen begann und daß die Felsen mit weißem Blut befleckt waren.

Die verbleibenden Ninya drängten sich in die tiefsten Schründe am Rande der Klippe.

»Wir haben sechs Mann verloren«, sagte der Anführer düster. »Wir müssen unseren Plan ändern. Diesem Feind sind wir nicht gewachsen.«

Die Nyols hatten sich in den Wald verkrochen, um so bald wie möglich Schutz in den Felsen zu finden. Der Dulugar war geflohen, als das Nargun sich über den Rand der Klippe gestürzt hatte. Das Kakadu-Lachen der Bagini klang bereits tief aus dem Landesinneren herüber: Die Geisterwesen hatten das Größte, das Erste, das Älteste Nargun in die Obhut seines Bruders übergeben.

Sobald die Männer wieder frei zu atmen wagten, erklommen sie den Steilhang der Klippe, um nach dem alten Johnny zu sehen. Der war unverletzt geblieben. Aufrecht stand er da und schaute unverwandt aufs Ufer.

»Jetzt wird alles gut«, sagte er.

Im Getöse des angreifenden Narguns war das Rattern und Rumpeln des alten Autos untergegangen, das sich inzwischen am Rande der Bucht genähert hatte. Erst als Wirrun mit drei oder vier anderen Männern hinter dem Holzstapel hervorkam und sich der allgemeine Schock allmählich löste, erkannte er, daß die Männer vom Mount Conner eingetroffen waren. Erfreut, dankbar und ungeheuer erleichtert lief er ihnen entgegen. Damit hatte das Yabon nicht gerechnet, aber hilfreich wie immer verschwand es blitzschnell hinter dem Holzstapel und kam als der schwarze Hund wieder zurück.

»Da seid ihr ja endlich!« rief Wirrun den Männern zu. »Herzlich willkommen!« Und er streckte ihnen die Hand hin.

Die Männer waren überrascht, denn sie meinten Wirrun bereits gut zu kennen, seit er sie am Vorabend auf offener Straße angehalten hatte; aber sie freuten sich über den warmherzigen Empfang und schüttelten in der Runde die Hände. Wirrun machte sie mit ihren Stammesbrüdern aus der Ansiedlung bekannt und erzählte in aller Eile, was geschehen war, und wo sich die Ninya seiner Meinung nach jetzt aufhielten.

»Die richten kein Unheil mehr an«, sagte der Älteste vom Mount Conner zuversichtlich. »Wir sind da und singen sie heim.«

»Besser ihr als ich«, erwiderte Wirrun. »Die Strecke ist ziemlich lang. Ihr werdet ganz schön heiser werden.«

Die Männer lachten, und der Älteste erklärte freundlich: »Wir singen ja nicht die ganze Zeit. Wir singen sie nur ein bißchen

weiter und folgen ihrem Weg; und dann singen wir wieder ein bißchen. Und die Ninya müssen marschieren. Außerdem werden sie weiter oben im Norden bereits von uns erwartet. Unsere Schar hat sich nämlich auf halbem Weg geteilt. Wir sind nach Süden gegangen, und der Rest ging nach Norden.«
Wirrun war beeindruckt von diesem Plan, die Ninya so geschickt in die Zange zu nehmen.
Jetzt aber wandte der Älteste den Blick ab, und was er sagte, klang wie eine Entschuldigung.
»Und sobald wir die Ninya sicher in ihren Höhlen haben, lassen wir sie nie wieder heraus.«
»Das ist gut«, sagte Wirrun. »Und jetzt beeilt euch, bitte, sonst zerstreuen sie sich, schlau, wie sie sind, und wir finden sie nicht mehr. – Sollen wir uns zurückziehen?«
Die Männer vom Mount Conner schüttelten die Köpfe. Ihre Gesänge waren kein besonderes Geheimnis. Sie ließen sich zeigen, wo das Nargun lag, und gingen zur Felsplatte hinunter. Die Männer aus der Ansiedlung, die ihre Aufgabe erfüllt hatten, blieben am Fuße des Hügels zurück, errichteten ein letztes Feuer und bereiteten mit dem verbliebenen Proviant für alle das Frühstück.
Müde kauerte sich Wirrun hin und tätschelte den Hund. Dann glitt er zufrieden auf den Rücken, lag auf dem warmen, sandverkrusteten Felsen und lauschte dem Meer. Er sah, daß oben auf der Hügelkuppe die Mimi stand und mit verschlossenem Gesicht die Männer vom Mount Conner beobachtete. Es tat ein wenig weh, als er sich fragte, ob sie die Reise mit ihnen wohl genießen würde.
In das Rauschen des Meeres mischte sich das leise, dunkle Raunen tiefer Stimmen: ein gemächlicher, verlockender Gesang. Er schwoll allmählich an, verklang, begann von neuem.
Jemand brachte Wirrun Brot und heiße Wurst, und er aß, während er weiter zuhörte, wie die Männer vom Mount Conner die Ninya heimsangen.
Und plötzlich war er eingeschlafen.

Als er Stunden später erwachte, eine zusammengerollte Decke unter dem Kopf, den Rucksack an der Seite, lag der Hügel im Schatten, die Klippe verlassen. Wirrun war allein. Nur der Hund döste in der Nähe, und über Wirruns Kopf hockte die Mimi. Sie aß eine Wurzel, die sie in der letzten Glut geröstet hatte, und neben ihr lag eine Handvoll reifer Bitternüsse.
Wirrun setzte sich auf. »Wo sind sie alle?« fragte er verwirrt.
Die Mimi sagte: »Die Männer aus der Ansiedlung sind nach Hause gefahren und ließen nicht zu, daß die anderen dich wekken. Sie haben dich zu ihrem Bruder gemacht und dir ein Geschenk unter den Kopf gelegt.«
Wirrun senkte den Blick und schaute zum Ufer hinunter. Die Flut war gekommen und fiel schon wieder; sie hatte am Strand einen dünnen Saum aus verkohlten Zweigen und feuchter Asche zurückgelassen. Das Nargun aus der Höhle ruhte, wellenumspült, immer noch an der Stelle, bis zu der es gerollt war – doch sein Bruder war verschwunden: das Älteste, der kleine Kiesel, lag nicht mehr auf dem Stein ...
Entlang der Klippe türmten sich die vier Aschenhaufen der Feuer auf, die Wirrun und seine Gefährten in der Nacht zuvor genährt hatten. Rings um sie war der Stein grau und schuppig vom Ruß; bestimmt gloste dort unten noch immer heiß und rot ein Glutnest.
Er strich mit den Fingern über die Decke, die ihm die Männer als Geschenk hinterlassen hatten. Wie schwer sie geschuftet hatten; und er war zu müde und ausgelaugt gewesen, um mit ihnen zu gehen. Aber er würde eines Tages zurückkommen ...
»Sind denn auch die anderen fort?« fragte er plötzlich, aus Sorge um die Mimi.
»Sie warten am Fluß, wo ihr Wagen steht. Dort lagern sie jetzt und essen. Sie wollen dich nach Hause bringen.«
»Dann bleiben wir beide also doch noch eine Weile zusammen!« rief er erfreut; aber da erst sah er, daß die Mimi ihre trotzige Miene aufgesetzt hatte.
»Ich gehe meiner eigenen Wege«, sagte sie.

»Jetzt hör aber auf, Mimi! Ich bin zu müde, mit dir zu streiten. Die Ninya ziehen durch die Felsen, mit Wind und Kälte. Alles bleibt, wie es war.«

»Sie gehen durch die Höhlen und Gänge, und ich gehe durch das Gestein. Ich finde schon einen Weg.«

»Du selbst hast gesagt, daß das unmöglich ist. Daß dir in fremden Felsen fremde Geister auflauern und dich bedrohen.«

»Bin ich nicht auf den Winden geritten und habe alles getan, was einer Mimi eigentlich unmöglich ist? Und jetzt soll ich mit Menschen in einem Auto reisen, in . . . in . . .«

». . . in einer Blechdose auf Rädern. Nein, da hast du allerdings recht.« Es war ihm doch nie gelungen, die Mimi von einem Vorhaben abzubringen, sobald sie ihr aufmüpfiges Gesicht machte. Wirrun löste den Zauber vom Gürtel und hielt ihn ihr hin. »Nimm das zu deinem Schutz!« Und er konnte nicht verstehen, warum sie erschrocken zurückwich. »Du hast ihn doch auch bisher in Anspruch genommen«, drängte er, »und wenn irgend jemand ein Recht auf ihn hat, dann bist du es. Damit kannst du auf dem Wind reiten.«

Die Mimi rührte den Zauber nicht an. »Der ist für das Volk bestimmt und nicht für einen Felsgeist«, sagte sie. »Ich finde schon allein den Weg zurück in meine ferne, geliebte Heimat.«

Wirrun dachte fieberhaft nach. Die Zeit drängte; jeden Augenblick konnten die Männer kommen, und er durfte die Mimi nicht ohne jede Hilfe auf die lange Reise gehen lassen. Er legte dem schwarzen Hund die Hand auf den Kopf und sagte: »Yabon, bist du bereit, mir noch einmal zu helfen?«

Wenn ein Mensch einen sprechenden Hund hört, muß er zu Stein erstarren. Also verwandelte sich das Yabon in einen Jungen aus dem Volk.

»Kein Geist im ganzen Land würde Wirrun, dem Bekämpfer des Eises, seine Hilfe versagen«, erklärte der Junge.

»Gut«, erwiderte Wirrun. »Sehr gut. Kannst du allen Felsgeistern meine Botschaft übermitteln und dafür sorgen, daß sie quer durch das ganze Land weitergetragen wird?«

»Das kann ich tun«, sagte das Yabon. »Es gibt gute Geister wie böse; und Reiche, die man nur unter Gefahren durchmißt; aber diese Botschaft wird wie ein Vogel über das Land fliegen; denn ich werde notfalls nicht mit Drohungen sparen; und Freunde werden mir zur Seite stehen.«

»Gut. Sage allen, daß eine Mimi nach Norden zieht, und ich will, daß ihr alle Wege offenstehen. Sage allen, daß diese Mimi eine Große ist, eine Erhabene, denn sie hat im ganzen Land wider das Eis gestritten.« Er sah, wie sich die Augen der Mimi vor Staunen und Stolz weiteten; und er schmückte seine Botschaft weiter aus; verdiente dieses zaundürre Wesen denn nicht wirklich jede Hilfe, die er oder die Geister zu bieten hatten? »Sage allen, sie mögen ihren Weg mit Feuern erhellen und stets dafür sorgen, daß es ihr nicht an Wurzeln und Eidechsen und Ratten mangelt. Jeder Weg steht ihr frei, jeder Wunsch steht ihr offen; denn sie ist es, die uns alle vom Eise befreit hat. Das ist meine Botschaft; so gibst du sie weiter.«

Das Yabon stand auf, verneigte sich vor der zutiefst beglückten Mimi, lief ein paar Schritte über den Pfad – und war verschwunden.

»Laß ihm ein wenig Zeit!« sagte Wirrun zur Mimi, um sich nicht jetzt schon von ihr trennen zu müssen. »Noch wird er kaum über Tilba-Tilba hinaus sein.« Der Gedanke an Tilba-Tilba war ein weiterer Schmerz, der den Schmerz des Abschieds vertiefte. Denn dort, im Inneren des Berges, ruhten die gefrorenen Leiber der tapferen kleinen Streiter, der einzigen Opfer, die der Kampf gegen die Ninyas gefordert hatte.

Hoch aufgerichtet saß die Mimi auf ihrem Stein. »Du hast mich beschämt«, sagte sie stolz, »denn du allein bist der wahre Kämpfer. Ich hingegen bin bloß . . . «

» . . . ein armes, schwaches Geschöpf, daß sich in den Felsen versteckt. Ich weiß . . . Ich sah dir zu, als du das Nargun betrachtet hast. Sag mir, was du gesehen hast.«

»Das Uralte, das Erste, das zu finden wir einen langen Weg gegangen sind.«

»Ja. Das mächtige Älteste Nargun. Nicht größer als meine Hand.«
Sie zischte. »Ihr Menschen! Was versteht ein Mensch schon von Größe? Größer als er, das ist groß; kleiner als er, das ist klein; mehr könnt ihr nicht begreifen. Hier liegt das Nargun aus der Höhle. Ist es groß? Ich sage dir: Unter den Sternen ist es kleiner als ein Sandkorn.«
»Mag schon sein«, gab Wirrun zu. »Aber immerhin fände es nie in einem winzigen Wasserloch Platz.«
»Und ist denn ein winziges Wasserloch nicht eine ganze Welt unter den Sternen? Es birgt das Leben und den Tod, das Licht und die Dunkelheit. In ihm kannst du fortgehen und wieder heimkehren. Ist denn ein Seestern kleiner als ein Stern am Himmel?«
Wirrun schwieg. Wieder hörte er sich sagen, was er zu Ko-in gesprochen hatte: *In diesem Ast ist ein Mistkäfer. Ihm gilt meine Sorge. Und in diesem verrotteten Giftpilz ist ein Wurm. Ihnen beiden gilt meine Sorge.* Und Ko-in hatte geantwortet: *Du stammst aus dem Volk.* Wie müde mußte er sein, daß es einer Mimi bedurfte, ihm zu sagen, was das Volk schon immer gewußt hatte.
»Manchmal«, zog er sie auf, »wäre es mir lieber, du würdest nicht immer recht behalten.« Er stand auf. »Mimi, mit dem, was du jetzt gesagt hast, möchte ich dich in Erinnerung behalten. Sag also nichts mehr. Laß das deine letzten Worte für mich gewesen sein – bis wir einander wieder begegnen.« Er wußte, daß das eine Lüge war; dies war ein Abschied für immer. Aber er brauchte die Lüge, um die Wahrheit ertragen zu lernen. »Leb wohl, Mimi. Ich werde dich nie vergessen. Und: hab Dank!«
Er verneigte sich vor ihr, wie sich das Yabon verneigt hatte, und auch sie neigte den Kopf zum Gruß, und ihre Augen waren dunkel und traurig wie die einer Ratte. Und er nahm seinen Rucksack und ging.
Niemand zerrte an der Fellschlinge, die von seinem Gürtel hing. Wirrun ging durch die Bucht. An ihrem Ende wartete ein klappriges Auto, warteten die Männer vom Mount Conner.

Glossar

Australien
Australien ist der kleinste und am dünnsten besiedelte Erdteil. Weite Entfernungen trennen nicht nur die größeren Städte voneinander; auch zwischen einzelnen Farmen können bis zu 100 km liegen. Das Klima ist im Norden das ganze Jahr über feuchtwarm, im Süden entspricht es europäischen Verhältnissen. In den australischen Alpen kann es im Winter sogar schneien. Im Zentrum des Kontinents machen ausgedehnte Wüstengebiete mit hohen Temperaturschwankungen zwischen Tag und Nacht eine dauerhafte Besiedelung oder gar Landwirtschaft unmöglich. Eukalyptusbäume und dornige Akaziensträucher sind typisch australische Pflanzen. Durch die Isolation von anderen Kontinenten konnte in Australien eine einzigartige Tierwelt überleben, darunter Känguruhs, Koalas, Schnabeltiere und zahlreiche Vogelarten. Die extremen Umweltbedingungen erlaubten es in der Zeit vor der Entdeckung des Kontinents durch die Europäer im Jahr 1770 nur sehr genügsamen Menschen, in enger Anpassung an die Landschaft zu überleben.

Aboriginal (Mehrzahl: Aborigines) (Seite 7)
Als Aborigines bezeichnet man die dunkelhäutige Urbevölkerung Australiens, deren Vorfahren vor über 40 000 Jahren, wahrscheinlich von Südostasien aus, den australischen Kontinent besiedelten. Die Aborigines lebten ursprünglich als umherschweifende Jäger und Sammler in kleinen Familiengruppen und fühlten sich durch verschiedene Sprachen und Gebräuche zu jeweils einer der etwa 600 Stammesgruppen zugehörig. Entsprechend der traditionellen Lebensweise, die keine dauerhaften Siedlungen zuließ, war der

materielle Besitz sehr gering. In voreuropäischer Zeit kannten die Aborigines weder die Technik der Metallverarbeitung noch die Töpferei. Traditionelle Ausrüstungsgegenstände waren Schüsseln und Körbe aus Baumrinde, Waffen aus Holz und Stein und Kleidung aus Pflanzenfasern oder geflochtenem Menschen- und Tierhaar. Der Grabstock diente zum Ausgraben von Pflanzen und kleinen Tieren. Von ursprünglich 300 000 bis 400 000 Aborigines vor der Ankunft der Weißen leben heute noch etwa 50 000 reinblütige und 150 000 Mischlinge, meist in Reservationen. Viele Aborigines wurden zwischen dem 18. und dem 20. Jahrhundert getötet: teils durch eingeschleppte Krankheiten und teils vorsätzlich, weil sie den Schafzüchtern und Siedlern bei der Landnahme im Weg waren. Durch die ihnen aufgezwungene fremde Lebensweise in den Reservationen verloren viele Aborigines ihre Bindung an die Gemeinschaft und gerieten in den Teufelskreis von Armut, Verwahrlosung und Alkoholismus. Erst seit wenigen Jahren haben sich die Aborigines einzelne Rechte in der Gesellschaft der Weißen erkämpft.

Mimi (Seite 11)
Diese scheuen, aber lebhaften Felsgeister gelten als sehr empfindlich und flüchten, sobald sich ein Mensch nähert. Vor allem in Nordaustralien findet man tatsächlich viele Felsmalereien in Gestalt spindeldürrer Wesen, die bei den Aborigines als Selbstbildnisse der Mimis gelten.

Mulga (Seite 14)
Immergrüner, offener Buschwald in den trockenen Zonen Australiens, der meistens aus Akazien und Eukalyptusbäumen besteht.

Regenbogen (Seite 17)
Der Regenbogen wird von den Aborigines, ebenso wie Blitz und Donner, mit einer mythischen Schlange in Verbindung gebracht. Diese Regenbogenschlange gilt als Schöpferwesen, das Tiere, Pflanzen, Felsen, Wasserstellen und die Menschen hervorgebracht haben soll.

Laufende weibliche Mimis; Felsbild von Unbalanya Hill, Arnhemland (aus: Ferdinand Herrmann: Völkerkunde Australiens; Bibliographisches Institut A.G. Mannheim 1967, Seite 180)

Alice Springs (Seite 24)
In der Nähe dieser Stadt befindet sich ein großer Felsenberg, Ayers Rock, den die Aborigines Uluru nennen und als heiligen Ort verehren.

»Hier ist Platz für alle« (Seite 24)
Dieser spöttische Satz bezieht sich auf die oft elenden Zustände, in denen die Aborigines in den Reservationen leben müssen, seitdem die weißen Siedler das fruchtbare Land für sich beanspruchen.

Singen (Seite 25)
Unter den religiösen Handlungen der Aborigines nimmt das gemeinsame Singen traditioneller, oft seit Generationen mündlich überlieferter Gesänge eine wichtige Stellung ein. Die monotonen, oft stundenlang vorgetragenen Gesänge sollen Zauberkräfte freisetzen und eine Verbindung zur übersinnlichen Welt herstellen.

Nullanulla (Seite 54)
Die traditionelle kurze Schlagkeule der Aborigines.

Zauber (Seite 65)
Das Wort Zauber bedeutet hier soviel wie: Medizin, d. h. ein mit magischen Kräften ausgestattetes Objekt, dessen Macht nur für den Eingeweihten nutzbringend anzuwenden ist.

Zum wahren Mann erklärt werden (Seite 66)
Die »Jünglingsweihe«, die damit gemeint ist, besteht bei vielen Völkern darin, daß der Jüngling während der Geschlechtsreife nach einer Zeit der Abgeschiedenheit eine Mutprobe bestehen muß; außerdem wird er beschnitten und von alten Männern in die Geheimnisse ihrer Zeremonien und Rituale eingeweiht.

Banksie (Seite 101)
In Australien heimische Baumart.

Bunyip (Mu-ru-bul Tu-ru dun) (Seite 154)
Dieses legendäre Ungeheuer, dessen Schlupfwinkel die Aborigines in den Seen und Sümpfen des Murray-Fluß-Gebiets wähnen, hat die Macht, seine Opfer zu versteinern und ihnen seinen Willen aufzuzwingen.

Isothermen (Seite 163)
Verbindungslinien zwischen den Orten auf einer Wetterkarte, die im Mittel die gleiche Temperatur haben.

Anthropologe (Seite 221)
Wissenschaftler, der sich mit der Erforschung und Beschreibung von Menschen und deren Kultur beschäftigt.

Lizenzausgabe
als Ravensburger Taschenbuch Band 4085,
erschienen 1991

Die Originalausgabe erschien 1977
bei Hutchinson & Co. (Publishers) Ltd., London,
unter dem Titel »The Ice is Coming«

Die deutsche Erstausgabe erschien 1985
im Verlag Friedrich Oetinger

Umschlagillustration: Friedrich Hechelmann
Glossar Seite 251: Frank von Berger

Gesamtherstellung: Ebner Ulm
Printed in Germany

5 4 3 2 1 95 94 93 92 91

ISBN 3-473-54085-4

RTB Fantasy

RTB 1512

RTB 639

RTB 1510

RTB 1540

RTB 1546